Mentirinhas inocentes

Obras da autora publicadas pela Galera Record

Série **L.A Candy**
L.A. Candy
Mentirinhas inocentes

LAUREN CONRAD

Mentirinhas inocentes
L. A. CANDY 2

Tradução de
Ana Carolina Mesquita

1ª edição

GALERA RECORD
RIO DE JANEIRO • SÃO PAULO
2012

CIP-BRASIL. CATALOGAÇÃO NA FONTE
SINDICATO NACIONAL DOS EDITORES DE LIVROS, RJ

C764m Conrad, Lauren
Mentirinhas inocentes / Lauren Conrad; tradução de Ana Carolina Mesquita. – Rio de Janeiro: Galera Record, 2012.
(L.A. Candy; 2)

Tradução de: Sweet Little Lies
ISBN 978-85-01-09408-7

1. Literatura juvenil americana. I. Mesquita, Ana Carolina. II. Título. III. Série

12-3053.
CDD: 028.5
CDU: 087.5

Título original em inglês:
Sweet Little Lies

Copyright © 2010 by Lauren Conrad
Publicado mediante acordo com a HarperCollins Children's Books, um selo de HarperCollins Publishers.

Todos os direitos reservados.
Proibida a reprodução, no todo ou em parte, através de quaisquer meios.
Os direitos morais do autor foram assegurados.

Composição de miolo: Abreu's System

Texto revisado segundo o Acordo Ortográfico da Língua Portuguesa.

Direitos exclusivos de publicação em língua portuguesa somente para o Brasil adquiridos pela
EDITORA RECORD LTDA.
Rua Argentina 171 – Rio de Janeiro, RJ – 20921-380 – Tel.: 2585-2000, que se reserva a propriedade literária desta tradução.

Impresso no Brasil

ISBN 978-85-01-09408-7

Seja um leitor preferencial Record.
Cadastre-se e receba informações sobre nossos lançamentos e nossas promoções.

Atendimento e venda direta ao leitor:
mdireto@record.com.br ou (21) 2585-2002.

EDITORA AFILIADA

*Para minha querida amiga Sophia.
Sua amizade e apoio significaram tanto
para mim. Amo você, irmãzona.*

GOSSIP

Sua principal fonte de todas as fofocas de Hollywood.

A nova série de sucesso da Pop-TV é sobre bons amigos vivendo a boa vida em Los Angeles... certo? Até onde sabemos, amigos não mentem uns para os outros — nem apunhalam as costas bem-vestidas uns dos outros. Nesse confeito açucarado do famoso produtor de reality shows Trevor Lord, é difícil dizer quem é amigo de fato ou quem só está se fazendo de bonzinho para aparecer mais tempo no programa. Mas uma coisa é certa: esse *candy* não é tão doce quanto parece ser. Na verdade, talvez seja até tóxico.

1

NUNCA SE SABE QUANDO PODE HAVER UM FOTÓGRAFO POR PERTO

Jane Roberts aprumou o corpo na *chaise longue* branca e olhou para o horizonte entre os vastos mar e céu azuis. Ouvia os gritos distantes das gaivotas e o murmúrio das ondas se adensando enquanto a maré subia. A brisa, morna e seca para dezembro, agitou seus longos cabelos loiros ondulados. Ela estendeu o braço para apanhar a margarita de figo-da-índia sobre a mesinha pintada à mão e tomou um longo gole.

Era um dia perfeito em uma praia perfeita em Cabo San Lucas, México. Mas não para Jane, que se sentia perfeitamente péssima.

— Mais uma margarita, docinho?

Jane olhou por cima do ombro e viu a amiga Madison Parker caminhando em sua direção. Apesar do estado de espírito, não pôde deixar de sorrir. Madison estava vestida com um biquíni cor de bronze que mal cobria a silhueta tamanho PPP, e, para completar o visual, anabelas de 13cm e maquiagem completa, incluindo batom coral brilhante. Mas essa era Madison. Nunca ia a lugar nenhum, nem mesmo à praia, sem passar uma hora e meia se arrumando.

— Não, estou bem, obrigada. Cadê a bolsa Gucci? E as joias de ouro? — provocou Jane.

Madison estendeu o corpo na *chaise longue* ao lado de Jane.

— Ei, uma garota precisa estar sempre linda, certo? Nunca se sabe quando pode haver um fotógrafo por perto. Ou um cara gato. — Ela abaixou os enormes óculos de sol Dolce & Gabbana para encarar um salva-vidas com um impressionante abdômen tanquinho. — Tipo ele. Humm, vi primeiro!

— É todo seu — retrucou Jane. Depois de toda a confusão com homens em que se metera ultimamente, não estava nem um pouco interessada. Tinha ido ao México para dar um tempo da vida amorosa desastrosa e do circo da mídia, não para ficar com caras. — Enfim, achei que você tinha dito que esse condomínio era privado e que aqui não podiam entrar fotógrafos.

— Sim, eu me referia aos outros hóspedes e suas câmeras — respondeu Madison, ainda encarando o salva-vidas — Vou lá ver se ele tem algum amigo para você. Volto num minuto. — Ela se levantou, afofou os longos cabelos platinados e andou com dificuldade pela areia com seus saltos altos.

Jane não pôde conter uma risada. "O pobre rapaz não faz nem ideia do que o espera."

Jane e Madison estavam no condomínio dos pais de Madison havia cinco dias, fazendo pouca coisa além de nadar, pegar sol, beber e paquerar os caras. Bom, Madison é que andava paquerando os caras. Jane não conseguia parar de pensar no que havia feito com o namorado (agora ex-namorado), Jesse, lá em Los Angeles, e em como teve de fugir quando tudo deu tão errado. Um cara era a última coisa de que precisava no momento. A menos que ele fosse PhD em psicologia, de pouco serviria para ela.

Jane voltou a se recostar e tentou relaxar. O sol estava tão gostoso, e o som das ondas ao fundo *deveria* ser relaxante, mas a mente dela disparava com preocupações. A vida costumava ser tão normal. Meio chata, mas maravilhosamente normal. Quando ela e a melhor amiga, Scarlett Harp, se mudaram de Santa Bárbara para Los Angeles depois de terminarem a escola, foi para que Jane pudesse tentar um estágio com Fiona Chen, uma das principais produtoras de eventos do país, e Scarlett pudesse estudar na USC. As duas tinham esperanças de acrescentar um pouquinho de animação a suas vidas conhecendo gente nova e provando da vida noturna de Los Angeles, mas jamais haviam planejado conhecer Trevor Lord no Les Deux.

Jane ainda não conseguia acreditar que em um lugar cheio de garotas lindas Trevor havia pedido que ela e Scar fizessem o teste para *L.A. Candy*, o novo reality show que estava produzindo para a PopTV. E que ele acabaria de fato escolhendo as duas.

Ali, sentada naquela praia, tão distante de tudo, desejou poder voltar no tempo até aquela noite de agosto e responder: "Obrigada, mas não, obrigada". Não que pudesse prever o que iria acontecer com ela. Jane e Scar haviam imaginado que o programa seria um fracasso, mas que as duas acabariam tendo umas noites divertidas. Claro, o programa no fim das contas virou um sucesso, e logo depois da estreia em outubro, Jane se viu incapaz de entrar num restaurante ou andar pela rua sem ser reconhecida. As revistas a chamavam de "queridinha da América". Os blogs a chamavam de... bom, outras coisas. O rosto dela estava por toda parte.

De início, a fama repentina foi empolgante e lisonjeira. Agora *ela* era uma das celebridades lindas e glamorosas. Tinha as melhores mesas nas melhores boates. Os estilistas lhe mandavam roupas de graça. Ela era convidada para uma festa hollywoodiana diferente praticamente todas as noites e ficava ao lado de VIPs que antes via apenas na televisão ou lia a respeito nas revistas.

Porém, toda aquela atenção também era algo confuso. O que Jane havia feito para merecê-la? As câmeras do *L.A. Candy* meramente filmavam o seu dia a dia: ela preparando o jantar, lavando roupa, saindo com amigos, trabalhando como assistente escravizada e chicoteada de Fiona. Coisas rotineiras. Como, exatamente, isso lhe conferia o status de celebridade?

Mais importante, por que isso a transformara em alvo dos tabloides? Era por esse motivo que ela estava ali, tentando relaxar naquela praia com Madison. Cinco dias antes — fazia apenas cinco dias mesmo? — a revista *Gossip* publicara uma matéria contando como Jane tinha ficado com Braden, o melhor amigo e colega de quarto do namorado dela, Jesse. A reportagem não mencionava que Jane e Jesse andavam brigando. Ninguém que a leu sabia como Jesse tinha enchido a cara no Goa, nem sabia da garota em quem ele tinha dado em cima a noite inteira. Também não sabia o quanto Jane estava vulnerável quando Braden, de quem já era amiga antes mesmo de conhecer Jesse, se aproximou dela, muito menos sobre sua antiga queda secreta por ele. Os leitores só sabiam das fotos de Jane e Braden no quarto dela vestindo pouco mais que roupas de baixo. Algum fotógrafo tinha dado um jeito de tirar aquelas fotos dos dois pela janela — por que, *por que* Jane tinha deixado as cortinas abertas? E que tipo de pessoa doente tira fotos pela janela do quarto de uma garota? Isso é que era invasão de privacidade... e isso vindo de alguém de um reality show. As fotos acabaram na internet para todo mundo ver, inclusive os pais de Jane... as irmãs mais novas, Lacie e Nora... Trevor... Fiona... e, é claro, Jesse.

Jane não conseguiu encarar Jesse quando a matéria saiu. Na verdade, não teve coragem de encarar ninguém. Por isso não o fez. Naquele mesmo dia, deixou Madison arrastá-la para o belíssimo e exclusivíssimo condomínio dos Parker em Cabo San Lucas para fugir dos fotógrafos (que haviam montado acampamento na frente do prédio de Jane) e do telefone (que não parava de tocar). Jane fez uma única ligação antes de sair — para os pais, deixando a mensagem de que estava bem e que sumiria por uns dias. Por sorte não havia sinal de celular no condomínio dos Parker. Jane tinha certeza de que deveria haver centenas de mensagens à espera: dos pais, de Scar, de Trevor, Fiona, repórteres aleatórios e sabe-se lá de quem mais. Também sabia que havia bem pouca chance de um dia voltar a checar a caixa postal do celular de novo.

Jane fechou os olhos com força, mas não para bloquear o sol. Será que Braden tentara entrar em contato desde que saíra de Los Angeles?, perguntava-se ela pela milésima vez. E Jesse? Abriu os olhos e pensou seriamente em ficar no México para sempre.

Não que tivesse um emprego para o qual voltar. Jane imaginava que a chefe provavelmente a despediria por ter sumido sem avisar e por provocar manchetes como ESTRELA DE L.A. CANDY NÃO É TÃO DOCE ASSIM (o que provavelmente não seria bom para a imagem da empresa). Quanto a Trevor... será que ele também a despediria? Ela estava escalada para filmar em todos os cinco dias que passara em Cabo com Madison. A ideia de abandonar o programa era com certeza tentadora, mas Jane sabia que haveria consequências. Em setembro havia assinado um contrato com a PopTV comprometendo-se a gravar dez episódios, e ainda tinha vários pela frente até o final da temporada. Será que Trevor a processaria por quebra de contrato? Será que chutaria Jane e Scarlett para fora do apartamento maravilhoso das duas, que era bancado pelo programa? Scarlett ficaria sem teto por culpa de Jane. Bom, talvez não sem teto, mas as duas teriam de voltar para o antigo apartamento com paredes nojentas e barulho de trânsito incessante. Não conseguiria voltar para lá. Gostava do apartamento bonito e silencioso das duas, com as lindas paredes brancas.

Scarlett. Como se não bastasse, Jane se sentia megaculpada por dar o fora de Los Angeles sem falar nada para a melhor amiga. Sabia o quanto Scarlett devia estar preocupada com ela. As duas eram praticamente inseparáveis desde o jardim de infância, e Scarlett sempre tinha sido muito protetora em relação à Jane. Ultimamente as coisas andavam meio tensas entre as duas. Primeiro porque Jane gostava das colegas de elenco do *L.A. Candy* — Madison e outra garota, chamada Gaby Garcia — e Scar não. Sempre fazia comentários maldosos sobre as duas, tanto na frente quanto por trás das câmeras, o que era algo completamente desnecessário. Além disso, Scar não aprovava o relacionamento de Jane (agora ex-relacionamento) com Jesse, por causa do histórico dele com garotas... e bebidas... e drogas... e garotas. Mas "histórico" era a palavra certa. Jesse não fazia mais nada disso (exceto pelo pequeno deslize no Goa). Ele havia mudado e vinha sendo praticamente um namorado perfeito. Foi Jane quem pisou na bola e o traiu com Braden.

Jane mexeu o drinque quase todo derretido e bebeu o resto aguado de um gole só. Ah, como seria bom se jamais tivesse ouvido falar de Trevor Lord... ou *L.A. Candy*. Sim, o incidente com Braden era cem por cento culpa dela. Mas, na época em que ainda era apenas a velha Jane Roberts de Santa Bárbara, a imprensa não teria tirado fotos e espalhado-as por todos os lados, humilhando-a e arruinando o namoro com Jesse. Como se não bastasse ter cometido um erro, agora precisava compartilhá-lo com o país inteiro. Nenhuma quantidade de roupas de estilistas faria com que isso fosse tranquilo. Jane desejava voltar no tempo até a época em que ela e Scar eram desconhecidas, quando se mudaram para Los Angeles cheias de esperanças e sonhos para as novas e fabulosas vidas em uma nova e fabulosa cidade. Em vez disso ela estava vivendo um pesadelo.

Madison voltou, equilibrando-se nos saltos.

— Gay — disse ela, encolhendo os ombros. Sentou-se e estendeu as pernas compridas e bronzeadas. — Mas nos convidou para uma festa. Ei, você está bem? Qual o problema?

— Duas palavras. "Ilustre oferecida."

— O quê? — perguntou Madison, confusa.

— Essa foi a última manchete que li antes de sairmos do apartamento — respondeu Jane com um suspiro. — Eu estava só pensando que, se nunca tivesse assinado o contrato para participar do programa, nada disso teria acontecido.

Madison se inclinou para a frente e pousou a mão (com longas unhas postiças de acrílico) no braço de Jane.

— Relaxa. Vai ficar tudo bem. Prometo. Você sabe que alguém vai fazer alguma baixaria ainda maior esta semana; então quando voltarmos seu pequeno deslize já vai ser passado.

— Espero que sim — disse Jane, embora não estivesse nem um pouco certa disso. E ficara um pouco magoada por Madison insinuar que o que fizera tinha sido baixaria. Mesmo assim, Madison fora uma ótima amiga naqueles últimos dias: levou-a para Cabo, cuidou dela, pediu drinques enfeitados, distraiu-a com histórias engraçadas do seu internato na Suíça, dos pais e da tia maluca Letitia. — Você tem sido um amor. Sério. Mas não podemos ficar aqui para sempre. O Natal é depois de amanhã, e preciso voltar para casa. Meus pais estarão me esperando.

— Não, *fique*! — implorou Madison. — Podemos passar o Natal juntas em Cabo! Vamos descolar uma palmeirinha e decorá-la com luzes bonitas!

— Você sabe que eu adoraria ficar aqui, mas não posso — disse Jane. — Além disso, seus pais também estarão à sua espera. — Madison não disse nada, o que fez Jane imaginar como seria a vida familiar dela. Pensando bem, Madison raramente falava sobre a família. Jane esperava não ter dado um fora, e decidiu mudar de assunto. — Ei, você sabe se *alguém* tem internet neste condomínio? Quero checar os voos para o LAX. E mandar um e-mail para Scar para ela saber que estou bem e coisa e tal.

— Tsc, este lugar é completamente parado no tempo. Não tem sinal de celular, internet, nada. Eles fazem isso de propósito para que ricaços superocupados como meus pais possam se afastar de tudo ou coisa do gênero. — Madison hesitou. — E sabe, quanto a Scarlett... Eu na verdade andava querendo conversar com você sobre ela.

Jane franziu a testa.

— Sobre o quê?

— Sabe o dia em que saiu a matéria na *Gossip*? Quando nós três estávamos juntas no apartamento? Ela agiu de um jeito meio estranho — disse Madison.

— Como assim, "meio estranho"?

— Você nunca se perguntou? Tipo, quem deu a dica ao fotógrafo sobre você e Braden estarem no seu apartamento naquela noite? — indagou Madison. — Desculpe por tocar no assunto, mas... bom, você sabe que só quero o seu bem, querida.

— O que você está dizendo?

— Estou só dizendo que... Eu sei que ela é sua amiga. Mas... — A frase de Madison ficou no ar. — Ah, agora caiu a ficha. — Ela sorriu. — Ilustre oferecida, trocadilho com "ilustre desconhecida"... Engraçado.

Jane se virou para olhar o mar. Madison estava insinuando que Scar poderia estar por trás daquelas fotos? Não era possível. Não era possível que *ninguém* que Jane conhecesse estivesse por trás daquilo. Ninguém dentro de seu universo seria assim tão mau, ou vingativo, ou manipulador. Muito menos a melhor amiga.

Até onde Jane sabia, havia apenas uma explicação lógica. O fotógrafo devia estar à espreita no prédio dela, esperando um furo. Ou então seguiu Braden até lá porque sabia que era amigo de Jane. Não importava. Sério, ela não queria mais pensar no assunto. Aquilo tudo era horrível demais.

— Quer dizer, teve aquele boato de Jesse ter vendido aquelas fotos para os tabloides — insistiu Madison. — Mas andei pensando que... Talvez tenha sido outra pessoa. Então... quem sabia que Braden estava na sua casa naquela noite?

Jane deu de ombros.

— Bom, Scar. E meu peixe dourado, Penny — respondeu ela com a expressão séria.

— Ah, bem, então obviamente foi o peixe quem deu a dica para o fotógrafo! — disse Madison com risadinhas. — Talvez Penny tenha uma queda por Jesse e queira separar vocês dois.

— Penny jamais faria isso — retrucou Jane, pensando em como era bom brincar com aquilo depois de tantos dias chafurdando na desgraça. — Penny prefere os altos, morenos e...

Mas Jane não terminou a frase. Ela se distraiu com um movimento estranho atrás de uma palmeira a mais ou menos um metro à direita. Então se virou na espreguiçadeira, tentando enxergar o que era.

Clique, clique, clique. Um cara de meia-idade com óculos escuros tipo aviador saiu de trás da árvore, apontando as teleobjetivas supercompridas *na direção dela.*

— Ai, meu Deus! — gritou Jane, instintivamente escondendo o rosto com a mão. Ela agarrou a toalha e a bolsa de praia e ficou de pé de um pulo. — Madison, tem um paparazzo ali.

— Sério? — Madison envergou um sorriso e olhou ao redor. — Onde?

— Deixa para lá. Deus, como eu odeio isso. Não consigo me afastar deles nem mesmo em outro país! — disse Jane, com a voz trêmula. E começou a enrolar a toalha ao redor da cintura, pronta para voltar ao condomínio.

O sorriso de Madison desapareceu. Ela juntou as coisas e se levantou.

— Desculpe. Você está certíssima — disse ela rapidamente. — Vamos, vamos entrar e fugir desse idiota. Quer alugar uns DVDs na sede do clube? Mais tarde a gente poderia ir àquela festa para a qual meu novo amigo salva-vidas nos convidou.

Jane balançou a cabeça.

— O fotógrafo é um sinal, Madison. Não posso mais fugir disso. *Preciso* voltar — declarou ela, entrando de novo em casa.

— Como quiser, Ilustre oferecida — brincou Madison.

"Não tem graça nenhuma", pensou Jane.

2

SÓ MAIS UM CARA

Scarlett Harp tentou não xingar muito enquanto enfiava as roupas dentro da mala. Natal em Aspen? Quem passava o Natal em Aspen? "Bom, provavelmente muita gente", pensou, mas ela não era do tipo Natal-em-Aspen. Tinha sido ideia dos pais alugar um chalé em algum condomínio chique e passar as festas nas montanhas. O Sr. e a Sra. Harp — na verdade, Dr. e Dra. Harp (ele era cirurgião plástico; ela, psiquiatra) não acreditavam em tradições "sentimentais" como decorar uma árvore ou pendurar meias na lareira. Todos os anos eles passavam o Natal em um lugar diferente. No ano anterior tinha sido as Bahamas. Antes desse, Paris. E antes ainda, Havaí.

Já era ruim o bastante Scarlett precisar fazer as malas para uma viagem que não desejava fazer, mas o pior de tudo é que não estava sozinha. Havia gente no quarto a observando. *Muita* gente, na verdade. Um diretor, dois operadores de câmera, um técnico de som e um produtor. E Gaby, a colega de elenco irritante, que Trevor havia mandado para ser amiga substituta de Scarlett e lhe fazer companhia enquanto ela arrumava as malas. Tradução: Jane e Madison estavam desaparecidas e o programa, desesperado atrás de cobertura; então Trevor e outra produtora, Dana, estavam montando cenas completamente falsas. Isso porque *L.A. Candy* era um "reality" show. Scarlett jamais andaria com Gaby a não ser obrigada. Como agora.

Gaby estava sentada na cama, tentando conversar com ela e comentando sobre as roupas de Scarlett — das quais noventa por cento eram jeans e camisetas.

— Ooooh, essa blusinha é tão linda! — Gaby apontou para uma camiseta roxa que Scarlett estava embolando e enfiando dentro da mala. — Como se chama essa cor? Beringela? Violeta? Magenta?

— Roxa — grunhiu Scarlett. — Você não tem nenhum compromisso hoje?

— Nah, sou toda sua. Ei, a que horas é o voo? Eu bem que precisava fazer pé e mão, e você? Quer ver se a gente consegue marcar hora em algum lugar depois do almoço?

Gaby olhou para Dana, com certeza para ver se o comentário sobre manicure e pedicure tinha sido registrado. Scarlett sabia que o pânico no rosto de Dana significava que ela havia entendido e estava pensando que se desejassem encontrar um salão para filmar precisariam ligar imediatamente para ajustar tudo.

Scarlett olhou as unhas, duas das quais estavam quebradas.

— Não, estou bem. Pode ir sem mim.

— Ah, *isso* não tem graça nenhuma! — reclamou Gaby.

O celular de Scarlett zumbiu no bolso de trás da calça e ela o apanhou rapidamente, achando que talvez pudesse ser Jane — até que enfim! Ela havia tentado entrar em contato com a melhor amiga durante os últimos cinco dias, deixando dúzias de mensagens frenéticas: "Me ligue! Onde você está? Estou tão preocupada com você! Me ligue!" Havia outras mensagens também, na linha "se afaste da vaca maluca da Madison o mais rápido possível!" Scarlett não conseguia lembrar as palavras exatas.

A expressão no rosto de Scarlett se fechou quando ela viu o nome na tela. Era mais uma mensagem de texto de Dana. DÁ P/ IR + DEVAGAR C/ A ARRUMAÇÃO DA MALA? E SEJA LEGAL C/ GABY, PF.

Scarlett suspirou. Dana adorava mandar SMSs dirigindo Scarlett no meio da tomada, dizendo para ela fazer isso ou dizer aquilo. Não que Scarlett realmente fizesse alguma das coisas que Dana pedia. Scarlett não bancava a *boazinha*. Ela acreditava em dizer o que lhe passasse pela cabeça, e se aquilo saísse meio grosseiro... Bom, a verdade dói, gente.

O negócio era que a cada episódio de *L.A. Candy* que assistia, Scarlett ficava cada vez mais frustrada com a disparidade entre seu eu da televisão e seu eu verdadeiro. O jeito como Trevor editava o material bruto fazia Scarlett parecer uma nerd tímida e quietinha. Sempre que estava em uma cena com Jane ou as outras garotas, Scarlett acabava ficando quase sem nenhuma fala — só com coisas como "é mesmo" e "não, valeu" e "tchau, preciso ir para a aula!" Claro, ela era bonita, com seus longos cabelos pretos ondulados, olhos cor de esmeralda e 1,75 metro de altura torneados pela ginástica. Mas Scarlett dava a impressão de não ter nada a dizer. O que era o exato oposto de quem realmente era.

— Certo, gente, precisamos fazer uma pausa para o almoço e então todo mundo vai para o LAX — falou Dana em voz alta. "Humm, por que ela simplesmente não manda um SMS para todos?", pensou Scarlett enquanto a equipe lentamente começava a retirar os equipamentos do quarto.

Gaby fez beicinho.

— Por que está demorando tanto? Tô morrendo de fome.

— Tem uns restos de comida na geladeira, acho. Pode se servir — ofereceu Scarlett. O programa em geral tinha batatas chips e pretzels como parte do serviço de alimentação, o que mal podia ser chamado de "almoço".

— Beleza.

Gaby ficou de pé num pulo e sumiu em direção à cozinha.

Scarlett voltou a suspirar. Aquilo era tão estúpido. Se Jane estivesse com ela, as coisas seriam diferentes. Assistiriam a especiais de Natal medonhos que teriam gravado com TiVo ou fariam as compras de última hora no Grove enquanto neve falsa caía ao redor. Scarlett poderia passar o Natal com os Roberts em vez de ter de voar até Aspen; a família de Jane era *normal* (de um jeito bom) e mais legal do que a dela. O Sr. e a Sra. Roberts não se sentavam em silêncio completo e gélido à mesa de jantar, com a CNN ao fundo, cortando silenciosamente os bifes *rib-eye* de quarenta dólares cada. Não passavam mais tempo ao telefone com os pacientes do que um com o outro. Não ficavam analisando os filhos com comentários do tipo: "Então, Scarlett... você acha que sua escolha de estudar na USC em vez de em Harvard ou Columbia tem a ver com seu medo inconsciente do sucesso?"

E *onde estava* Jane, falando nisso? O recado que deixara para Scarlett no apartamento cinco dias antes dizia que Madison a tinha levado para o México para fugir e que voltaria logo. O problema era que fora Madison quem orquestrara todo o escândalo da *Gossip* em primeiro lugar, e Jane não fazia a menor ideia disso.

Antes de sumir com Jane, Madison havia sussurrado no ouvido de Scarlett que Jesse Edwards é quem tinha vazado as fotos para a *Gossip*. Então Scarlett foi para a casa de Jesse dizer umas poucas e boas para ele, pessoalmente. Quando chegou lá, Jesse lhe contou que *Madison* é quem era a culpada, que ela havia tentado convencê-lo a vazar as fotos para a *Gossip*, mas ele se recusara (apesar de estar furioso pelo fato de a namorada ter ficado com o melhor amigo). E Scarlett acreditou nele. Ele era um galinha bêbado, ingrato e louco por publicidade, mas, naquela ocasião crucial, tinha contado a verdade. Scarlett tinha certeza.

Desesperada para descobrir o paradeiro de Jane, ela perguntara a Gaby se ela sabia onde ficava o condomínio dos pais de Madison... ou se tinha alguma informação de contato dos Parkers. Mas Gaby não fazia a menor ideia, como sempre. Embora fosse surpreendente que ela não estivesse mais informada, visto que ela e Madison sempre pareciam andar juntas. Scarlett também tinha pesquisado os Parker no Google, mas não conseguira nada. O que era meio esquisito, considerando que supostamente eram zilionários do ramo imobiliário ou coisa do gênero. Talvez preferissem manter um *low profile,* ao contrário da filha, que iria alegremente para a inauguração do pet shop da esquina caso houvesse câmeras por perto.

Enfim. Assim que Jane retornasse, as duas iriam descobrir tudo sobre essa confusão idiota em relação à Madison e às fotos. E então se esforçariam para colocar a amizade de volta nos trilhos. Tanta coisa (e tanta gente) havia ficado entre elas nos últimos meses: o programa, Madison, Gaby, Jesse. O pior momento fora provavelmente quando Scarlett descobriu por um maldito website que Jane havia saído com Braden. Ela e Jane *nunca* guardavam segredos uma da outra.

Sozinha no quarto, finalmente (os membros da equipe pareciam ter se espalhado pelo corredor), Scarlett andou até a mesa, procurando o passaporte. Precisaria dele se acabasse sendo obrigada a ir até o México pessoalmente para arrastar Jane de volta para casa. Enquanto vasculhava a gaveta de cima, ouviu uma voz atrás de si.

— Ei, tá tudo bem?

Scarlett se virou. Era Liam, um dos operadores de câmera. Bom, não apenas um dos operadores de câmera. Scarlett tinha uma quedinha secreta por ele fazia algumas semanas (por falar em segredos). Era secreta porque, segundo as regras da PopTV, o "talento" não estava autorizado a se envolver com a equipe de filmagem (não que uma quedinha fosse a mesma coisa que se envolver, mas poderia levar a isso). Era segredo também porque Scarlett nunca ficava a fim de ninguém. Tinha um histórico longo e perfeitamente feliz de sempre ficar com os caras uma, quem sabe duas vezes, e depois nunca mais tornar a vê-los. Isso sempre tinha dado certo para ela. Com certeza era melhor do que namorar, como os relacionamentos desastrosos de Jane com Jesse e com o namorado da escola, Caleb Hunt, que (na humilde opinião de Scarlett) havia amarrado Jane num namoro a distância quando começou a faculdade e depois terminado com ela com alguma desculpa muito original do tipo "eu amo você, mas você merece coisa melhor". (A teoria de Scarlett era que Caleb andou traindo Jane em Yale, mas era só isso: uma teoria. Ela nunca encontrou nenhuma prova.)

Liam, sua não paixão, estava na frente dela observando-a com uma expressão simpática e preocupada. Uau, os olhos dele eram *tão* azuis. O mesmo tom da bandana que prendia os longos cabelos castanho-claros ondulados, e o mesmo tom de azul da camiseta macia e desbotada que destacava seu tronco esguio, mas bem-definido. Scarlett havia tentado ignorá-lo a manhã inteira durante as filmagens, mas agora, sozinha com ele no quarto, descobriu que isso não era assim tão fácil.

— Oi — disse Scarlett, virando as costas para a mesa. — Estou ótima, obrigada. Vou ficar ainda melhor depois que essa filmagem acabar.

— Não, eu quis dizer por causa de... Jane. Tenho certeza de que está preocupada com ela.

Scarlett hesitou. Liam era a única pessoa na equipe que tinha sido perspicaz o bastante para perceber isso. E ela mal o conhecia. Na verdade, eles mal disseram outra coisa além de "oi" um para o outro desde que Liam entrara para a equipe do programa em setembro.

— Hum, bem, é, estou.

— Tenho certeza de que ela está bem. E todo esse circo idiota da mídia... vai parar assim que a próxima emergência nacional acontecer, tipo alguma It Girl engordar dois quilos ou Leda Phillips vestir algo feio na estreia de *O morro dos ventos uivantes.*

Scarlett abriu um sorriso. Ele era engraçado... e legal... e fofo. Ótimo.

— Refilmaram *O morro dos ventos uivantes*? — perguntou ela, mais tranquila. — Por quê?

— Sei lá. Leda Phillips é Catherine e Gus O'Dell é Heathcliff. Péssimo em comparação com Merle Oberon e Laurence Olivier, não é? E pior ainda em comparação com o romance de Emily Brontë.

— *Charlotte* Brontë — corrigiu Scarlett.

— Não, *Emily*. Quer apostar? — Liam estendeu a mão, sorrindo.

Scarlett franziu a testa. Depois apanhou o BlackBerry (cortesia da PopTV para que sempre pudessem entrar em contato com ela... *haha*) e pesquisou *O morro dos ventos uivantes* na internet. "Hmm." Emily Brontë. "Droga!"

Então Liam era engraçado, legal, fofo e *além disso* conhecia bem as irmãs Brontë. Era uma combinação perigosa — e irresistível —, especialmente para uma leitora voraz como Scarlett. (Ela lia romances nas versões originais em espanhol, francês ou italiano, apenas por diversão.) Na verdade, Scarlett tinha visto Liam lendo alguns dos livros preferidos dela nos intervalos: uma vez *Cem anos de solidão*, de Gabriel García Márquez, e noutra *Middlemarch*, de George Eliot. Foi um dos motivos de ela o ter notado.

— É, certo, foi Emily — admitiu Scarlett. — Por acaso é fã dos resumos do SparkNotes?

Liam riu e fingiu-se magoado.

— Você acha que eu não consigo ler um romance inteiro?

— Bom, talvez um curtinho. Tipo uma novela.

— Ah, isso é...

A conversa dos dois foi interrompida por passos: Gaby entrou e afundou na cama, comendo o que parecia um pedaço de pizza de pepperoni gelada.

— Sobre o que vocês dois estão conversando?

— Nada, só estou juntando o resto das coisas aqui. — Liam apanhou um cabo elétrico enrolado.

Scarlett sorriu e acenou de leve enquanto observava Liam sair do quarto. "Ele é só mais um cara", disse Scarlett para si mesma. Então por que aquela sensação quente, nervosa e ansiosa na boca do estômago? Que diabos era aquilo, afinal? Será que tinha comido algo estragado? Ela olhou a pizza na mão de Gaby e não conseguiu se lembrar exatamente de quando a havia pedido. Observou Gaby dar mais uma mordida... e não disse nada. Enquanto Gaby estivesse comendo, não falaria. E isso era uma coisa boa.

Mais tarde, Scarlett estava sentada no avião logo antes da decolagem quando o celular tocou. Ela olhou para a tela, mas não reconheceu o número.

PEGUEI SEU TEL NA LISTA DA EQUIPE, ESPERO QUE TD BEM. SHH NAO CONTE P/ DANA. COLEGAS DE QUARTO E EU ORGANIZANDO 1 FESTA DE ANO NOVO. SE VC JAH TIVER VOLTADO DE ASPEN E QUISER VIR MANDA MSG QUE PASSO O END. FELIZ NATAL. LIAM.

Scarlett sentiu o coração disparar e as palmas das mãos ficarem quentes. Voar de avião sempre a fazia sentir aquilo... não é? Ela subiu e desceu a tela, relendo a mensagem. Por que Liam a estava convidando para a festa dele? Será que só por educação? Ela releu de novo a mensagem, tentando traduzi-la, até a aeromoça anunciar que todos precisavam desligar os aparelhos eletrônicos portáteis durante a preparação para a decolagem. Àquela altura, não importava, porém. Scarlett já tinha decorado o que estava escrito.

3

AQUELA É A GAROTA DAQUELE PROGRAMA DE TV?

Jane se apressou em direção à esteira de bagagens, ansiosa para dar o fora do LAX o mais rápido possível. O Natal seria dali a apenas dois dias e o lugar estava lotado. Ótimo — ela conseguiria entrar e sair sem ser incomodada. O boné de beisebol e os óculos escuros Chanel a manteriam anônima. Ou então berrariam: "Sou uma celebridade disfarçada." Jane nunca pensou que *desejaria* o anonimato, mas desejava. Agora mais do que nunca.

Sentiu a calcinha do biquíni contra os quadris. Na pressa de sair do condomínio dos Parker, tinha colocado a calça jeans por cima do biquíni e praticamente saído correndo porta afora com a mala feita às pressas para entrar no táxi. Olhou para o relógio no quadro de pousos e decolagens: 16h15. Se tivesse ficado em Cabo, ela e Madison estariam curtindo o pôr do sol na praia... ou preparando margaritas na cozinha... ou fazendo planos para a noite. Jane havia se acostumado com o ritmo lento e preguiçoso daqueles dias, com aquela rotina despreocupada. Com Madison preparando o café dela todas as manhãs (café, iogurte e fruta arrumados em forma de uma carinha sorridente), repreendendo-a sempre que estava em um dos momentos de pânico, divertindo-a, distraindo-a, consolando-a. Madison tinha sido uma amiga perfeita.

Jane passou por uma banca de jornal no aeroporto e virou a cabeça para evitar olhar os tabloides. Rezou para que o próprio rosto não estivesse mais estampado em nenhum deles, mas não queria arriscar. Por um breve segundo, sentiu o impulso de se virar e pegar o próximo voo de volta para Cabo. Mas sabia que não podia fazer isso, e além do mais, Madison provavelmente também devia ter ido embora para encontrar os pais e passar as festas em... Para onde exatamente Madison tinha dito que iria? Jane havia lhe perguntado várias vezes, mas ela sempre respondera de modo vago. Nova York? Boston? Londres? Alguma ilha em algum lugar? Mas essa era Madison: sempre cheia de planos divertidos, fabulosos e pela metade.

Quanto a Jane, era hora de encarar as coisas. Torcia para que não de uma vez só. O objetivo imediato era chegar ao apartamento, desfazer as malas, refazer as malas, pegar os presentes de Natal que comprara para a família, depois pular para dentro do carro e dirigir pelo litoral até Santa Bárbara. E em algum momento talvez tivesse de ouvir as 31 mensagens que a esperavam no celular. Imaginou que não devia ter demorado para a caixa de mensagens lotar.

Se tivesse sorte, talvez Scar ainda estivesse no apartamento e as duas pudessem conversar pessoalmente. Ela sabia que os Harp iriam para Aspen em algum momento, mas não tinha certeza de quando.

Virando a esquina, Jane passou por outra banca de jornal — e parou ali mesmo. Lá estava seu rosto, de cima a baixo em um dos displays, na capa da revista *Talk*. Havia uma foto dela com a manchete: ESTRELA DE *L.A. CANDY* PEGA EM TRIÂNGULO AMOROSO.

Jane mordeu o lábio, tentando não surtar.

Dias antes, tinha sido uma estrela em ascensão, "a queridinha da América", uma garota normal com problemas normais com quem todos podiam se identificar e queriam ver na televisão semanas a fio. Algumas edições antes, a *Talk* a havia chamado de "A Mais Nova It Girl de Hollywood". E *agora*, o que ela era? Uma vadia que traíra o namorado com o melhor amigo dele? As coisas não podiam ficar muito piores do que isso.

Como a imagem dela havia passado de boa para terrível em tão pouco tempo?

Jane precisava sair do LAX, urgente. Viu a placa que dizia BAGAGEM e se apressou em sua direção. Ao chegar, examinou as esteiras lotadas, tentando adivinhar em qual delas estaria sua mala. Em minutos viu a bolsa azul-claro rolando pela esteira mais próxima. Jane a pegou e se virou para ir embora. "Foi fácil", pensou.

Ela ouviu antes mesmo de ver.

— Jane!

— Aqui, Jane!

Jane se virou, deixando cair a mala. Eram quatro: três fotógrafos e um quarto cara com uma câmera de vídeo de mão. Eles não deviam tê-la notado de início.

— Jane, você já falou com Jesse?

— Como se sente sobre a divulgação daquelas fotos?

— É verdade que você mesma vazou as fotos para a imprensa?

— Jane, por que traiu Jesse?

Estavam gritando com ela, as vozes muito mais altas do que o barulho de fundo dos anúncios de voos e dos bebês chorando. Todo mundo ao redor se virou para encará-la. Ela ouviu murmúrios próximos — "Quem é ela?" "Aimeudeus, é aquela garota daquele programa de TV?" "Jane! Não é aquela atriz?" — e viu as pessoas sacando os celulares e tirando fotos dela. Congelou onde estava... encurralada.

Depois respirou fundo e se lembrou do que fazer. Pegou a mala, passou rapidamente pelos fotógrafos que berravam e pela multidão que a encarava, e atravessou as portas de vidro automáticas na direção dos táxis. Com o boné sobre os olhos, os óculos no lugar e a cabeça erguida; mais ou menos.

— Jane, só um sorrisinho!

— Ora, vamos, Jane... Não gosta de tirar fotos vestida?

Eles a seguiram até o ponto de táxi, parecendo frustrados pela maneira como Jane não parava de virar o rosto na outra direção. Em certo momento começaram a segurar as câmeras a poucos centímetros do rosto dela e disparar flashes. Ela mal conseguia enxergar para onde estava indo.

Somente quando entrou num táxi e já tinha se afastado do LAX e dos fotógrafos é que Jane se permitiu afundar no assento... e chorar.

— Scar?

Nenhuma resposta. Jane fechou a porta atrás de si e atirou as chaves na mesa da sala. O apartamento estava completamente silencioso: nada de televisão, música, ou Scar conjugando verbos em espanhol em voz alta. No balcão da cozinha, Jane notou um copo vazio de 7-Eleven. "Ah, então a equipe esteve aqui filmando", pensou. Ficou muito, muito feliz por não ter trombado com eles. Não precisava de câmeras documentando espontaneamente sua "volta ao lar", menos ainda quando estava se sentindo tão horrível e com o rosto manchado de lágrimas.

Jane pensou na emboscada no aeroporto e sentiu uma nova onda de agitação — e de raiva, também. Decidiu se esconder no apartamento até tarde, pelo menos até meia-noite, antes de pegar a estrada para Santa Bárbara. Era a única maneira de ter certeza de que não seria seguida por mais nenhum fotógrafo.

Entrou na cozinha e viu um recado enorme no balcão de mármore:

Janie, são 2 da tarde e estou saindo para pegar meu voo para Aspen. Estou com o celular, me ligue!!!!!! Beijos, Scar, 23/12

Jane percebeu que por pouco não encontrara Scarlett. Na verdade, provavelmente estavam no LAX ao mesmo tempo.

Havia outro bilhete perto daquele:

Para o funcionário do Angelo's Pet-sitting Service: Penny está no último quarto à direita. Por favor, alimente-a com a comida de peixe ao lado do aquário.

Scar havia acrescentado o número do celular para alguma emergência.

"Oohn", pensou Jane. Era tão fofo da parte de Scar ter se lembrado de Penny, principalmente porque Jane havia partido para Cabo sem se lembrar de pedir à amiga que cuidasse do peixe (mais uma coisa pela qual se sentia incrivelmente culpada).

A cozinha estava limpa de verdade: nenhum prato sujo na pia, nenhuma caixa vazia de pizza empilhada ao lado da lata de lixo. Em geral, Scar tendia a ser muito mais limpa e organizada do que Jane. (Exceto nos quesitos de moda e estilo, embora Scar fosse naturalmente tão estonteante que sempre se safava mesmo sem pentear os cabelos, colocar maquiagem e vestir outra coisa que não jeans e uma camiseta amassada. Jane, embora bonita, precisava de um pouco mais de esforço.) Mas, falando em lata de lixo... Jane notou dúzias de post-its e bilhetinhos saindo de dentro dela. Então os apanhou.

Eram todos recados de Scar para ela, datados dos cinco dias anteriores e daquele dia:

Janie, me ligue!
Fui para a biblioteca devolver uns livros. Volto às 9.
Preciso conversar com você urgente sobre Madison!
Sua mãe ligou.
Me ligue!
Trevor ligou tipo umas cinquenta vezes — dá para ligar de volta para ele?
O pessoal do escritório de Fiona Chen ligou.
Fui pra academia (nova personal trainer!), volto ao meio-dia.
Se estiver em casa, me espere!!!
Me ligue!

Starbucks, volto daqui a uma hora.
Trevor ligou de novo.
Última prova do semestre, volto na hora do jantar.
O pessoal do escritório de Fiona Chen ligou de novo.
Seu pai ligou.
Filmando em alguma boate idiota, volto à meia-noite.
Janie, me ligue!!!!

E mais do mesmo.

O peito de Jane se apertou. Scar obviamente estivera preocupada com ela e tentara entrar em contato em qualquer oportunidade. E Jane a havia descartado completamente. Certo, não havia sinal de celular nem internet no condomínio dos pais de Madison, mas ela devia ter ligado ou mandado um SMS para Scar do aeroporto de Cabo ou do LAX ou sei lá.

Olhou mais uma vez os recados, parando diante daquele sobre Madison. O que Scar estava querendo dizer com conversar urgente sobre ela? Aquilo parecia tão aleatório. Jane sabia que Scar achava que Madison era uma vadia superficial e pretensiosa que só pensava em si mesma. Não havia nenhuma emergência aí. Como todas as suas demais opiniões, Scarlett não tinha a menor timidez em declarar aquilo. Mas, até onde Jane sabia, Madison sempre tinha sido simpática com Scar, convidara-a para festas, idas a spas e tudo mais. Era Scar que sempre torcia o nariz para coisas do gênero. Sentia orgulho em ser diferente, destacada, uma forasteira.

Mas assim era Scar. Às vezes podia ser muito intensa e crítica em relação às pessoas, principalmente as do universo de Jane. Ela sabia que Scar só estava protegendo a amiga, mas mesmo assim. Ela tinha agido assim com duas amigas de Jane na escola e com alguns de seus namorados também, incluindo Caleb (Scar tinha sido totalmente contra os dois continuarem o namoro a distância depois que ele foi para a faculdade) e Jesse (a quem ela raramente se referia pelo nome, preferindo o termo "galinha" e outros apelidos igualmente lisonjeadores).

Porém, Scar era a melhor amiga de Jane. E Jane estava ultra em dívida com ela. A amizade com Scar não andava muito bem nos últimos tempos, assim como todos os outros setores da vida.

Jane sacou o celular da bolsa e digitou rapidamente:

SCAR, SINTO MTO POR TER FICADO INCOMUNICÁVEL MAS TO DE VOLTA AO AP AGORA E INDO P STA BARBARA. TO BEM. BJS, JANE.

Jane apertou a tecla para enviar e sorriu para si mesma. Pronto. Havia feito o primeiro contato depois do exílio autoimposto. Não tinha sido assim tão difícil, tinha?

Agora só precisava fazer o mesmo com os pais, Trevor, Fiona e sei lá mais quem que havia deixado recados para ela. "É, moleza", pensou.

4

VOCÊ ESTÁ FAZENDO ISSO POR UM BOM MOTIVO

Considerando que era véspera de Natal, o Blue Dolphin estava surpreendentemente cheio. O Papai Noel de neon que piscava, as luzes natalinas e a rede de pesca que decoravam as paredes eram mais deprimentes do que festivos e não ajudavam em nada a disfarçar os sofás de vinil baratos, as mesas de sinuca encardidas e a jukebox horrorosa. (Jimmy Buffett? Sério?) Era basicamente o tipo de lugar onde uma galera mais velha ia para tomar litros e mais litros de cerveja barata, jogar dardos e gritar diante de qualquer jogo que estivesse rolando na minúscula televisão colocada acima do balcão do bar.

Era também o lugar perfeito para os propósitos de Madison Parker, 21 anos, naquela noite. Aquela gente não era fã da PopTV; ninguém saberia quem ela era. E, embora em geral adorasse ser vista, naquela noite não desejava ser reconhecida. Por mais que preferisse encontrar seu contato no escritório — ou, melhor ainda, tomando martínis no Bar Marmont — ela não se arriscaria, não logo depois de sair a matéria. Talvez estivesse sendo paranoica, mas era melhor prevenir do que remediar.

Sentou-se em um dos boxes do canto, com o corpo angulado de modo a ter uma visão geral do lugar, mas sem que ninguém pudesse ver seu rosto.

Quando o celular vibrou, Madison esperou ver uma mensagem com desculpas sobre o trânsito ou algo do gênero. Enfiou a mão na bolsa Chanel matelassê e sacou de lá o telefone.

Era de Jane:

OBRIGADA POR CABO! VC SALVOU MINHA VIDA! TENHO MTA SORTE DE TER VC COMO AMIGA. FELIZ NATAL! BJS, JANE

Os dedos de Madison tremeram ligeiramente. A reação deveria ter sido de irritação. Ela deveria estar zombando daquela mensagenzinha fofa da doce Janezinha, cuja doçura em geral fazia com que Madison tivesse vontade de vomitar, mas por um momento sentiu uma pontada de... quê? Culpa? Arrependimento? Jane achava que ela era sua amiga. Uma *boa* amiga. E, durante aqueles poucos dias em Cabo, Madison havia sido exatamente isso. Tinha sido divertido ficar na praia, conversando sobre roupas e garotos. Longe de Los Angeles e da pressão de estar "no ar" 24 horas por dia/sete dias por semana, Madison quase havia relaxado até um estado de normalidade com Jane. Nunca tivera uma melhor amiga quando pequena. De certa forma, ironicamente, Jane era a coisa mais próxima de uma melhor amiga que Madison já tivera na vida.

Ela sacudiu a cabeça com firmeza. "Pare com isso", disse a si mesma. "Você precisa se concentrar. Está fazendo isso por um bom motivo."

Afinal de contas, não era como se estivesse *magoando* Jane. Com certeza Jane estava chateada agora, mas superaria. Falem mal, mas falem de mim, certo? Se antes ninguém sabia quem era Jane Roberts, com certeza sabiam agora. E se Jane terminasse com falas bem menores depois daquilo — ou fosse cortada do *L.A. Candy* de vez — então seria o melhor. Jane tinha ou não dito a Madison o tempo todo que passaram em Cabo que desejava nunca ter assinado o contrato para participar do programa? Madison estava só ajudando-a a conseguir o que queria.

Além disso, Jane não deveria ser a estrela de *L.A. Candy*. Ela nem sequer desejara aquilo. Madison, por outro lado, *precisava* daquilo, e jamais desprezaria nada que viesse no pacote. Os paparazzi eram ossos do ofício. Madison jamais fugiria de um escândalo. Na verdade, faria de tudo para garantir que aquelas fotos fossem capa da *Maxim* ou da *FHM*. E adoraria cada segundo.

— O trânsito estava de sacanagem, e que bar é esse que não tem nem valet?

Madison olhou para cima, espantada. Não havia notado Veronica Bliss ali de pé. Ela estava segurando um copo com algo que parecia uísque com gelo, o qual pousou na mesa perto da taça intocada de vinho branco de Madison.

— Oi, como vai? — disse Madison, animada.

— Bem, bem.

Observou Veronica deslizar para o assento à frente. A mulher de quarenta e poucos anos era minúscula —

1,5 metro e mignon — com cabelo ruivo curto e olhos azul-claros penetrantes atrás de armações negras estilosas da Chanel. O terninho preto simples com colar de pérolas estava deslocado em comparação à decoração brega do Blue Dolphin.

Embora Veronica fosse fisicamente diminuta, a maioria das pessoas de Hollywood a temia. E por um bom motivo. Como editora-chefe da revista *Gossip*, Veronica podia construir ou destruir a reputação e a carreira de alguém com apenas uma única matéria ou foto colocada no momento certo.

Alguém como, digamos, Jane Roberts.

— Se divertiu em Cabo? — perguntou Veronica.

— O tempo estava maravilhoso.

— Alguma coisa que queira compartilhar? — Veronica encarou Madison de frente.

Madison se remexeu, incomodada. Veronica tinha um jeito bizarro de olhar sem quebrar o contato visual, nem mesmo por um segundo. Era de dar medo.

— Ah, você sabe, ficamos o tempo todo torrando na praia e virando margaritas — disse Madison, dando de ombros.

Veronica tomou um gole da bebida.

— Bom, certamente sou grata por você ter me mandado um e-mail de Cabo fornecendo sua localização. Meu fotógrafo pegou um avião até lá e conseguiu umas ótimas fotos de Jane.

— Ele tirou alguma minha? — perguntou Madison, lembrando-se do cara com os óculos de aviador. Ante o silêncio de Veronica, ela continuou: — Tive de ir escondida até a cidade para mandar aquele e-mail para você, porque nosso condomínio não tem acesso à internet, e...

— Sim, sim, eu agradeço — interrompeu Veronica, não parecendo nem um pouco agradecida.

Madison estremeceu. Aquela mulher devia a ela, e muito. Por que não estava sendo mais simpática? Talvez precisasse ser lembrada daquilo.

— Então, como andam as vendas da superedição Jane/Braden/Jesse? — perguntou Madison, tomando um gole do vinho.

Os olhos azuis de Veronica se iluminaram.

— Excelentes. Os números são incríveis. Você realmente se superou com aquelas fotos.

Madison sorriu de modo presunçoso.

— Mas estou curiosa. Como exatamente as conseguiu? — continuou Veronica.

— Conheço um fotógrafo que não tem medo de altura, se é que entende o que quero dizer. — Veronica apenas a encarou, por isso Madison continuou a explicar. — Há uma grande árvore perto da janela do quarto de Jane, e ela nunca fecha as cortinas, e... bem, dá para adivinhar o resto.

— Impressionante.

— Então aquelas fotos em Cabo farão parte de uma matéria de continuação? — quis saber Madison.

— Sim, é claro. Meus repórteres estão de olho tanto em Jesse quanto nesse tal de Braden. Aparentemente Braden pegou um avião para Nova York anteontem. Pelo que eu entendi, ele e Jesse são amigos há algum tempo, mas ninguém sabia quem era Braden. Num dia ele é um desconhecido aspirante a ator que vive à sombra do melhor amigo; no outro, todo mundo só fala nele. O poder da publicidade, certo? Quanto a Jesse.... Bom, faz menos de uma semana que a história estourou, mas nesse pouco tempo nosso Jesse andou ocupado. Foi visto no Crown Bar com uma loira, depois no Les Deux com outra garota. Acho que tem alguém se esforçando muito para provar que esqueceu Jane.

— Interessante — comentou Madison, embora na verdade não achasse aquilo nem um pouco interessante. Quem ligava para Braden ou Jesse? Ela queria voltar para o assunto que realmente importava: *ela*. — Escute. Sobre o nosso acordo.

— Acordo?

Madison sentiu uma onda de calor subir até as bochechas.

— É, acordo. Você me disse que se eu conseguisse alguma sujeira sobre Jane me colocaria na sua revista.

— Sim, sim, claro. Vou pedir para um dos meus repórteres ligar para você logo de manhã. Ah, mas... é Natal, certo? Quem sabe depois de amanhã. —Veronica inclinou a cabeça. — Engraçado, não é?

— O quê?

— Que você, Madison Parker, esteja passando a noite de Natal tramando contra uma de suas melhores e, pelo que sei, únicas amigas.

Madison olhou-a com raiva.

— Ela *não é* uma das minhas melhores amigas. Tenho outras amigas. Muitas. Além disso, a noite de Natal ainda não terminou. Tenho planos.

— Lógico que tem. — Veronica pegou o uísque e tomou um gole, sem quebrar o contato visual com Madison nem por um instante sequer.

Madison desviou o olhar, desejando com todas as forças dizer o que pensava: que pelo visto Veronica também não teria nenhum Natal caloroso e aconchegante. Contudo, Madison sabia muito bem que era melhor não morder a mão que, ela esperava, iria alimentá-la.

— Vaca — murmurou Madison.

— O quê? — Derek rolou do seu lado da cama e olhou para ela, confuso.

Madison sacudiu a cabeça.

— Nada, desculpe. Estava só pensando na mulher com quem tomei um drinque hoje.

— Ah — disse ele, olhando para o relógio sobre a mesa de cabeceira dela. — Droga. Preciso ir. É quase meia-noite e... — Ele se calou.

— Não se preocupe. Pode ir, vá.

Derek se levantou, pegou uma camisa Zegna cinza-clara do chão e a colocou.

— Ei, deixei seu presente de Natal embaixo da árvore.

Madison sorriu.

— É? Eu vou adorar?

— Você vai adorar. Ah, e mandei pelo correio o seu *outro* presente de Natal esta manhã. O aluguel de janeiro.

— Demais. Valeu, querido.

— Não, *eu* é que devia agradecer. — Ele se inclinou sobre ela, segurou seu rosto com as duas mãos e a beijou.

Madison retribuiu o beijo, como (quase) sempre conseguindo ignorar o toque frio da aliança de platina dele contra a pele.

5

NOITE DE NATAL COM OS HARP

— Por favor, pode passar a truta defumada, querida? — pediu o pai de Scarlett à mãe dela.

— Sim, é claro, amor. Scarlett, você gostaria de mais uma ostra com molho *mignonette*?

— Humm... Claro.

O silêncio era preenchido apenas pelo barulho dos talheres contra os pratos. Scarlett olhou por cima do ombro para Dana, que estava fazendo um movimento de rolar frenético com as mãos, o qual Scarlett traduziu como: "Por favor, mantenha a conversa fluindo". A qualquer segundo ela enviaria outra mensagem de texto para Scarlett: PODERIA FALAR SOBRE OS NATAIS DA SUA INFANCIA? ALGUMA HISTORIA ENGRAÇADA? E OS PRESENTES + LEGAIS E + HORRIVEIS QUE VC JAH GANHOU? E...

— Então... hoje foi demais esquiar, não é? — Scarlett conseguiu dizer enquanto chupava mais uma ostra sem fazer careta. (Por que tinham de ter a consistência de catarro?) Em geral, ignorava os SMSs de Dana, mas não queria parecer ainda mais esquisita e com dificuldade de conversação do que os pais.

— Sim, excelente — concordou o pai.

— Um pouco lotado demais para o meu gosto — disse a mãe.

Mais silêncio. Scarlett olhou para o medonho centro de mesa todo branco (velas altas brancas, pisca-pisca branco e um par de pombos falsos brancos se beijando aninhados sobre folhas e frutinhas brancas) e tentou pensar em outra coisa para dizer.

Ah, sim, o incidente com o triciclo.

— Lembram-se de quando vocês me deram aquele triciclo amarelo de Natal? — disse ela, forçando uma risada. — Depois de eu já ter me ensinado a andar de bicicleta? Foi hilário, não é?

Os pais trocaram um olhar confuso.

— Não tenho certeza se me lembro disso — disse o pai. — Você se lembra, querida?

A mãe balançou a cabeça.

— Não.

Mais silêncio. Scarlett se remexeu na cadeira, beliscando a comida no prato. Por que tinha concordado em fazer aquilo?, perguntava-se pela centésima vez. Deixar o programa filmar logo seus pais, de todas as pessoas do mundo, na noite de Natal, de todos os dias possíveis?

Mas tinha sido difícil dizer não... pelo bem de Jane.

O plano inicial de Trevor era agendar os cinegrafistas e a equipe para filmarem Jane na noite de Natal em casa com a família. Mas até o dia anterior Jane continuava desaparecida. Então, quando Dana ligou para Scarlett assim que ela aterrissou em Aspen e pediu para que substituísse Jane, o que poderia dizer? "Não"? Bom, na verdade foi exatamente o que ela disse, mas depois de muitos telefonemas eles a venceram pelo cansaço, lembrando-a não muito sutilmente de que tinha um contrato. Um contrato que deveria honrar durante os últimos episódios da temporada. Depois disso... Scarlett não sabia. Estar no programa era um saco, na opinião dela, e o maravilhoso apartamento (de graça) não valia a invasão de privacidade nem todas as outras perturbaçõezinhas. Ela e Jane poderiam alegremente voltar para o buraco perto da rodovia 101. Bom, ela poderia, pelo menos. Não tinha certeza do que Jane pensava a respeito do programa agora.

Logo depois de concordar em fazer as filmagens em Aspen, Scarlett recebeu a mensagem de texto de Jane dizendo que estava bem e indo para Santa Bárbara. Tentou ligar para a amiga algumas vezes depois disso, mas Jane não atendeu. Obviamente ainda não devia estar preparada para conversar com ninguém, o que significava que *com certeza* não estaria no clima para ter as câmeras do *L.A. Candy* na cara dela durante o jantar da noite de Natal com a família.

Por isso, Scarlett decidiu não informar a Trevor e Dana que Jane já não estava mais desaparecida, senão eles mandariam a equipe de volta a Santa Bárbara, como estava planejado desde o início. Ela decidiu dar à melhor amiga mais algumas horas preciosas de espaço e privacidade. Tinha até mesmo decidido ser legal com os próprios pais e fazer um bom papel diante das câmeras. Era até capaz de visualizar o episódio finalizado: "Noite de Natal com os Harp". *Ha!* Do jeito que as coisas estavam indo, a cena seria quase que totalmente silenciosa, com apenas os ruídos dos talheres contra a louça. Ela imaginou que seria a cena perfeita para o modo como Trevor a estava editando: a garota bonita e silenciosa com a família bonita e silenciosa.

"Está vendo o quanto eu amo você, Janie?", pensou amargamente Scarlett.

Para tornar as coisas ainda piores, os pais dela obviamente não tinham a menor ideia de como se comportar na frente das câmeras. Mas, quanto a isso, Scarlett era compreensiva. Era definitivamente surreal tentar agir de modo normal (tão "normal" quanto um Harp podia ser) na própria casa (ou no chalé alugado de um condomínio fechado em Aspen) com uma equipe de oito pessoas rearrumando a mobília, colando papel nas janelas e andando para lá e para cá com equipamentos *high-tech*. E depois gravando cada palavra e cada gesto seu para a posteridade... pelo menos até Trevor editar a maior parte deles.

A única — única — coisa que (quase) salvava o dia era o fato de Liam estar ali. Trabalhando, mas mesmo assim.

— Posso servir a sopa? — perguntou a mãe.

— Por mim, tudo bem — respondeu o pai. — *Vichyssoise*?

— Não, bisque de lagosta. Pedi para que o serviço de bufê a preparasse com leite desnatado, claro.

— Claro.

Scarlett chupou outra ostra (certo, pode ser que talvez fossem um pouquinho gostosas) e sentiu o celular vibrar no bolso. Ótimo, mais um Dana-grama. Estava na cara que a história do triciclo amarelo não fora popular.

Porém, quando olhou para a tela, viu que era uma mensagem de texto de Liam.

ELES CONTRATARAM ESSES 2 P FINGIR Q SAO SEUS PAIS OU VC EH ADOTADA E NAO ME CONTOU?

Scarlett reprimiu uma risada. Ela olhou de relance para Liam, que estava atrás da câmera ao lado da enorme lareira de pedra. Viu que ele também estava tentando se controlar para não rir.

Embaixo da mesa, ela teclou rapidamente: NUNCA VI OS 2 ANTES. TOU AQUI SOH PELAS OSTRAS.

Liam teclou de volta: ESPERO Q O GOSTO SEJA MELHOR DO Q A APARENCIA!

PQ VC TAH AKI? DANA FEZ VC TRABALHAR?, digitou Scarlett.

Um instante depois, Liam respondeu: BEN PEDIU O DIA DE FOLGA DE ULTIMA HR POR ISSO ME OFERECI P SUB.

"Ah", pensou Scarlett.

Olhando a tigela de bisque de lagosta que a mãe acabara de colocar diante dela (eca, sopa rosa?), Scarlett considerou o que Liam afirmara. Ele havia se oferecido para trabalhar na véspera de Natal. Seria porque não tinha nada melhor para fazer? Ou porque era um cara muito, muito bacana e quis ajudar Ben? Ou porque quis ir para Aspen... para estar perto dela?

"Pare com isso", disse Scarlett a si mesma. "Você está sendo uma idiota. Até parece que o cara realmente abriria mão do feriado e trabalharia só para assistir sua família péssima comer sopa rosa e não ter nada o que dizer."

O celular dela vibrou de novo. E AI, VC VAI P MINHA FESTA?, perguntou Liam.

Scarlett sorriu.

— Talvez — respondeu em voz alta, antes de perceber o que estava fazendo.

— Talvez o quê, Scarlett? — perguntou o pai.

Scarlett olhou para cima depressa. Todos ali estavam olhando para ela, inclusive Liam, que obviamente estava tentando manter uma expressão séria.

— Hã.. é... eu quis dizer que talvez eu aceite um pouco mais dessa, hã, sopa deliciosa — conseguiu dizer Scarlett.

Tentando recuperar a compostura, ela enfiou depressa o telefone de volta no bolso. Trocar SMS com um gatinho no meio de uma tomada era perigoso demais!

6

EDIÇÃO CRIATIVA

Trevor Lord inclinou-se para a frente e analisou as revistas espalhadas sobre a mesa. Cada manchete e cada foto de capa faziam-no tensionar com mais força a mandíbula.

ESTRELA DE *L.A. CANDY*
MAIS ÁCIDA QUE DOCE

A TRAIÇÃO DE JANE

ESTARÁ A ESTRELA DE *L.A. CANDY*
GRÁVIDA
DE JESSE?

SERÁ QUE O VÍCIO DE JESSE EM DROGAS LEVOU JANE
PARA A CAMA COM O MELHOR AMIGO DELE?

VEJA JANE TRAIR!

E daí por diante. Cada uma das manchetes era insultante, feita para chamar a atenção e vender revistas. E com certeza causar problemas para o programa.

Como as coisas haviam saído *tanto* do controle? Com sua garota de ouro à frente?

Ele poderia ter esperado confusão de qualquer uma das outras garotas. Scarlett era espantosamente linda, mas inteligente demais, decidida demais e franca demais para ter apelo junto ao grande público; Trevor precisava editar a maior parte da personalidade real dela apenas para deixá-la remotamente acessível. Madison era o clichê hollywoodiano perfeito, com os cabelos ultraplatinados e a queda por fazer compras, ir a festas e sair com garotos. Mas estava sempre importunando Trevor para ter mais tempo no programa; até agora, tinha conseguido mantê-la a distância com elogios cuidadosamente escolhidos, todos variações sobre o tema "qualidade é melhor que quantidade". Gaby havia provado ser bastante divertida, com uma personalidade avoada e talento natural para fazer praticamente tudo dar errado. Às vezes parecia inverossímil demais até para um reality show.

Mas Jane... Jane era o achado da década. Doce, natural e vulnerável, era alguém com quem todos podiam se identificar. Era bonita, mas não bonita demais. Gostava de sair, mas não gostava de se embebedar ou usar drogas. Trabalhava duro. Era leal aos amigos. Vinha de uma família unida.

Até os defeitos dela eram algo nos quais as pessoas podiam se ver. Era procrastinadora. Cometia erros no trabalho e entrava em apuros com a chefe. Discutia com os amigos por besteira. Não sabia julgar os garotos direito e de vez em quando saía com gente que não prestava.

Logo depois da estreia de **L.A.** *Candy* em outubro, Trevor soube que tinha um sucesso nas mãos — e que Jane era em grande parte a responsável por isso. Os espectadores a adoravam. Depois de alguns fracassos (certo, então todo mundo já estava enjoado de ouvir amadores cantando covers da Rihanna e de assistir a estranhos se agarrando em ilhas tropicais), ele havia voltado ao topo dos produtores mais quentes de reality shows de Hollywood.

Então as coisas passaram de ótimas para sensacionais quando Jane e Jesse começaram a namorar, e isso sem absolutamente a menor intervenção da parte de Trevor. Ele não poderia ter escolhido um namorado melhor do que o filho *bad boy* dos atores superfamosos Wyatt Edwards e Katarina Miller, que estava sempre estampado em algum tabloide abraçado com uma celebridade. Jesse também gostava de se esbaldar com estilo — no estilo de quem entra e sai constantemente de clínicas de reabilitação.

Porém Jesse aparentemente melhorou ao conhecer Jane. Foi amor à primeira vista, e a química entre os dois era inquestionável. Todo mundo queria estar antenado com o romance deles: playboy de Hollywood se apaixona pela garota comum. Era o sonho de qualquer produtor tornado realidade.

Trevor apertou com mais força ainda a bolinha antiestresse. Ele já sabia que uma hora Jesse iria enfiar o pé na lama. Uma vez viciado, sempre viciado. Mas Trevor imaginou que, quando a hora chegasse, ele faria uso de certa edição criativa para garantir que o romance de Jesse e Jane continuasse seu curso, de rompimento a reconciliação e de reconciliação a rompimento, sem a mácula prejudicial dos problemas de Jesse. As câmeras do *L.A. Candy* jamais mostravam Jesse se comportando mal nas boates (bebendo demais, sumindo no banheiro masculino para fazer sabe lá Deus o quê) — e jamais mostrariam.

Porém, por *essa* Trevor não esperava: que fosse Jane a meter os pés pelas mãos. E feio. Praticamente de um dia para o outro, o "sonho de qualquer produtor de reality show" se transformou num pesadelo. Com o sumiço de Jane e Madison, o cronograma de filmagem estava uma zona. Trevor e Dana vinham improvisando freneticamente jeitos novos e interessantes de mostrar Scarlett e Gaby: Scarlett fazendo compras de Natal... Scarlett conferindo os cursos de primavera no catálogo da USC com uma colega... Gaby levando o cachorro minúsculo e ultraenfeitado para passear. E filmar as duas juntas era mais do que um desafio, uma vez que a maioria dessas cenas consistia em monólogos de Gaby enquanto Scarlett zombava dela e fazia comentários sarcásticos em voz baixa.

Por quanto tempo conseguiriam continuar assim? Onde diabos estaria Jane? (Ela havia sido fotografada no LAX no dia anterior, mas não parecia estar no apartamento e continuava não atendendo aos telefonemas dele. Os pais dela também não atendiam.) E o que ele iria fazer com Jane quando ela finalmente reaparecesse? Trevor tinha uma história nas mãos que todo mundo conhecia, mas que não fazia sentido para o programa. Ele não poderia mencionar Braden, uma vez que ele se recusara a assinar uma autorização de uso de imagem. Ou seja, não poderia haver nenhuma menção ao fato de Jane ter traído Jesse com Braden. Também não poderia haver nenhuma menção ao escândalo da revista *Gossip*.

No universo do *L.A Candy*, os tabloides não existiam, tampouco fotos de uma garota bacana como Jane seminua.

— Trevor?

Ele esfregou os olhos e olhou para cima. Melissa, uma das funcionárias do marketing da PopTV, estava à porta. Ele havia ordenado que toda a equipe fizesse hora extra e muita gente estava trabalhando naquele dia, apesar de ser noite de Natal.

— Sim? O que foi? — vociferou ele.

— Ah, sim, oi para você também. Escute, você vai me tratar um pouquinho melhor depois que vir isto. — Ela ergueu uma pasta suspensa.

— O que é?

— Os índices de audiência do último episódio. Você sabe, o que foi ao ar depois que aquelas, hã, fotos adoráveis foram divulgadas?

Trevor encarou-a com atenção.

— E..?

— Nossos índices de audiência quase duplicaram.

— Deixe eu ver.

Melissa estendeu a pasta para Trevor. Ele a abriu e olhou rapidamente os números. A pulsação se acelerou, e ele se endireitou na cadeira. Quatro-vírgula-seis-milhões? Será que ali estava mesmo escrito 4,6 milhões?

Os lábios de Trevor se ergueram em um sorriso vagaroso e satisfeito.

— Você acabou de me fazer um homem muito feliz.

— Ah, é? Até a próxima crise — brincou Melissa.

— Não, não. Essa crise foi *boa*. A crise fez nossos números aumentarem.

— Falem mal, mas falem de mim, certo?

— Algo nessa linha. Agora volte para o seu escritório e analise um pouco melhor isso aqui. Quero os números daqui a uma hora.

Melissa olhou para o relógio de pulso.

— São quase oito e tenho um voo noturno para Nova York para passar o Natal com a família.

— Bom, é melhor se apressar, então.

— Você é quem manda, chefe.

Enquanto Trevor a observava ir embora, fechou a pasta e pensou no que aquilo significava. Como sempre, seu cérebro operava ao mesmo tempo em duas realidades: a *verdadeira* e a do *L.A. Candy*. Trevor percebeu que naquele momento essas duas realidades estavam trabalhando em sincronia e a favor dele. A *verdadeira* (Jane, Braden, Jesse e o escândalo da *Gossip*) aumentou e continuaria a aumentar os índices de audiência, enquanto a do *L.A. Candy* mascarava (e continuaria a mascarar) toda aquela feiura, pintando Jane com o mesmo brilho suave e dourado que a metamorfoseara na "queridinha da América".

Aquilo era ótimo — *tudo* ótimo. Agora ele só precisava encontrar Jane e descobrir como coreografar os episódios seguintes.

Trevor pegou o telefone e voltou ao trabalho.

7
É MEIO COMPLICADO

Lacie apertou a tecla pause e apontou para a tela de plasma gigantesca.

— Ah, é, *aquele* cara — disse ela morrendo de rir. — Você saiu com ele de novo?

— Ele parece meio bobalhão — intrometeu-se Nora. — Mas é um G-A-T-O.

Jane suspirou e voltou a se recostar no sofá, onde estava ensanduichada entre as duas irmãs menores. Lacie, de 16 anos, estava à direita, segurando o controle remoto. Nora, de 14, estava à esquerda, segurando uma tigela enorme de pipoca sabor nacho. Era noite de Natal, e as três garotas estavam assistindo a um episódio de *L.A. Candy* atrás do outro na sala de estar da família. Lacie e Nora tinham gravado toda a temporada até então e agora obrigavam Jane a assistir todos os episódios enquanto a interrogavam sobre cada detalhe.

— É, esse é Paolo — disse Jane, desejando que não tivesse de reviver *aquele* encontro específico. Os dois tinham química zero (e, para piorar, ela havia exagerado na casa de Madison na noite anterior e vomitado a caminho de casa).

— Não, não saímos mais.

— Viu, eu *disse!* — falou Lacie triunfante para Nora.

— Bom, ela teve segundos encontros com bobalhões antes — retrucou Nora. — Lembra aquele cara com quem foi ao baile de volta às aulas? E como era o nome daquele cara do time de corrida... Rob, Bob? — A irmã chacoalhou de rir e praticamente rolou para fora do sofá.

"Ótimo", pensou Jane. "Por que as irmãs menores sempre têm de lembrar de tudo?"

— Por que seu novo namorado não está no programa? — perguntou Nora. — Braden?

Jane conseguiu elaborar uma explicação a respeito de Braden ser ocupado demais (e acrescentou que Braden *não* era o novo namorado dela) porque não estava a fim de explicar que ele havia se recusado terminantemente a assinar um termo de autorização para ser filmado. E para Trevor, se alguém não podia ser filmado, esse alguém não existia. Às vezes Jane mencionava Braden durante as filmagens, mas eles jamais usavam nenhum trecho em que isso acontecia.

No chão ao lado estava a carnificina da frenética abertura de presentes daquela manhã: toneladas de papel de cores vibrantes, fitas e laços, caixas vazias e lembranças espalhadas ao acaso. Do outro lado da sala, a árvore de 2,5 metros de altura parecia tão linda e natalina como sempre, decorada com os enfeites da família. Jane adorava especialmente ver o anjo que havia feito no segundo ano, de feltro branco e bolas de algodão, pendurado no lugar altamente invejável em um galho do topo.

Mesmo assim... o Natal parecia diferente naquele ano. Lacie e Nora tinham sido gananciosas como sempre pela manhã, rasgando os embrulhos e gritando diante dos novos celulares, iPods, vale-presentes da Sephora e tudo o mais. Os pais haviam tentado exibir as melhores expressões felizes — a mãe fazendo *ooohs* e *aaahs* diante dos brincos de brilhante que ganhou do pai, o pai experimentando o avental engraçadinho que ganhou de Nora e que dizia PERIGO: PAI NO COMANDO DA CHURRASQUEIRA. Mas Jane pegou os dois olhando furtivamente para ela, parecendo estressados e preocupados. E desapontados. Jane havia frustrado os pais ao trair o namorado e provocar um escândalo midiático nacional.

Lacie apertou a tecla fast-forward, depois play. Gaby apareceu na tela, atendendo telefonemas na Ruby Slipper, a firma de RP onde trabalhava.

— Certo, e quanto a sua amiga Gaby? — perguntou Lacie. — Ela parece bacana, mas é tão burra assim mesmo?

— Tipo aquele episódio em que colocou os jeans da True Religion no micro-ondas porque a secadora estava quebrada. O programa pediu para ela fazer isso só para as pessoas rirem? — perguntou Nora.

— Gaby é uma fofa — respondeu Jane de modo vago.
— Ei, vocês estão a fim de assistir a um filme ou algo assim?

— *Filme?* — explodiu Lacie. — Ficou maluca? Temos mais episódios para assistir! E taaaaantas perguntas para fazer!

— Alanah e Ainsley talvez deem uma passada aqui mais tarde porque querem conversar com você sobre o programa — acrescentou Nora. Então tirou um pedacinho de pipoca do aparelho dental roxo. — Ah, e elas querem o autógrafo de Jesse Edwards. Você pode conseguir, né?

Lacie virou a cabeça para olhar feio para a irmã caçula, os olhos castanho-claros faiscando.

— Nora! Você por acaso é tapada ou o quê?

— Lacie, *tenha modos!*

Jane olhou para cima e viu a mãe diante da porta. Maryanne Roberts exibia uma carranca para Lacie, que puxou os longos cabelos loiros para a frente do rosto e murmurou, baixinho:

— Desculpe.

Maryanne estava usando um robe de seda salmão, presente de Natal de Jane, e um par de chinelos cor-de-rosa felpudos que ganhara de Lacie. Pousou uma bandeja com canecas fumegantes sobre a mesa de centro.

— Chocolate quente — anunciou para as filhas. — O que vocês estão assistindo?

— *L.A. Candy*, o que mais? — retrucou Nora. Ela apontou para a tela. — Ei! Ha! Esse foi quando Jane ficou bêbada naquela boate e deu em cima daquele australiano!

— *Austríaco* — corrigiu Lacie.

— Eu *não* fiquei bêbada! — repreendeu Jane. Nora precisava dizer aquilo na frente da mãe delas?

— Certo, meninas, já basta — cortou Maryanne. — Jane provavelmente precisa tirar um tempo disso tudo. Por que não assistimos a um dos vinte mil DVDs que Papai Noel trouxe para vocês de Natal?

— Papai Noel, tá bom. — Nora revirou os olhos castanho-dourados.

— Boa ideia — disse Jane depressa. — Vou colocar o pijama primeiro. Volto daqui a um minuto.

A mãe delas tinha razão: Jane precisava mesmo dar um tempo daquilo tudo. Cinco dias em Cabo não tinham sido suficientes, no fim das contas. Rever a família fora muito mais difícil do que achou que seria, isso sem falar em vê-los assistir ao programa.

Jane não tinha tido muito tempo para si mesma desde que dirigira até Santa Bárbara no meio da noite dois dias atrás. Os pais haviam ficado muito felizes e aliviados em vê-la, mas tinham um monte de perguntas: ela estava bem? Para onde havia desaparecido? Algum repórter a havia seguido desde Los Angeles? Mais tarde, após o jantar (a família dela tinha o costume de fazer uma ceia sueca na noite de Natal, pois a mãe era metade sueca), o pai a chamara de lado e lhe perguntara se Jane estava em dúvida quanto a continuar no programa. Ela não soube responder direito. Tudo o que conseguiu dizer foi:

— Não sei, pai. Talvez.

O que era verdade.

Assim que Jane entrou no quarto, fechou a porta e desabou na cama, que tinha se esquecido de arrumar naquela manhã. A brisa que entrava pela janela aberta era agradavelmente fria e carregava consigo o barulho das ondas do lado de fora. O celular estava na mesinha de cabeceira, com a caixa postal lotada. Jane costumava amar o celular; agora o odiava. Nos últimos dois dias, tinha de algum modo conseguido ouvir todas as 32 mensagens que haviam se acumulado durante a viagem a Cabo, e mais algumas que havia recebido desde então. Eram basicamente variações sobre o mesmo tema: os pais, Trevor, Fiona, Scar e outras pessoas perguntando onde ela estava, se estava bem e se poderia por favor ligar *imediatamente*. Havia algumas mensagens de Diego entre elas, dizendo que sentia muitíssimo por só ter sabido que as fotos de Jane e Braden tinham vazado para a revista quando já era tarde demais. D. trabalhava como assistente de Veronica Bliss na *Gossip*, e, pelo que parecia, ela não era uma chefe muito bacana. E nem, como Jane podia agora comprovar, uma pessoa muito bacana.

Havia também ligações de repórteres oferecendo-lhe a chance de contar o lado dela da história. Ah, tá bom. Provavelmente só queriam enganá-la para que falasse demais a respeito de Jesse e/ou Braden e em seguida distorcer as palavras de Jane e publicar mais manchetes malucas.

Além das mensagens diárias de "onde e como você está", Scar deixou algumas mensagens confusas sobre Madison. Jane se lembrou do bilhete que Scar tinha deixado no apartamento, o que dizia: "Preciso conversar com você sobre Madison urgente". O que seria aquilo, afinal de contas? Jane imaginou que logo iria descobrir. Planejava voltar para Los Angeles dali a dois dias. Talvez Scar já tivesse voltado de Aspen àquela altura e as duas poderiam conversar pessoalmente; quem sabe? Já deviam ter tido uma conversa franca há muito tempo.

Não havia nenhuma mensagem de Jesse, nem de Braden. Nenhuma. Jane havia checado e tornado a checar, e a cada vez engoliu a frustração. Por que não haviam tentado entrar em contato com ela? Por outro lado, por que Jane estava tão surpresa com aquilo?

Ultimamente ela não sabia ao certo como se sentia em relação a nenhum dos dois. Sentia saudades de Jesse, saudades de como as coisas eram antes de tudo desabar. Mas não podia negar que também se sentia atraída por Braden.

Não que estivesse em posição de escolher um ou outro. Jesse provavelmente nunca mais voltaria a falar com ela.

E o silêncio de Braden dizia muitíssimo. Ele era uma pessoa discreta que valorizava a privacidade. Por que gostaria de ser amigo (quem dirá namorado) de um ímã de publicidade como ela, principalmente depois de tudo o que havia acontecido?

Jane olhou de cara feia para o celular. Ela sabia que estava sendo meio (bom, bastante) irresponsável por não retornar os telefonemas de ninguém (embora tivesse enviado a Scar aquela mensagem de texto). Porém, não se sentia pronta. Logo se sentiria. Mas naquele dia, não.

Como se tivesse entendido a deixa, o celular começou a tocar.

— Me deixem *em paz*! — disse Jane em voz alta enquanto olhava a tela para ver que amigo, produtor, chefe, colega de trabalho ou repórter estava atrás dela agora.

Ela parou ao reconhecer o número, que ainda lhe era familiar mesmo depois de sete meses sem vê-lo.

Era Caleb. Caleb Hunt.

Caleb tinha sido o primeiro amor e o primeiro namorado de verdade de Jane. Os dois haviam namorado dois anos na escola. Quando ele fora para Yale no verão retrasado, decidiram tentar um namoro a distância. Para ela, não havia problemas. Para ele, sim. Ao final do primeiro ano na faculdade, Caleb disse que queria dar um tempo. Ele passou o verão como voluntário em Nova Orleans enquanto Jane se preparava para se mudar para Los Angeles com Scar — e tentava esquecê-lo. O que não tinha sido fácil, embora conhecer Braden e depois Jesse com certeza tivesse ajudado.

Jane não via (nem ouvia falar) de Caleb desde que os dois tinham terminado. Por que ele estava ligando agora?

"Não atenda", disse Jane a si mesma. "Deixe cair na caixa postal." Mas então se lembrou que a caixa estava cheia. Ela agarrou o telefone no quinto toque e apertou a tecla para atender.

— Alô?

— Janie? — Caleb era a única pessoa que a chamava assim, além de Scar. — Ei. Peguei você num momento ruim?

— Ah, oi, Caleb — disse Jane casualmente, embora "casual" fosse a última coisa que a definia no momento. O som da voz dele ainda fazia o coração de Jane disparar, mesmo depois de todo aquele tempo. — Não. Estava de bobeira.

— Está em casa para o final do ano?

— Sim. E você?

— Por enquanto. Vou amanhã de manhã para Vail.

— Parece legal.

— Espero que sim. Escute, Janie — disse Caleb. — Estou ligando porque ouvi umas coisas e fiquei preocupado com você. Está tudo bem?

Jane percebeu que Caleb vira as fotos na *Gossip*. Como todo mundo que tem acesso à internet, à televisão ou que ficou parado nas filas do caixa de algum mercadinho. — Ah, obrigada, Caleb — disse ela, com sinceridade. — Sim, está tudo bem.

— Quer que eu bata em alguém?

Jane riu.

— Ah, sim, talvez.

— É só dizer.

— Obrigada. Como anda Yale?

Uma pausa.

— Está... você sabe — disse Caleb depois de algum tempo.

"O que isso quer dizer?", pensou Jane.

— Como anda Hollywood? — perguntou Caleb.

— Está... você sabe — imitou Jane.

Caleb riu.

— Ah, muito engraçado. Então acho que agora você está com esse tal de Braden?

Por que ele estava perguntando isso?

— Não, não estamos juntos.

— Ah. Então você ainda está com aquele Jesse?

— Hã, não exatamente. É meio complicado.

— Sempre é com você, Roberts.

— Você está saindo com alguém? — perguntou Jane, imaginando por que estavam se interrogando a respeito das vidas amorosas um do outro.

— Não exatamente. É meio complicado. — Dessa vez Caleb foi quem a imitou.

— Ha, ha.

Alguém bateu à porta.

— Alôôôôô? — Era Nora. — Tá todo mundo esperando você! Vamos assistir *Crepúsculo* no Blu-ray!

— Já estou indo — gritou Jane. — Preciso ir — disse ela ao telefone.

— Nora-Bora está enchendo o saco, né?

— É, mais ou menos. Não vejo eles há um tempão.

— Não precisa se preocupar. A gente se fala em breve, tá bem? Me ligue se precisar de alguma coisa. Feliz Natal, Janie.

— Feliz Natal, Caleb.

Enquanto Jane desligava e recolocava o celular na mesinha de cabeceira, imaginou o que ele quis dizer com: "A gente se fala em breve". Os dois não se falavam havia sete meses inteiros, por que se falariam em breve? E por que Jane deveria ligar para Caleb se "precisasse de alguma coisa"? Será que alguma coisa havia mudado? Claro, agora ela estava na televisão, mas Caleb não ligava para esse tipo de coisa. Ele não era o tipo que rastreava uma ex-namorada para ter a chance de se aproximar de uma suposta celebridade.

"Meio complicado" nada; tudo na vida de Jane estava confuso até o fim.

8

VOCÊS SÃO DUAS DAS MINHAS MELHORES AMIGAS

Scarlett estava sentada de pernas cruzadas na cama, zapeando entre os canais, perguntando-se o que fazer com o resto da noite. Sempre odiara domingos. Eles significavam o término do fim de semana, a volta aos estudos, ao trabalho. Ultimamente, os domingos também significavam receber de Dana o cronograma de filmagem da semana seguinte. Naquela semana, Scarlett estava escalada para almoçar com Gaby no La Crêperie... e para irem juntas ao Kinara para um dia no spa... e ao Standard para a festa de lançamento do novo perfume das gêmeas Marley.

Era o segundo dia depois do Natal, e Jane e Madison ainda não haviam voltado. Era por isso que Trevor e Dana continuavam (obviamente) a raspar o fundo do tacho forçando situações sociais entre Scarlett e Gaby para terem algo que filmar. Scarlett sabia que eles estavam desesperados atrás de material, uma vez que o final da temporada seria dali a mais ou menos um mês — e finais de temporada supostamente deveriam ser cheios de dramaticidade e suspense, não cenas de falsas amigas comendo crepes ou fazendo as mãos e os pés. Mas isso não era problema de Scarlett.

Se Jane voltasse logo para casa, então tudo voltaria ao normal. Bem, mais ou menos normal. Quanto tempo ela planejava ficar em Santa Bárbara (ou onde quer que estivesse esses dias)? Quanto tempo planejava não atender ao telefone nem responder os e-mails?

— Scar?

Scarlett colocou a televisão no mudo. "Jane?" Então se pôs de pé num pulo e correu para o corredor.

— Janie? — chamou ela em voz alta.

— É, eu mesma! — A voz de Jane veio de algum ponto na parte da frente do apartamento.

Scarlett correu pelo corredor e encontrou Jane na sala. Obviamente havia acabado de entrar. Vestida com uma blusa amarela clara e jeans skinny, com o cabelo amarrado para trás num coque displicente, ela segurava a mochila de viagem numa das mãos e uma grande sacola de compras na outra, cheia até a boca com o que pareciam ser presentes de Natal e Tupperwares cheios de cookies caseiros. Parecia meio perdida, como uma garotinha completamente sozinha numa estação de trem.

— Janie! Ah, meu Deus do céu! — Scarlett se apressou até a amiga e lhe deu um enorme abraço. — Onde diabos você estava? Eu fiquei tão preocupada com você! Ai, meu Deus, estou tão feliz de ver você! — Ela tornou a abraçar Jane.

Jane retribuiu o abraço.

— Também estou feliz de ver você! Seu Natal foi bom?

— Quê? Não, foi terrível. Conto depois. Primeiro, e *você*? Está tudo bem? — Scarlett tinha um milhão de perguntas a fazer para ela e não sabia nem por onde começar.

Jane deu de ombros, cansada.

— Acho que sim. — Pousou as malas no chão e foi até o sofá, afundando nele.

Scarlett a seguiu.

— Para que lugar do México aquela psicopata levou você? O que ela lhe disse? Ela...

Jane recuou.

— Hã... Scar? — falou, devagar. — Sei que você não gosta de Madison e respeito isso, embora não entenda. Mas ela tem sido uma ótima amiga para mim. Então eu gostaria muito que você...

— *Amiga?* — interrompeu Scarlett, praticamente gritando. Ela respirou fundo e se obrigou a abaixar o volume. — Janie? Ouça com atenção, tá? Eu lamento, lamento muitíssimo ter de lhe dizer isso, mas foi Madison quem entregou aquelas fotos de você com Braden para a *Gossip*.

Pronto. Tinha falado. Sentou-se, recostando-se e aguardando a reação de Jane. Será que explodiria em lágrimas? Começaria a gritar? Pegaria o telefone, ligaria para Madison e terminaria a amizade das duas bem ali e naquele momento?

Mas Jane não fez nenhuma dessas coisas. Em vez disso, deu um sorriso gélido para Scarlett.

— Ah, é mesmo? Sabe o que é engraçado? Madison disse a mesma coisa sobre você. Estou ficando cansada dessas brigas idiotas. Vocês são duas das minhas melhores amigas. Não pode nem ao menos *tentar* se dar bem com ela? Isso já está perdendo a graça, Scar.

"Vocês são duas das minhas melhores amigas"? Scarlett ouvira as palavras, mas não conseguia processá-las direito. Quando Madison havia se tornado uma das melhores amigas de Jane? Ela, Scarlett, é que era a melhor amiga de Jane. Madison era a inimiga.

Scarlett respirou fundo mais uma vez. *Precisava* fazer Jane acreditar nela.

— Posso provar que Madison fez isso.

— Pode provar?

— Sim! Veja, logo antes de vocês duas irem para o México, ela me disse que Jesse tinha dado as fotos para a *Gossip*. Por isso fui até a casa dele para confrontá-lo, certo? Mas, quando cheguei lá, Jesse falou que *Madison* é quem tinha feito isso. Contou que ela primeiro havia lhe mostrado as fotos e tentado fazer com que ele as entregasse para uma mulher da revista, você sabe... como é o nome dela... a chefe de D., Veronica.

Jane ficou em silêncio por um instante.

— Por que ele diria isso? — perguntou ela por fim.

— Hã... porque é a verdade? Por que ele mentiria sobre algo desse tipo?

— Não sei. Porque não estava pensando direito depois que essas fotos foram divulgadas? Porque estava bêbado... ou drogado? Porque não gosta de Madison? Ou talvez porque eu o traí com o melhor amigo dele e Jesse queria que eu sentisse a mesma traição? Existem um milhão de motivos para ele ter dito isso. — Jane soltou um grito de frustração. — Só quero esquecer essas fotos e seguir em frente com a vida. Sou *eu* quem está em apuros aqui. Não Jesse. E definitivamente não Madison. Ela praticamente salvou a minha vida, sabia? Se não tivesse me tirado daqui e me levado para o condomínio dos pais em Cabo, não sei o que eu teria feito.

— Mas...

Jane levantou a mão.

— Deixe para lá, Scarlett.

— É sério...

— Não quero ouvir mais nada. — Jane respirou fundo e sorriu aquele sorriso gelado de novo. — Agora me conte sobre o Natal em Aspen.

Scarlett abriu a boca, depois a fechou. Podia perceber que Jane não queria ouvir a verdade sobre Madison. Teria de encontrar outra maneira de convencer a amiga... de provar que Madison a havia manipulado e mentido para ela desde o primeiro dia.

— Tá. Tudo bem. Trevor chegou a mandar câmeras para filmar nossa ceia de Natal, dá para acreditar? — disse Scarlett, achando que devia ceder à tentativa de Jane de mudar de assunto.

— É mesmo? — Jane olhou para as unhas, distraída.

— É. E tenho certeza de que Dana estava mandando mensagens de texto para meus pais durante a filmagem...

Scarlett continuou, descrevendo a ceia maluca de Natal dos Harp, mas podia ver que a mente de Jane estava em outro lugar. Ela conhecia a melhor amiga — leal até o fim. Scarlett a havia desinteressado ao atacar Madison.

Scarlett tentou conter a tristeza que aumentava dentro de si — a tristeza em relação a essa distância na amizade das duas que ela parecia não conseguir superar. Claro, Scarlett não havia contado a Jane sobre a não paixão por Liam... ainda. Não que houvesse algo a dizer, porque nada de fato havia acontecido entre ela e Liam. Mesmo assim, Scarlett não estava acostumada a guardar segredos de Jane, grandes ou pequenos. Guardar segredos parecia muito com contar mentiras.

"Como vou consertar isso?", perguntou-se Scarlett, triste. E, pela primeira vez, a garota cheia de respostas não fazia a mínima ideia.

9

CRAZY GIRL

Pouco antes das 9 horas de segunda-feira, Jane estacionou na vaga costumeira atrás do prédio da Fiona Chen Eventos. Desligou o motor e cuidadosamente vasculhou com o olhar todo o estacionamento pela janela. Ótimo — nenhum fotógrafo. Tivera de despistar dois deles na frente do apartamento mais cedo. Foram tão terríveis, gritando perguntas para ela sobre Braden e Jesse — *Jane, por que Braden se mudou para Nova York?*, *Jane, o que você acha da nova namorada de Jesse?* — e tirando foto atrás de foto enquanto Jane cerrava os dentes e tentava ignorá-los. Não tinha ouvido nada a respeito de Braden ir para Nova York nem de Jesse ter uma nova namorada, mas sabia que era melhor não conversar com um paparazzo.

Ainda assim... a ideia de Braden e Jesse seguirem em frente sem ela, e tão rápido, fez seu coração afundar. Nenhum dos dois tentara entrar em contato com ela desde a publicação daquela matéria na *Gossip*. Jane sabia que precisaria em algum momento tentar falar com eles. Devia desculpas a Braden — por ficar com ele quando estava tão confusa sobre tudo e por inadvertidamente envolvê-lo em toda a confusão. E devia a Jesse desculpas maiores ainda. Não fazia ideia de como conseguiria acertar as coisas depois de traí-lo, e na frente do mundo inteiro ainda por cima.

Havia um cara a quem não devia nada — e que parecia não ter dificuldade nenhuma em entrar em contato com ela. Caleb. Ele havia lhe mandado uma mensagem de texto de Vail no dia anterior — algo sobre o pó da neve estar maravilhoso, e se Jane se lembrara de quando os dois foram a Tahoe no último ano da escola e ela caíra do snowboard tipo umas vinte vezes. Alguns minutos depois, Caleb enviou pelo celular uma foto dela caída num monte de neve rindo histericamente. Jane não tinha a menor ideia de por que ele estava mandando aquelas coisas. Era legal que pensasse nela, mas também confuso. E Jane não precisava de nada confuso no momento, além de tudo.

Subindo até o escritório no elevador lotado, Jane sentiu um frio na boca do estômago. E não do tipo bom. Ela não aparecia no trabalho havia mais de uma semana, e estava muito nervosa quanto a encarar Fiona. Havia mandado um e-mail breve para a chefe no dia anterior, dizendo que estaria de volta ao trabalho na segunda-feira. Fiona respondera imediatamente, escrevendo apenas: "Vejo você amanhã às 9 em ponto".

Então o que aguardava Jane às 9 em ponto? Uma Fiona furiosa com um longo sermão? Um bilhetinho cor-de-rosa informando que tinha duas semanas para encontrar um novo emprego? Talvez uma coisa e depois a outra. "Mal posso esperar."

Para piorar tudo, os operadores de câmera do *L.A. Candy* já estavam lá, a postos para filmar a volta de Jane ao trabalho. Quando Trevor ligou para ela no dia anterior, Jane se sentiu na obrigação de compensar por tê-lo ignorado por tanto tempo. Ele lhe perguntou se teria problema a filmarem no trabalho no dia seguinte. Depois de virar as costas para Trevor, o que poderia dizer senão sim?

Para a grande surpresa de Jane, Trevor fora muito gentil ao telefone e não pareceu nem um pouco bravo sobre a coisa toda da *Gossip* ou o sumiço dela para Cabo. O que era estranho, pois ele parecera tão estressado nos recados. Ele lhe contou que estava feliz por Jane estar de volta e que tudo iria voltar aos eixos. Disse que andara pensando em como apresentar os "acontecimentos recentes" no programa e pensou que ela deveria dizer que havia traído Jesse (sem tocar no nome de Braden, claro) e que não tinha certeza quanto a quem contara aquilo ao namorado. Talvez Jane pudesse confessar a alguém, tipo a colega de trabalho e amiga Hannah Stratton, que estava se sentindo péssima com tudo aquilo. Seria a chance de Jane de contar o próprio lado da história. Ele prometeu que, depois que as pessoas vissem o lado dela, tudo melhoraria. E pronto. Trevor acrescentou que falaria com cada uma das garotas — Madison, Gaby, Scarlett e Hannah — para lhes inteirar sobre o que pretendia fazer.

Jane ficou aliviada por Trevor ser tão bacana com tudo. Ao mesmo tempo, não tinha certeza do que achar da interpretação dele dos "acontecimentos recentes". A história de Trevor não era exatamente factual. Por outro lado, parecia muito mais apropriada para todas as idades — e mais protetora da privacidade de Braden — do que o que de fato havia acontecido.

Jane também não gostou de Trevor conversar com Hannah sobre as ideias dele. Hannah não era uma das garotas principais do programa, só alguém que tinha a sorte ou o azar (dependendo da perspectiva) de ocupar a mesa em frente à de Jane, o que significava que ela quase sempre estava nas tomadas das cenas "de escritório". Hannah não estava acostumada a lidar com Trevor e Dana. Será que não poderia ficar de fora daquilo?

Trevor também havia mandado a Jane por e-mail alguns roteiros curtos que desejava gravar com ela mais tarde naquele dia, no estúdio. Era a narração em *off* que Jane sempre fazia para o programa, recapitulando os episódios anteriores no início de cada novo episódio. Meses atrás, antes da estreia da série, Dana dissera a Jane que tinha sido escolhida para fazer as narrações em *off* porque eles achavam que das quatro garotas ela era aquela com quem o público mais iria se identificar — seja lá o que isso quisesse dizer.

Jane sacou o BlackBerry, abriu o e-mail e olhou para as frases rapidamente enquanto várias pessoas desembarcavam no quarto andar. (O elevador estava andando tããão devagar naquele dia — e Jane não queria se atrasar no primeiro dia de volta.) Uma das frases chamou a atenção dela: "Semana passada, na academia, Scarlett e Gaby conheceram dois caras fofos do Texas. Será que isso vai render uma saída a quatro no futuro?"

"O quê?" Scar e Gaby estavam indo à academia juntas agora? Scar não suportava Gaby, ou pelo menos era isso que sempre dissera. Jane não conseguia imaginar Scar e Gaby malhando juntas — muito menos saindo juntas com dois caras. Será que o mundo havia virado de ponta-cabeça enquanto ela estava em Cabo?

As portas do elevador finalmente se abriram no quinto andar e Jane saiu. Ficou desorientada por um instante ao ver que a recepção — em geral tão tranquila, com paredes de ouro velho, luz suave e uma miniatura completa de jardim zen, com direito até a uma fonte — havia sido tomada pela equipe da PopTV. Dois caras estavam correndo para lá e para cá com equipamentos enquanto Dana e Matt, um dos diretores, conversavam perto da mesa da recepcionista.

Dana voltou a atenção a ela assim que viu Jane.

— Bom dia, Jane! Espero que tenha tido um Natal ótimo. Não quero apressá-la, mas precisamos colocar um microfone em você agora mesmo.

"Não quer apressá-la"? "Bom dia"? Será que alguém tinha diluído um Prozac no café de Dana naquela manhã?

— Fiona já está aguardando você no escritório — acrescentou Matt.

Matt era um cara legal, muito embora Jane tenha ficado confusa com a presença dele quando se conheceram. Afinal, *L.A. Candy* era um reality show. Por que precisava de um diretor? Tipo, alguém precisava "dirigir" Jane pegando uma xícara de café ou conversando com as amigas? Jane logo sacou que Matt estava ali para dirigir as tomadas e não as garotas. O trabalho dele era observar todas as câmeras ao mesmo tempo a partir do monitor portátil e garantir que obtivessem as tomadas necessárias.

Matt franziu a testa com o headset a postos.

— Ou... não. O que foi, Ramon? — perguntou ele ao homem do outro lado. — Bom, tudo bem. Me avise quando ela tiver terminado o cabelo e a maquiagem.

Jane sabia que Fiona convocava o próprio cabeleireiro e maquiador nos dias de filmagem. A chefe fingia não ligar para coisas como a imagem na televisão, mas ligava.

Um dos membros da equipe foi até ela e lhe entregou um pequeno microfone preso a um cabo.

— Você está usando sutiã? — perguntou ele, fazendo um sinal com a cabeça na direção do vestido frente única azul-claro de Jane. Aquele tipo de pergunta antes fazia Jane corar, mas a essa altura ela já estava acostumada.

— Não, o vestido tem tipo um sutiã embutido. Mas posso prender o microfone com fita.

— Ótimo. Você sabe como fazer.

Enquanto Jane prendia o microfone (que criou um pequeno volume sob o vestido, o qual ela cobriu com o cabelo), viu pelo canto do olho a recepcionista dar um tchauzinho. Naomi era mignon, loira, estilosa e sussurrava a maior parte do tempo, não porque fosse naturalmente discreta, mas sim porque morria de medo de Fiona e levava muito a sério a filosofia da chefe de manter um ambiente calmo e tranquilo. O que era bastante hilário, dado o caos que Jane e a equipe da PopTV levavam até ali. Jane acenou de volta para ela. Era bom ver um rosto amigo.

— Certo, Fiona está pronta para recebê-la agora — avisou Matt em voz alta. — Vamos fazer uma tomada rápida de você saindo dos elevadores e dizendo oi para Natalie.

— Naomi — sussurrou Naomi.

— O quê? — Matt franziu a testa.

— O nome dela é Naomi — disse Jane para ajudar.

— Naomi. E então Naomi vai lhe contar que Fiona deseja ver você e você vai se dirigir até lá — prosseguiu Matt.

Depois de rodar aquela cena empolgante durante vinte minutos — eles tiveram de deixar passar diversos elevadores lotados, e então um entregador da FedEx passou pela cena, o que exigiu uma nova tomada — Jane estava pronta para encarar Fiona. Bem, *mais ou menos* pronta.

Fiona estava sentada atrás da mesa, digitando ocupada ao computador. Dois operadores de câmera estavam em cantos opostos da sala, filmando. Com quarenta e poucos anos e estonteante, Fiona vestia um dos modelitos pretos que eram sua marca registrada. O cabelo e a maquiagem recém-feitos estavam lindos, especialmente com a ajuda da luz suave, que, Jane sabia, havia exigido duas horas de trabalho da equipe. Eles sempre tinham de passar por isso ao gravar no escritório de Fiona. O fato de ela insistir para que deixassem o escritório exatamente como o haviam encontrado significava que não podiam deixar os enormes spots de luz ali dentro e precisavam transportá-los consigo sempre que filmavam lá.

— Bom dia, Fiona — disse Jane com um sorriso nervoso.

Fiona parou de digitar e ergueu o rosto.

— Bom dia, Jane — disse ela simplesmente, fazendo um sinal com a cabeça para a cadeira do outro lado da mesa.

Jane sentou-se numa das queridas cadeiras Eames de Fiona, pousou a bolsa no chão e aguardou, se preparando mentalmente para o pior: "Seu comportamento arruinou toda esta empresa! Esse erro foi a gota d'água! Está despedida! Está..."

— Tenho uma nova tarefa para você — avisou Fiona. — A Crazy Girl nos contratou para produzir uma festa de Dia dos Namorados a fim de lançar um novo sabor de bebida. Vou colocar você responsável por isso e Hannah como ajudante. A Ruby Slipper vai cuidar da parte de RP, por isso você e Hannah trabalharão junto com Gaby Garcia.

Jane ficou estupefata. Nenhuma repreensão da parte de Fiona por ter sumido sem dar notícia? Era como se nada tivesse acontecido. Negócios como sempre. E uma nova tarefa. Com um cliente importante como a Crazy Girl?

Além disso, como acabara trabalhando com Gaby, que por acaso também estava estrelando *L.A. Candy*? Teria Trevor interferido de alguma forma?

— O orçamento será de... Por que você não está anotando nada? — inquiriu rispidamente Fiona.

— O quê? Ah, desculpe!

Agitada, Jane enfiou a mão na bolsa e sacou de lá um caderninho e uma caneta.

Apesar das perguntas não respondidas na cabeça, Jane não conseguiu deixar de se sentir um pouco empolgada. A Crazy Girl era uma nova marca de energético destinada a ter apelo com o mercado feminino, o qual poderia se sentir meio intimidado com energéticos de "macho" como Katapult ou Dragon Fuel. Embora novo, o nome Crazy Girl parecia estar em todos os lugares. Agora estaria na festa de Dia dos Namorados que ela, Jane Roberts, organizaria. Era muito impressionante.

Fiona continuou a passar mais instruções a Jane em relação à tarefa, enquanto Jane fazia anotações com a caligrafia semilegível. Depois que Fiona terminou, Jane disse:

— Ótimo. Pode deixar. Estou muito empolgada em trabalhar neste projeto.

— A Crazy Girl é um cliente novo muito importante para nós, Jane. Preciso de toda a sua atenção aqui.

— Absolutamente.

— Não tive a chance de conversar a respeito com Hannah, por isso, por favor, informe-a.

— Pode deixar.

Enquanto Jane guardava o caderno, lembrou-se de algo.

— A gente não... Não tínhamos outra festa marcada para o Dia dos Namorados? O casamento de Anna Payne ou cerimônia de renovação de votos ou algo do gênero?

— Renovação dos votos. E não, foi cancelado. Ela e o marido se separaram.

— Sério? O que aconteceu?

— Aparentemente ela o traiu com o melhor amigo dele enquanto o marido estava na clínica de reabilitação.

Jane sentiu um calor subir até as bochechas.

— Certo, bom, eu... mais alguma coisa?

— Não, é tudo — respondeu Fiona sem desviar os olhos da tela do computador.

Enquanto os operadores de câmera começavam a mover os equipamentos para filmar no escritório dela e de Hannah, Jane reuniu as coisas e se levantou. Depois sentou-se novamente. Tinha alguns minutos entre cenas, e gostaria de dizer algo a Fiona em off. Jane aguardou até que a sala lentamente se esvaziasse.

— Hã... Fiona?

— Sim? — Fiona pegou o celular e começou a discar um número.

— Eu... bem, queria me desculpar. Por tudo o que aconteceu e por sumir na semana passada. Foi muito antiprofissional da minha parte, e sinto muito, muito mesmo.

Fiona encarou Jane e depois fechou o telefone. Os olhos escuros se suavizaram.

— Desculpas aceitas — disse ela com gentileza. — Você passou por bastante coisa. Tenho certeza de que não tem sido fácil para você. Mas é uma garota esperta e forte e vai superar isso. Tenho fé em você.

Jane piscou. Será que Fiona, a chefe mais amedrontadora do mundo (bem, pelo menos na opinião de Jane), havia decidido se tornar humana?

— Obrigada — disse Jane efusivamente. — Muito, muito obrigada, é tão legal da sua parte...

— Sim. Bem, desculpe, mas preciso resolver isso — interrompeu Fiona enquanto levava o telefone ao ouvido. Sua voz tinha voltado à dureza de sempre.

Jane se pôs de pé, trêmula. Melhor sair dali antes que Fiona decidisse não ser mais tão compreensiva, afinal. Não havia motivo para pressionar a sorte!

— Estou tão feliz por você ter voltado. As coisas não foram as mesmas sem você — disse Hannah. Ela prendeu uma longa mecha de cabelos loiros cor de mel atrás da orelha. — Teve um bom Natal?

— Sim, foi legal ver meus pais e minhas irmãs — respondeu Jane. Ela olhou brevemente para os dois cinegrafistas que filmavam nos cantos, depois para a própria mesa, que estava, como sempre, lotada de pastas suspensas, amostras de tecidos e clippings de revistas. Perto do Mac havia um vaso de tulipas crespas cor de pêssego. — E isso, de onde apareceu?

— Ah, comprei no caminho. Achei que iria animar você.

— Uau. Que fofo. Obrigada!

— De nada!

Jane sorriu para Hannah. A garota havia começado a trabalhar na Fiona Chen Eventos logo depois de Jane. Era uma das pessoas mais legais que Jane havia conhecido em Los Angeles, e uma boa ouvinte também. Na verdade, Jane costumava confidenciar muito com ela sobre Jesse — não apenas por causa da capacidade de Hannah de ouvir, mas também porque ela era uma das únicas amigas de Jane que *gostava* de Jesse. Madison, Gaby, Scar (principalmente Scar) e até mesmo Braden haviam a aconselhado a ficar longe dele por ser encrenca. Hannah foi a única pessoa a encorajar Jane a seguir seu coração. E lá atrás, antes de tudo ir pelos ares, o coração de Jane lhe dissera que estava se apaixonando por Jesse. Que os dois eram feitos um para o outro.

— Então, vamos trabalhar na festa da Crazy Girl juntas — disse Jane. — Vai ser demais.

— Com certeza — concordou Hannah.

— Precisamos discutir alguns detalhes e depois marcar uma reunião com o pessoal da Ruby Slipper.

— Sim! Para mim pode ser qualquer dia. Minha agenda está bastante livre. — Hannah olhou para o monitor do computador. Ela estava sempre no chat no trabalho.

Jane sentiu o celular vibrar e tirou-o da bolsa. Era um SMS de Dana.

DAH P DIZER O NOME DE GABY QDO FALAR SOBRE RUBY SLIPPER?, escreveu Dana.

Jane ignorou a mensagem e jogou o celular de volta na bolsa. "Acho que isso confirma tudo", pensou. Trevor obviamente havia intervido e convencido Fiona a juntar Jane e Gaby para organizar a festa da Crazy Girl. As câmeras da PopTV estariam em cima de todo o processo de produção do evento, do início ao fim.

— Entãããão. Tem falado com, hum, Jesse ultimamente? — perguntou Hannah, quebrando o silêncio.

Jane balançou a cabeça.

— Não. Andei tentando ligar para ele, mas... — Ela deixou o resto da frase no ar.

— Você devia mesmo ligar para ele — falou Hannah. — Tenho certeza de que quer conversar com você.

— Tenho certeza de que não — disse Jane. — Acho que ele nunca vai me perdoar.

— Você cometeu um erro. Todo mundo comete erros.

— Bom, é, mas isso não foi só um erro. Eu realmente estraguei tudo, Hannah.

Então, antes que Jane pudesse perceber, seus olhos se encheram d'água. Ela enxugou uma lágrima do rosto.

— Eu realmente estraguei tudo — repetiu, sussurrando.

Hannah se levantou da mesa e se apressou até Jane. Envolveu os ombros da colega com os braços e lhe deu um grande abraço.

— Todos nós de vez em quando estragamos tudo — disse ela. — Ligue para Jesse. Peça desculpas. Você vai se sentir muito melhor.

— Vou pensar no assunto — respondeu Jane, enxugando outra lágrima.

Jane se lembrou então de que as câmeras ainda estavam rodando. Ela havia acabado de confessar a Hannah no ar o quanto se sentia péssima por ter traído Jesse. Era o que Trevor havia lhe dito para fazer quando se falaram ao telefone na noite anterior, não era? Será que isso queria dizer que ele colocara as palavras na boca dela? Não, aquelas palavras eram *dela*. Então, por que ela estava com a estranha sensação de... de quê? "Não, isso é loucura", disse Jane a si mesma. As sugestões de Trevor não eram diferentes dos pedidos de Dana via mensagens de texto. Seu intuito era apenas ajudar a moldar a conversa das garotas enquanto elas estivessem sendo filmadas. Para tornar as coisas mais interessantes para a televisão. Afinal de contas, não poderiam simplesmente ficar ali sentadas conversando sobre nada, podiam?

Podiam?

10

EU PRECISO É DA VERDADE

Antes de entrar no STK, Scarlett tocou o microfone preso com fita no interior do sutiã para verificar se ele estava seguro. Era segunda-feira à noite e ela preferiria fazer um milhão de coisas a comparecer a essa festa de lançamento qualquer para a Cüt (pronunciava-se "kit"), uma nova grife criada pela pop star nipo-americana Mika. Quando é que as pop stars começaram a desenhar roupas? Ela culpou J. Lo. E Gwen Stefani. A festa era um acréscimo de último minuto ao cronograma de filmagens e Scarlett tentara saltar fora, dizendo para Dana que já tinha planos (ou seja, passar a noite em casa com comida tailandesa para a viagem e o livro *O morro dos ventos uivantes*, o qual planejava reler desde que Liam o mencionara).

— Scarlett, uma foto rápida!

Um fotógrafo estava de pé perto do pequeno fundo branco com o logo da Cüt. Scarlett tinha aprendido que esses fundos eram chamados de *step-and-repeat*. Desde que começou a participar do programa e foi obrigada a comparecer a tantos lançamentos, aberturas e estreias, Scarlett aprendeu um monte de coisas novas, tipo que todos eram basicamente o mesmo evento. Eram sempre nos mesmos lugares, com os mesmos convidados, e com os mesmos repórteres e fotógrafos perguntando o mesmo. As únicas coisas que mudavam eram os logos no *step-and-repeat* e as sacolinhas com suvenires para os convidados levarem para casa. Scarlett odiava posar para fotos, mas estava ali na festa — não faria mal seguir as regras, as quais incluíam sorrir bonitinha para os fotógrafos e agir como se estivesse muito, muito, muito feliz de estar ali apoiando o conceito de moda de algum ídolo adolescente que hoje era sucesso e amanhã ninguém se lembraria. Além disso, a noite era só uma criança. Ainda havia bastante tempo para quebrar as regras.

Lá dentro, o STK estava hiperlotado. Várias das mesas que normalmente eram usadas para jantar faziam as vezes de palco para modelos vestindo o que Scarlett presumiu serem roupas da grife. Ela avistou a cabine do DJ perto da porta de entrada, que enchia o ambiente de música techno. Garçons manobravam pela multidão coesa equilibrando bandejas com sanduíches de carne desfiada e espetos de frango com molho satay.

Scarlett olhou ao redor, à procura de Jane. Depois da conversa estranha da noite anterior sobre Madison, Jane havia se mantido ocupada no apartamento, desfazendo as malas, colocando a roupa para lavar, conversando com o peixe dourado, Penny, e em geral basicamente ignorando Scarlett. E naquela manhã saíra cedo para trabalhar. Scarlett havia lhe mandado uma mensagem de texto na hora do almoço perguntando se Jane planejava ir ao lançamento da Cüt, e a resposta fora: SIM. Não um: SIM, E VC?, ou um SIM, VAMOS JUNTAS? Apenas SIM.

Scarlett notou Madison no bar, conversando com um cara e parecendo para o mundo inteiro uma prostituta de luxo com o minivestido de animal print e sapatos de plataforma com salto stiletto. Scarlett sentiu o rosto ficar quente. Não vira nem falara com Madison desde antes de Cabo, mas tinha coisas que desejava dizer a ela naquele momento. Não se importava que as câmeras estivessem ali. Nada que dissesse a Madison sairia no ar, mesmo. Trevor ligara na noite anterior para comunicar o planinho de como apresentar todo o fiasco Jane-Braden-Jesse. As opiniões que Scarlett tinha em mente para dizer a Madison definitivamente não se encaixavam no plano de Trevor.

Scarlett atravessou o ambiente com uma dúzia de passos rápidos, ciente de que as câmeras do *L.A. Candy* estavam acompanhando cada um de seus movimentos. (Nada de Liam, porém. *Suspiro*.)

— Madison — disse Scarlett, dando um tapinha no ombro da outra.

Madison se virou e pareceu um pouco surpresa de ver Scarlett ali.

— Oi, Scarlett. — Madison deu um sorriso falso. — Jane não me contou que você vinha. Quer um drinque?

— Não preciso de um drinque, sua vaca patética, duas-caras e mentirosa. Eu preciso é da verdade.

O sorriso falso de Madison não abandonou o rosto nem por um segundo.

— Em relação a quê?

— Em relação ao fato de você ter dado aquelas fotos para a *Gossip*. Quero saber onde as conseguiu. E por que fez isso.

Madison olhou para o outro lado, rindo.

— Acho que eu estava errada quanto a você precisar de um drinque. Você já está bêbada, ou maluca, ou ambos.

— Não, quem está maluca é *você* — vociferou Scar. — Como pôde fazer isso com Jane?

— Não fiz nada com Jane. Eu a amo como uma irmã. Já disse... — Madison olhou para a câmera. — Jesse é quem deu as fotos para a *Gossip*.

— Conversei com ele sobre isso e ele disse que foi você.

— Ah, então você vai acreditar no que Jesse diz? Claro que ele vai mentir sobre isso. Está escondendo o que *ele* fez.

— A única pessoa que está escondendo as coisas é você, sua calculista...

— *Ei!* O que está acontecendo aqui?

Scarlett se virou ao som da voz irritada de Jane. Jane e Hannah, aquela garota do escritório, estavam ali paradas. Scarlett não tinha certeza do que pensar sobre Hannah. Era amiga ou inimiga? Ela só a vira uma única vez, na festa de 21 anos de Jesse no Goa. Mas já havia visto Hannah em diversos episódios de *L.A. Candy*, dando conselhos incentivadores para Jane em relação a Jesse. O que era bizarro. Será que Hannah não sabia do passado comprometedor de Jesse? Será que alguma vez já tinha conversado com ele? Ou será que também estava fascinada pelo rosto maravilhoso dele (até mesmo Scarlett precisava admitir que era mesmo) para se importar?

No momento, Hannah parecia ansiosa — os olhos castanhos iam de Scarlett para Madison. Jane parecia... bem, puta da vida. Mas ela superaria tudo depois que Scarlett forçasse Madison a confessar o que tinha feito.

— Janie, que bom que você está aqui! Madison e eu estávamos justamente conversando sobre como ela gosta de arruinar a vida dos "amigos" — disse Scarlett, sacudindo o dedo na direção de Madison.

— Você é louca — disparou Madison de volta. — Jane, ela é louca.

Jane franziu a testa para Scarlett.

— Scar, pare com isso. Por favor, deixe isso para lá.

— Eu *não vou* deixar isso para lá! Madison está mentindo para você! Está tentando te machucar e eu não vou...

— Ei, o que eu perdi? — Gaby veio animada até o grupo, dando tapinhas no penteado alto, castanho e macio. — Vocês estão todas meio estressadas. Acabaram as sacolinhas de suvenires ou algo assim?

— Oi, Gaby, sou Hannah. — Hannah falou depressa, obviamente tentando suavizar a situação agindo como se não houvesse nada de errado. — Não sei se você se lembra de mim, mas nos conhecemos no Goa.

Gaby assentiu.

— Ah, é. Na festa de aniversário do Jesse. Você não é aquela garota que ele estava paquerando?

Hannah corou.

— Hã, não. Sou amiga de Jane do trabalho. Na verdade, nós três vamos trabalhar na produção da festa da Crazy Girl juntas.

— Legal — disse Gaby, desviando os olhos para um garçom que passava carregando uma bandeja de Cosmopolitans. — Ohhhh! — Ela esticou a mão e pegou dois.

— Eu gostei muito das roupas de Mika — disse Jane, também tentando mudar de assunto. — Principalmente dos vestidos. Adorei aquele com o decote cheio de miçangas.

— Você ia ficar tããão linda nele — disse Hannah, ansiosa.

"Ela só está tentando ajudar Jane a sair do assunto Madison", pensou Scarlett, incomodada. "O que a coloca na categoria 'inimiga'."

— Você também! — exclamou Jane para Hannah. — E aquela camisa com um amarelo...

Jane parou abruptamente. A cor lhe fugiu do rosto quando olhou por cima do ombro de Hannah para alguma coisa — ou para alguém — do outro lado do salão.

Scarlett acompanhou o olhar de Jane para ver o que a havia perturbado e viu Jesse Edwards posando no *step-and-repeat* com uma morena toda se derretendo para cima dele. Atrás do fotógrafo oficial havia vários outros, manobrando para conseguir um ângulo livre para clicar Jesse e a acompanhante.

Hannah e Madison também notaram a chegada de Jesse. Hannah pareceu preocupada e sussurrou algo no ouvido de Jane enquanto abaixava a mão e segurava a da amiga. Madison pareceu... o que era aquela expressão no rosto dela? Pânico? Scarlett se permitiu um breve momento de satisfação. Ela sabia que estava certa quanto a Madison. A garota estava aterrorizada, com medo que Jesse contasse a todos a verdade sobre o que havia acontecido. Na frente de Jane. Com as câmeras rolando (não que Trevor fosse deixar nada daquilo ir para o ar...)

"Finalmente", pensou Scarlett.

Quanto a Gaby, não estava percebendo nada do que acontecia ao redor.

— Aimeudeus, olhem aquele vestido lindo! — disse ela, apontando para o pedaço de fio dental verde-água enrolado na acompanhante de Jesse. — Vocês acham que eu ficaria bem com aquela cor?

— Com licença — balbuciou Jane, e começou a abrir caminho pela multidão na direção do banheiro feminino. Estava obviamente chateada. Scarlett tentou segui-la, mas foi *bloqueada* por Madison, que gritou:

— Espere, Janie! Vou com você!

Jane parou, virou-se e sorriu agradecida para Madison. Estendeu a mão.

— Valeu, Madison.

Madison atirou um sorriso triunfante na direção de Scarlett enquanto segurava a mão de Jane e as duas se dirigiram para o banheiro feminino juntas.

Scarlett fechou os punhos. "Janie? É sério que Madison acabou de chamar Jane de Janie?"

11

ENTÃO AGORA MINHA IMAGEM PRECISA SER SALVA?

— Entãããoo — disse Gaby, cutucando as unhas feitas. — Quem era aquela garota que Jesse levou para a festa ontem? Alguém sabe o nome dela?

Hannah encarou Gaby, espantada. Jane respirou fundo.

Gaby, Hannah e Jane haviam passado a maior parte da manhã na enorme recepção da Ruby Slipper fazendo um brainstorm de ideias e lugares para a festa de Dia dos Namorados da Crazy Girl (na frente das câmeras, claro). Infelizmente, Gaby tinha problemas de atenção e não parava de mudar de assunto, dizendo, por exemplo, como era fofa a decoração do próprio escritório ("olhem que fofo o meu telefone!"). Se ao menos Dana mandasse mensagens para Gaby mandando-a se concentrar no trabalho com a mesma frequência com que parecia mandar para Jane! Mas claro que Jane preferiria conversar sobre como Gaby dissera ao chefe que tudo na mesa dela *tinha* de ser fofo em vez de falar sobre a acompanhante de Jesse da noite anterior.

— Você não ficou meio chateada quando eles se agarraram? — perguntou Gaby para Jane.

Jane levou a mão aos cabelos e enrolou uma mecha ao redor do indicador. Era um tique nervoso que tinha desde pequena. Por que Gaby estava tocando nesse assunto? E ainda por cima na frente das câmeras?

A noite passada tinha sido horrível o suficiente. Jane se escondera no banheiro feminino da STK com Madison durante o que pareceu uma eternidade, embora provavelmente tivessem sido apenas uns 15 minutos, tentando se recuperar do choque de ver Jesse (com uma *garota*) e reunir coragem para abordá-lo e pedir desculpas. Madison tinha sido superlegal, segurou a mão de Jane e conversou com a amiga. Ela aconselhou Jane a não falar com Jesse ainda — achava que era cedo demais —, mas Jane decidira seguir em frente mesmo assim. Madison pareceu verdadeiramente preocupada.

Mas... quando Jane saiu do banheiro e andou na direção de Jesse, os olhos dos dois se encontraram... e então ele se virou para a garota e a beijou.

O pior de tudo é que as câmeras capturaram *tudo*.

O telefone de Gaby tocou. Ela franziu a testa e atendeu.

— Oi, Edgar. Hã? Tá, já vou aí. — Ela desligou.

— O que foi? — perguntou Jane.

— Sei lá. Meu chefe quer conversar comigo sobre alguma coisa. Volto já.

Depois que Gaby saiu, Hannah se inclinou para a frente e tocou o braço de Jane.

— Ei, tá tudo bem?

— Sim. — Jane deu de ombros. Olhou para as obras de arte que cobriam as paredes: várias fotos emolduradas de diferentes pares de sapatos vermelhos e uma enorme dos sapatos vermelhos do filme *O Mágico de Oz*, os sapatinhos de rubi. — Só é difícil... você sabe, ver Jesse com outra.

— Eu sei — disse Hannah. —— Mas aquela garota não parecia ser namorada dele nem nada assim. Dava para ver que ele não estava ligado nela. Eu o vi olhando para você. É óbvio que sente saudades e está tentando fazer ciúmes. Você o magoou e agora ele está tentando magoar você de volta.

— Duvido — disse Jane, embora quisesse acreditar nas palavras de Hannah. — Como ele poderia sentir saudades de mim, depois do que eu fiz?

— Talvez esteja pronto para te perdoar. Vocês dois se amam. Foram feitos um para o outro, certo?

— Humm. Não sei. — E era verdade. Ultimamente, Jane não tinha ideia do quê, ou de quem, queria.

— Sério! — insistiu Hannah.

Jane olhou para Hannah e sorriu com tristeza.

— O ano-novo é depois de amanhã. Tipo, sai o velho e entra o novo, certo? Eu deveria seguir em frente. Sair com outros caras.

— Mas você já está pronta para superar Jesse? — perguntou Hannah.

— Não sei direito — disse Jane depois de um instante. — Talvez.

— Hummm... muito convincente. — Hannah sorriu para ela de modo provocativo. — Acho que você só precisa reunir coragem para ir falar com ele.

— É, bom, isso não deu muito certo ontem — disse Jane, secamente. Ela sacou o BlackBerry da bolsa. Queria se concentrar no trabalho, que era muito mais fácil do que se concentrar na vida amorosa confusa. — Acho que tenho o telefone daquele contato do responsável pelos eventos da Tropicana. Quem sabe não podemos ir até lá hoje ou amanhã para dar uma olhada no espaço?

— Boa ideia.

Mas, enquanto Jane acessava a agenda, voltou os pensamentos novamente para Jesse. Certo, então ela sentia saudades dele. *Muita*. O problema era que ela continuava ainda bastante ligada no melhor amigo dele. A história toda era uma confusão.

No verão anterior, durante a primeira entrevista/teste com Dana e uma pessoa do casting para o *L.A. Candy*, eles haviam lhe perguntado por que Jane se mudara para Los Angeles, e ela respondeu: "Para me sentir desconfortável". Então explicou que estava ansiosa para se desafiar e superar os limites da própria existência segura e confortável.

Sentiu vontade de gritar: "Tá bom, chega!" As coisas tinham se tornado tão desconfortáveis quanto ela era capaz de suportar.

A pergunta era: "E agora?" A boa notícia é que Jane ainda tinha um emprego. E, para o bem ou para o mal, ainda tinha um lugar no programa. Muito embora ainda se sentisse confusa quanto a estar na televisão, ela havia se comprometido a terminar a temporada, pelo menos. Depois disso... quem sabe? Poderia ser bom voltar à *verdadeira* vida real, onde as amigas mais próximas não eram também colegas de elenco e ela não precisava ver o próprio rosto sorridente e enorme em outdoors ao longo de toda a Sunset Boulevard ao dirigir para o trabalho. Sem falar em ter a privacidade de volta.

A má notícia é que a vida amorosa de Jane era um trem descarrilhado. A amizade com Scar também não ia muito bem. E, até onde ela sabia, o mundo continuava a pensar nela como a "Ilustre oferecida".

Ela precisava de um milagre.

A caminho de casa naquela noite, o telefone de Jane tocou. Ela olhou de relance para a tela e viu que era D. *D.!* Ainda não tinha retornado as ligações dele desde a semana anterior, mas queria muito falar com o amigo.

Atendeu no terceiro toque.

— E aí! Oi!

— *MISS JANE!* — berrou D. — *Aimeudeusdocéu!* — Jane afastou o telefone do ouvido. — Já gastei o teclado tentando falar com você! — continuou ele. — Por onde andou? Não, esqueça isso. Primeiro: você está bem? Andei tão preocupado com você, ganhei tipo quase três quilos de tanto comer de estresse. Antes eu pensava que os diamantes eram os melhores amigos de uma garota, mas agora percebi que são os carboidratos. Sério, tenho uma baguete francesa em casa usando uma pulseirinha da amizade.

— Estou bem — garantiu Jane. — Fui para Cabo e depois para a casa dos meus pais para passar o Natal.

— Ainda está brava comigo?

— Por que eu estaria brava com você? As fotos não foram sua culpa.

— Não, mas eu devia ter percebido que Veronica estava armando alguma coisa — disse D. com amargura. — Vou te contar, querida, andei cavando por aí tentando descobrir como ela conseguiu aquelas fotos.

Jane engoliu em seco. Ela queria ou não queria ouvir aquilo?

— Descobriu alguma coisa? — disse, hesitante.

— Nada. Ela é ultradiscreta. Discreta nível FBI e CIA. Mas estou trabalhando nisso. Prometo que vou descobrir.

— Tá, valeu.

— Outra coisa. Escute, querida, você precisa dar uns chicotes no seu relações-públicas para ele tomar jeito. Sei que você está passando por muita coisa agora, mas aquelas capas e manchetes estão matando você. Sem querer ofender; estou falando apenas para o seu bem.

— É, eu tô sabendo — respondeu Jane. — Não tenho um relações-públicas, mas a PopTV tem um departamento de publicidade e tenho certeza de que eles estão cuidando de...

— *O QUÊ?* — berrou D. — Não, não, não! O RP de uma emissora só cuida de um cliente e um cliente apenas: a emissora. Você precisa ter *o seu* próprio RP para cuidar apenas dos *seus* interesses.

— Hã... OK?

— Seu agente deve conseguir colocar você em contato com um RP urgente.

Jane riu.

— Hã... Não tenho agente.

Jane afastou o telefone do ouvido de novo quando D. começou a berrar. Depois que ele se acalmou, ela disse:

— Tá. Então eu preciso encontrar um agente e um RP o mais rápido possível. Como vou saber fazer isso?

— Jane! Isso é uma emergência! Você não pode ser a estrela famosa que é sem ter uma representação, principalmente com as barracudas da mídia em volta! O que você vai fazer no *réveillon*?

— Acho que todas nós vamos a uma festa no h.wood. Vamos gravar.

— Perfeito, vou aparecer por lá também. E convidar uns amigos para ir comigo. R.J. é um dos melhores agentes do ramo. E Sam é uma ótima relações-públicas, sensacional em salvar a imagem dos outros.

— Então agora minha imagem precisa ser salva?

— Jane, sua imagem precisa de RCP. Estamos falando aqui de alerta vermelho. Precisamos de carrinhos de reanimação. Nós... Bem, você já entendeu. Apenas reserve cinco minutos para seu velho amigo D. na quinta à noite, está bem? Quando entrar o ano-novo, você já vai estar com a melhor representação do mercado.

— Obrigada, D.

— Imagina.

Jane não pôde deixar de pensar na expressão "ano novo, vida nova" e em como talvez estivesse assumindo um significado completamente novo para ela.

12

RESOLUÇÕES DE ANO-NOVO OU ALGO ASSIM

Madison olhou para o próprio reflexo numa janela perto do bar do h.wood, admirando a forma como o vestido metálico parecia ter sido derramado sobre dela como prata líquida, deixando pouco para a imaginação. Como estava gostosa! Esperava que os operadores de câmera a notassem e fizessem um monte de cenas extras dela aquela noite. No passado, já havia pegado alguns deles a secando. Na verdade, todos, exceto aquele da bandana — Liam? —, que nunca parecia dar a mínima para ela. Enfim. Ele provavelmente era gay, ou enxergava mal, ou ambos. Não tinha importância, ela não o tinha visto ali aquela noite.

Madison pegou uma taça de champanhe da bandeja de um garçom que passava e tomou um gole. Olhou ao redor do ambiente mal-iluminado e bastante lotado. Filmariam em uma mesa do lado de fora, mas estava frio, por isso ela estava esperando do lado de dentro até tudo estar pronto. Dana havia mandado um e-mail pedindo que levassem casacos, mas Madison não gostava de camadas e sabia que a pele era sempre o melhor acessório.

Gaby estava do outro lado do bar perdendo tempo com algum emo fracassado. Que gosto péssimo aquela garota tinha para homens. Mesmo assim, Madison notou que Gaby estava até bonitinha com um vestido roxo com mangas esvoaçantes e o cabelo castanho arrumado em cachos soltos. Madison até que gostava um pouco de Gaby, que era de fácil convívio e divertida, mas ultimamente vinha focando todas as atenções em Jane e portanto não saía muito com ela.

Nem sinal de Scarlett. Ótimo. Essa era como um carro desgovernado, sem mencionar que era também uma vaca. Madison não precisava de outra situação como a do STK. Aquela garota não tinha modos. Não sabia como agir com dignidade e nem se incomodava se fazia um escândalo. Embora Madison não se importasse em ter todos os olhos voltados para si, não queria que Scarlett apontasse o dedo para ela de novo.

Mas onde estaria Jane? Madison correu os olhos pelo lugar e semicerrou-os ao ver a falsa amiga do outro lado do h.wood, conversando com dois caras e uma mulher. Um dos caras parecia familiar: baixinho, de origem asiática, envergando um smoking violeta cintilante estilo anos 1970 com lapelas pretas largas. Será que era o... assistente de Veronica Bliss na *Gossip*?

Madison franziu a testa. Aquilo não era bom. Ela não precisava de Jane se aproximando de ninguém da equipe de Veronica, muito menos o assistente da própria.

Madison não tinha certeza de quem eram o outro cara e a mulher. O cara tinha quarenta e poucos anos e vestia um terno azul-marinho de aparência conservadora. A mulher era altíssima, tinha uma nuvem de cabelos ruivos longos e revoltos e trajava um vestido preto de belo corte. Executivos da PopTV? Pais de alguém?

Só havia um jeito de descobrir: ir até lá e se apresentar. Por que não, certo? Era importante para ela acompanhar o que acontecia com Jane, principalmente agora que estava tão perto de convencer Jane de alguns fatos "cruciais". Tipo: "Scarlett está louca porque quer ser a sua única amiga, e agora você e eu somos amigas, por isso ela está tentando ficar entre a gente." E: "Jesse não serve para você. Ele partiu para outra e você deveria fazer o mesmo. Você merece coisa melhor".

Mais difícil seria convencer Jane do "fato" de que Jesse ou Scarlett haviam fornecido as fotos para a *Gossip*. Mas agora isso não importava tanto, pois Jane não parecia ter vontade de pensar mais naquelas fotos. Tudo tinha dado certo dessa forma. Madison só desejava conseguir aparecer mais tempo no programa, e finalmente ser a que *mais* aparecia, desbancando Jane. Isso significava mantê-la perto de si e continuar fornecendo sujeiras a Veronica sobre a futura ex "queridinha da América".

Madison então se deu conta de que o final da temporada estava chegando. Talvez, se trabalhasse de modo eficiente e cavasse um monte de podres sobre Jane, Veronica publicasse algumas matérias curtas sobre Madison na revista, aumentando a visibilidade dela. O que convenceria Trevor a dar mais cenas para Madison no último episódio. "Perfeito."

Ela deu outro gole no champanhe e começou a caminhar na direção de Jane e do grupo misterioso. Mas, no caminho ouviu o celular vibrar na minúscula carteira de miçangas. Ela o pegou e olhou a tela. Era uma mensagem de texto de Dana para ela, Jane e Gaby: VAMOS RODAR EM 5 MIN. VCS 3 PODERIAM IR PARA A MESA?

Madison viu o grupo de Jane debandar com uma nuvem de beijinhos no rosto e apertos de mão. Então Jane rumou para fora até a mesa delas. Madison notou que Gaby continuava com o cara emo. Não era especialidade de Gaby checar o telefone ou seguir as orientações de Dana, não por ser teimosa ou rebelde (como Scarlett), mas porque o cérebro minúsculo de Gaby não era capaz de processar muitos ao mesmo tempo.

Madison pensou em ir buscá-la, mas em vez disso apenas se dirigiu para fora, também. Jane, que já estava sentada, olhou para ela e sorriu ao vê-la se aproximando da mesa.

— Ei, Madison! — chamou, animada. — Feliz ano-novo! Seu vestido é tão lindo!

— Obrigada. O seu também é bonito — mentiu Madison, porque sério, Jane não tinha enchimento suficiente para usar um tomara que caia. Mas a cor azul combinava *mesmo*, e perfeitamente, com os olhos dela. — E aí, o que está rolando? Fez uns amigos novos?

— Hã? — perguntou Jane.

— Vi você conversando com umas pessoas.

— Ah, é! Era meu amigo Diego. Ele estava me apresentando a alguns amigos dele que querem me representar.

— Representar você? O que eles são, advogados?

— Não. R.J. é agente. E Samantha... Sam... é relações-públicas. D. me disse que eu precisava ter meus próprios agente e RP. Fiquei meio indecisa no início; parece tão hollywoodiano! Mas, depois de conversar com eles, meio que me convenci. Parecem ótimos. R.J. disse que pode dar uma olhada no meu contrato com a PopTV, e Sam tem umas ideias excelentes de como dar uma reviravolta na minha imagem nas revistas. Eu mal tinha dito oi para ela e ela já começou a me contar os planos. É superinteligente.

Madison tentou manter o sorriso congelado no rosto. "Não faça isso", disse ela a si mesma. "Não surte."

Era a pior notícia que tinha ouvido naquele dia... ou naquela semana. Havia se esforçado tanto para destruir a imagem de boa menina de Jane. Infelizmente, pessoas como R.J. e Sam se esforçariam muito para fazer exatamente o contrário. E faziam esse tipo de coisa de modo profissional. Não era exatamente a primeira competição de Madison, mas ela ainda não havia adquirido a experiência necessária para causar o tipo de estrago que tinha em mente. Aquilo não era bom.

— Ei, tudo bem com você? — perguntou Jane, distraindo-a.

Madison assentiu.

— Aham. Estou só cansada. Meu personal trainer pegou pesado na academia hoje.

— Uau, que bom para você. — Jane olhou por cima do ombro. — Você viu Scar? Não é do feitio dela se atrasar tanto.

— Ela provavelmente desistiu da festa porque está puta da vida — disse Madison. Precisava parar de pensar no agente e nas relações-públicas e se concentrar no aqui e agora. Jane havia acabado de lhe dar a abertura para atacar seriamente Scarlett. — Eu não queria contar, mas naquela noite depois do STK ela me ligou e gritou mais um pouco, dizendo para eu ficar longe de você — mentiu Madison.

Jane franziu o cenho.

— Foi?

— É. Não sei qual é o problema dela. Sinceramente, acho que é, sei lá, meio obcecada por você e não consegue suportar a ideia de você ter outros amigos. É meio estranho. Ela não tem mais nenhuma amiga?

— Pois é. — Jane olhou para o outro lado e começou a brincar com o cabelo.

— Oi, meninas! — Gaby sentou-se ao lado de Madison. — Já começaram a gravar? Queria conferir a maquiagem antes de ligarem as câmeras.

— Ainda não — respondeu Madison. — A qualquer instante.

Gaby enfiou a mão na carteira e sacou um pó compacto.

— E aí, o que perdi?

— Jane agora tem novos agente e RP chiques. Não é demais? — Madison fingiu um sorriso.

— Bem, não exatamente. Eu acabei de conhecê-los. Ainda estou pensando no assunto — corrigiu Jane. — Quero conversar com meus pais a respeito, também.

— Que tipo de agente? Achei que nosso programa cuidava da nossa imagem — disse Gaby, passando uma camada de gloss rosa nos lábios.

O celular de Madison começou a vibrar ao mesmo tempo em que o de Jane e o de Gaby. Madison olhou para a tela. CERTO, COMEÇANDO AGORA. PDM FALAR D RESOLUÇÕES DE ANO-NOVO OU ALGO ASSIM?, escreveu Dana.

Jane mostrou o telefone para Gaby para que ela pudesse ler a mensagem também.

— Resoluções de ano-novo? — perguntou Gaby, fazendo uma careta. — Tipo: "Vou perder cinco quilos" ou "Vou tentar Botox" ou "Não vou mais sair com caras chamados Spike"?

— Spike? — Jane gargalhou. — Quem é Spike?

Madison estava prestes a falar alguma coisa quando viu mais más notícias (embora fosse difícil superar aquela do agente e da RP) entrando pela porta: Jesse Edwards; de novo. Com outra garota a tiracolo. Duas vezes na mesma semana? Seria uma coincidência ou teria Trevor dado um jeito para que Jesse e Jane "sem querer" esbarrassem um no outro em mais um clube onde elas seriam filmadas?

Madison dera um jeito de evitá-lo no STK e de manter Jane longe dele. Mas seria capaz de evitá-lo de novo? A última vez que os dois haviam conversado tinha sido há semanas, quando ela mostrara as fotos a Jesse e tentara convencê-lo a entregá-las para a *Gossip*. Em retrospecto, talvez não tenha sido o melhor plano que Madison já formulou.

Além de Veronica, Jesse era a única outra pessoa no mundo que sabia com certeza que Madison estava por trás de todo o escândalo Jane-Braden. E isso já era gente demais.

— Aimeudeus! — gritou Gaby, apontando. — Jane, não olhe, mas Jesse está aqui!

Jane imediatamente virou o pescoço para ver. Então mordeu o lábio.

— Ignore-os — disse Madison, tocando o braço dela. — Finja que estamos tendo uma conversa superdivertida.

Jane não respondeu. Parecia estar pensando em alguma coisa.

— Vou lá falar com ele — disse ela por fim. — Dessa vez, não vou deixar ele me ignorar. Vou pedir desculpas, não importa o quê.

— Essa é uma péssima ideia — soltou Madison. — É véspera de ano-novo. Viemos para nos divertir. Falar com Jesse só vai deixar você mal. Por que simplesmente não tomamos champanhe e...

— Preciso fazer isso, Madison. Preciso começar direito o meu ano — insistiu Jane. E, antes que Madison pudesse impedi-la, Jane se levantou e seguiu Jesse e a garota *du jour*, que haviam entrado.

Madison pegou a taça de champanhe e virou o resto da bebida, tentando lutar contra a onda de pânico que se avolumava dentro dela. E se Jesse contasse a Jane a verdade sobre as fotos? E então, o que aconteceria?

13

VOCÊ É PERFEITA EXATAMENTE COMO É

Scarlett se inclinou contra a porta marcada 1C, escutando, imaginando se deveria tocar a campainha de novo ou simplesmente dar as costas e ir embora. Ao sair de casa, ela havia se esquecido de pegar a caixa de cerveja que havia comprado mais cedo, portanto, estava de mãos abanando. Talvez devesse ir a uma loja de bebidas e depois voltar? Ouviu vozes, risadas, música alta, uma ou outra corneta. Eram 23h20, quarenta minutos para o ano-novo. Talvez ela simplesmente não devesse aparecer... Ir para casa, se aninhar na cama com um bom livro... ou ir até o h.wood, onde Jane, Madison e Gaby estavam filmando, e onde Dana (sem dúvida) estava ligando para Scarlett a cada dez segundos, exigindo saber onde diabos ela estava. Que pena que Scarlett havia desligado o celular. "Ooops, foi mal, Dana!"

O tempo estava frio lá fora, com apenas uma leve brisa que fazia as copas das palmeiras acima se inclinarem gentilmente para a frente e para trás. Scarlett olhou por cima do ombro para a Benchwood Drive. Nunca havia estado naquele bairro; era meio low profile, com prédios de apartamentos legais e não chiques demais, além de bares e cafés que pareciam mais confortáveis do que descolados. Scarlett gostou.

Ou talvez apenas gostasse de Liam e então naturalmente gostasse de onde ele morava...

A porta se abriu.

— Scarlett?

Scarlett se virou e viu Liam sorrindo para ela. Uau, que sorriso lindo o dele. Os lábios se curvaram de leve para cima, e os olhos azuis cintilaram como se os dois estivessem compartilhando uma piada interna que ninguém mais no mundo seria capaz de entender.

"Faça alguma coisa!", disse Scarlett a si mesma. "Diga alguma coisa!"

— Ah. Oi. É, eu estava pensando se deveria ir até uma loja, porque percebi que esqueci de trazer alguma coisa — disse Scarlett, abaixando os olhos.

Liam estendeu o braço e puxou-a para dentro.

— Não se preocupe. Temos muita coisa. Entre; vou apresentar você para todos. Estou muito feliz por ter vindo.

— Ah. Tá bom.

Scarlett deixou que Liam a conduzisse para o corredor, depois para a sala, o tempo inteiro tentando ignorar o calor lento que crescia no lugar onde os dedos dele haviam tocado de leve o cotovelo dela. Havia umas trinta ou quarenta pessoas espalhadas pelo apartamento amplo, que tinha piso de madeira, pé-direito alto e um estilo de solteiro eclético extraído direto de algum brechó. Fotos em preto e branco em molduras descombinadas estavam penduradas nas paredes de cores claras, e pilhas de livros cobriam uma variedade de mesas com cara vintage. Algumas pessoas assentiram e acenaram quando Liam e Scarlett passaram. Ninguém parecia espantado por vê-la, o que era uma mudança boa. Scarlett gostava de passar despercebida, principalmente depois do primeiro semestre na USC, onde metade dos colegas queria Scarlett como melhor amiga para sempre (por ela estar na televisão) e o restante a desprezava sem dó (por ela estar na televisão).

— Posso te trazer uma cerveja ou algo assim? — ofereceu Liam.

— Hã, não, estou bem. — *Hã?* Desde quando Scarlett Harp dizia não para uma cerveja?

— Algo para comer? Temos pizza, asinhas de frango, comida chinesa.

— Parece ótimo. Estou morrendo de fome.

— Bom, vamos cuidar disso.

Liam encheu dois pratos de papel na cozinha, depois conduziu Scarlett pela multidão, apresentando-a a diversos amigos no caminho. Ele aparentemente havia se formado na UCLA na primavera, portanto muitos dos convidados também eram colegas de faculdade. Todos pareciam simpáticos, agradáveis, interessantes. Mas Scarlett não conseguia evitar ignorar quase todos: era como se Liam fosse a única pessoa com ela a maior parte do tempo.

Scarlett e Liam foram parar no terraço dos fundos, que dava para um pequeno jardim. Tochas de sapê tremeluziam na escuridão, iluminando alguns arbustos floridos e um caminho de pedras. Os dois se sentaram em cadeiras de jardim de madeira e começaram a comer.

— Mmm, arroz frito gelado com camarão, meu preferido — brincou Scarlett.

— É, bem, somos muito chiques aqui — retrucou Liam.
— Então, no que você se formou na UCLA?
— Cinema. Audiovisual. Quero trabalhar em filmes um dia.

— Provavelmente deve ser mais interessante do que filmar um bando de meninas comprando esmalte de unha.

Liam sorriu.

— É, mas definitivamente não tão interessante quanto filmar uma garota comendo a ceia de Natal com papai e mamãe em Aspen.

Scarlett riu.

— Agora você sabe por que eu preciso de uns trinta anos de análise.

— Você? Que nada. Você é perfeita exatamente como é.

Ante as palavras de Liam, Scarlett teve a mesma sensação quente, nervosa e eufórica na boca do estômago que tivera durante a tomada em que fazia as malas para ir a Aspen. Ela pegou um rolinho primavera frio e o mordeu, tentando ganhar alguns segundos para se acalmar. Tentou pensar em outra coisa, outra coisa que não o calor/nervosismo/euforia nem o modo como os olhos azuis de Liam estavam fixos no rosto dela, como se ele soubesse exatamente no que Scarlett estava pensando (ou tentando *não* pensar).

"Assuntos frívolos", disse Scarlett a si mesma. "Tente assuntos frívolos."

— Bom, estou no primeiro ano na USC — começou ela.
— Sério? Fala da mesma USC onde eu estive filmando você durante meses? — brincou Liam.

Scarlett corou. Claro que ele sabia onde ela estudava. Qual era o *problema* dela?

— Ah, é.

— Desculpe. E aí, está gostando de lá?

— Você esteve comigo nos últimos meses; o que você acha? — Antes que Liam pudesse falar, Scarlett percebeu que não queria que ele respondesse, portanto disse: — Normal. — E encolheu os ombros. — Meus pais me encheram o saco por eu não ter ido para uma faculdade melhor.

— *Você* queria ir para uma faculdade melhor?

— Eu queria ficar na região, sabe? Quer dizer, Jane e eu tínhamos um plano. Nos mudaríamos juntas para Los Angeles, ela conseguiria um emprego na área de produção de eventos e eu faria faculdade.

— Então tudo deu certo, não é?

— É, mas assinar um contrato para participar de um programa de televisão não fazia parte do plano.

— Como assim, você não gosta de ter sua vida "criada e produzida por Trevor Lord"?

— Exatamente!

Liam assentiu.

— Do meu ponto de vista, é como se você fosse um personagem de um romance, mas não tem certeza se gosta da trama. Na verdade, às vezes você *odeia* a trama. Mas não pode fazer nada, porque não é você quem a está escrevendo.

Esse cara tinha mesmo de ser tão sagaz em relação a tudo? Em relação à *ela*?

— É, eu me sinto meio assim às vezes — admitiu Scarlett.

Liam se inclinou para a frente na cadeira até os joelhos deles quase se tocarem.

— Você poderia pensar no programa como uma oportunidade de aprendizado — disse ele devagar. — Está aprendendo o que quer e o que não quer para si mesma. O que quer e o que não quer das amizades. Está aprendendo sobre o maravilhoso mundo da televisão. — Ele riu. — E, no final, pode apenas pular fora se achar que é melhor para você, muito mais esperta e um pouco mais rica, e poderá até mesmo escrever um roteiro tirando sarro de todos nós, idiotas de Hollywood, e se tornar *muito* mais rica.

— Você definitivamente *não é* um idiota de Hollywood — disse Scarlett, impressionada.

Os dois se encararam por um instante. Houve uma comoção repentina dentro do apartamento, enquanto as pessoas gritavam: *Dez! Nove! Oito!* Mas Scarlett mal percebeu, porque o rosto de Liam estava tão perto do dela agora que podia sentir o cheiro morno e almiscarado da pele dele, e talvez fosse uma boa ideia se levantar naquele momento, dizer boa-noite e ir direto para casa...

— Que bom que você não acha que eu sou um idiota de Hollywood — disse Liam baixinho. — Isso significa que vai me deixar beijar você à meia-noite?

— O quê?! — começou a dizer Scarlett, mas era tarde demais, porque os lábios de Liam já estavam sobre os dela, bem no momento em que os convidados começaram a gritar "feliz ano-novo!" e a tocar as cornetas. Enquanto Scarlett se inclinava mais para perto dele, percebeu que nunca realmente havia entendido o significado da palavra "enlevada" antes. Mas agora entendia. Estava enlevada. E era sensacional.

14

SERÁ QUE UM DIA PODERÁ ME PERDOAR?

Enquanto Jane andava na direção de Jesse, mal notou os outros convidados do h.wood bebendo champanhe, rindo e dançando "Pon de Replay" da Rihanna. Alguns dos olhares a acompanharam e ela ouviu as pessoas sussurrando. (Será que diziam "Ai, meu Deus, é aquela garota do programa?". Ou seria "Ai, meu Deus, é aquela vadia das revistas?") Ela baixou o olhar enquanto abria caminho pela multidão.

O lugar estava tão festivo, com longos cordões de prata pendurados no teto, grupos de balões prateados, dourados e pretos flutuando das mesas e confete brilhante espalhado pelo chão. Mas Jane não se sentia muito festiva no momento. Sentia-se aterrorizada. O coração estava disparado. Porque estava prestes a fazer uma das coisas mais difíceis que já havia feito na vida. Na frente das câmeras. Ela desejou que aquele momento pudesse ser mais privado, mas agora não se importava mais. *Precisava* falar com Jesse, com ou sem câmeras.

Repassou algumas frases de abertura de conversa na cabeça.

Ei, escute, precisamos conversar.
Sei que provavelmente me odeia.
Você está bem?
Andei tão preocupada com você.
Sinto saudades. (Não, risque essa.)
Estou tão, tão arrependida.

Na verdade não era a primeira vez que Jane tentava se aproximar de Jesse desde o incidente da *Gossip*. Nem a segunda vez, se contasse a noite de segunda no STK. Ela havia começado a lhe escrever uma mensagem de texto na noite de Natal (havia algo a respeito das festas de final de ano que a tornava uma garota emotiva e sentimental em relação aos ex-namorados), dizendo: SERÁ QUE UM DIA PODERÁ ME PERDOAR? FELIZ NATAL, JANE.

Ficara olhando eternamente para a mensagem, com os dedos pairando sobre o botão Send. No fim, apenas a apagou, desejando que pudesse ser mais corajosa, sentindo-se boba por ser tão covarde.

E agora... agora estava prestes a encarar Jesse pessoalmente, olhá-lo nos olhos e lhe fazer o maior pedido de desculpas da vida. Porque Jane tinha certeza de que o que fizera tinha sido a pior coisa que já fizera com alguém.

Enquanto ela se aproximava de Jesse, viu a acompanhante dele lhe sussurrar algo no ouvido. (Aquele vestido balonê rosa-pink nojento tinha como ser menor?) Dando risadinhas, a Srta. Vestido Balonê enfiou a carteira embaixo do braço e saiu. Ótimo, caminho livre.

A Srta. Vestido Balonê mal havia desaparecido na multidão de festejadores — Jane viu-a agarrar o braço de uma garota e as duas entraram no banheiro feminino, conversando bem próximas — quando Jesse se virou e viu Jane. Ele a encarou, e os lindos e familiares olhos castanho-claros cintilaram com... pura raiva. Ugh. Jane se perguntou se sairia batendo os pés sem lhe dar a chance de falar, mas Jesse não se mexeu.

— Oi. — Jane se aproximou dele, acenando hesitante. "Frase de abertura brilhante."

Jesse não disse nada. Enfiou o celular no bolso do paletó preto de cintura marcada. Jesse sempre se vestia muito bem, ao contrário de Braden, que sempre estava mais à vontade em camisetas desbotadas e jeans, mas que mesmo assim conseguia ficar lindo.

Jane parou na frente dele e ergueu a cabeça para olhá-lo. Com 1,66 metro, era pelo menos 18 centímetros mais baixa que ele.

— Posso falar com você um minuto? — perguntou ela.

A mandíbula de Jesse se tensionou.

— Sobre o quê?

— Eu só queria... Queria dizer que sinto muito. Sei que você provavelmente nunca vai me perdoar e não espero que perdoe. Mas queria que você soubesse como eu me sinto péssima em relação a tudo o que aconteceu.

Jesse a encarou com os olhos arregalados, sem dizer nada. O volume no lugar começou a aumentar — as pessoas estavam gritando, tocando cornetas, o DJ fazia um anúncio —, mas Jane não prestou atenção. Falar com Jesse era tudo em que conseguia pensar no momento.

— Fiquei muito magoada quando você começou a dar em cima daquela garota na sua festa de aniversário — continuou Jane. — Porque eu achei que você e eu éramos...

bem, achei que você realmente gostasse de mim e... Enfim, depois daquela noite, eu não tinha certeza do que iria acontecer com a gente. Eu estava tão puta com você. Sei que não é desculpa para o que eu fiz. Eu... *não tenho* desculpa, e... e...

A garganta de Jane começou a arder enquanto os olhos se enchiam de lágrimas. Ela cobriu o rosto com as mãos, tremendo, tentando não chorar em público, e isso com o operador de câmera a poucos centímetros de distância, filmando tudo. Todas as coisas vieram à tona: aqueles últimos meses malucos, conhecer Jesse na festa na casa dele e de Braden, apaixonar-se por Jesse, desmoronar quando achou que no fim das contas ele não era o cara para ela... e então Braden foi consolá-la, oferecendo um abraço amigo que de algum jeito se transformou num beijo, que de algum jeito se transformou em algo mais...

Jane sentiu a mão de Jesse no ombro.

— Ei — disse ele num tom que era ao mesmo tempo ressentido e terno. — Tá tudo bem?

Jane fungou e assentiu. Levou um instante para se recompor. Precisava desabafar.

— Eu sei que não tenho nenhum direito de lhe pedir isso — disse Jane, olhando para ele. — Mas você acha que um dia podemos ser amigos?

Jesse olhou para o outro lado.

— Não sei. Talvez. Vou pensar.

Jane assentiu. Pelo menos havia esperança. Era tudo o que poderia pedir. Não tinha ideia se poderia esperar ser *mais* do que amiga de Jesse, mas não conseguia imaginá-lo fora da própria vida. Amizade era melhor do que nada.

Enxugando uma lágrima, Jane percebeu que todos ali estavam gritando: *Dez! Nove! Oito!* E então a acompanhante de Jesse apareceu do nada e envolveu o pescoço dele com os braços magros e bronzeados com spray. A contagem regressiva continuou: *Três! Dois! Um! Feliz ano-novo!* Houve uma chuva de confete sob uma sinfonia de cornetas e de garrafas de champanhe sendo estouradas e daquela música de ano-novo que sempre tocavam (o que significava "Auld Lang Syne", afinal?) e a Srta. Vestido Balonê subiu na ponta dos pés e pressionou os lábios artificialmente carnudos contra os dele. O coração de Jane afundou ainda mais. Ela devia ir embora. Mas Jesse se afastou um pouco enquanto a Srta. Balonê continuava tentando beijá-lo, e então Jane percebeu que ele estava olhando por sobre o ombro da garota *para ela*. Os olhos dos dois se encontraram e ela disse a palavra *Desculpe* sem emitir som, de novo, como se não pudesse dizer o suficiente, o que realmente não podia, e ele meio que sorriu para ela, como se estivesse tentando fazer com que Jane visse que talvez, apenas talvez, as coisas pudessem ficar bem entre eles afinal.

O que fez daquele *réveillon* o melhor de todos. Muito embora a vida dela continuasse uma bagunça maluca e enrolada.

15

MENTIRA ATRÁS DE MENTIRA

Scarlett resmungou e esfregou os olhos enquanto a luz do sol inundava o campo de visão. Que horas eram? Ela olhou para o despertador, que cintilava 11h25. Onze e vinte e cinco da manhã? Como já podia ser tão tarde? A cabeça dela estava enevoada, como se tivesse dormido apenas duas horas.

"Espere um pouco! Que porra é essa?"

Scarlett olhou duas vezes ao redor. Onde estava o despertador retrô azul turquesa detonado? Esse despertador era fino, branco e tinha um dock de iPod em cima. E agora que pensava melhor, também não tinha lençóis da cor dos cereais Cocoa Puffs.

Ela se virou devagar, nervosa, para conferir o outro lado da cama.

Liam estava ali deitado, dormindo.

Scarlett respirou fundo, tentando não entrar em pânico. O que ele estava fazendo ali? Espere, não: o que *ela* estava fazendo ali?

Precisava sair dali agora mesmo, antes que ele acordasse. Vasculhou o quarto rapidamente, tentando localizar as roupas. *Ah*. Ainda as vestia. E, depois de uma inspeção mais cuidadosa, viu que Liam continuava com as dele, também.

Então se lembrou de tudo.

Depois do beijo maravilhoso que os dois trocaram ao soar da meia-noite, um monte de gente entrou no terraço com garrafas de champanhe. Ela e Liam fugiram para o quarto dele e continuaram acordados durante horas, assistindo filmes velhos na TV a cabo... e se beijando... e conversando... e se beijando... e comendo sorvete Ben & Jerry's direto do pote... e se beijando... e jogando tênis no Wii... e se beijando. Não tinha planejado passar a noite com ele; na verdade, Scarlett se lembrou de ter pensado, 1 hora da manhã (e depois às 2 horas e então às 3 horas), que estava muuuuuito tarde, que era melhor ir embora e que talvez Jane já tivesse chegado da festa horrível no h. wood.

Mas obviamente Scarlett havia caído no sono sobre os lençóis cor de Cocoa Puffs de Liam, em vez disso. *Com Liam*. Depois de uma noite longa (e, era preciso confessar, muito divertida) de atividades com mais cara de namoro do que de uma ficada casual. Os dois haviam conversado bastante e não tinham bebido absolutamente nada. O problema é que Scarlett não era chegada a "namoros". Nem mesmo se lembrava da última vez que dera o número de celular verdadeiro a algum cara, muito menos o nome verdadeiro.

Agora tudo o que precisava fazer era fugir antes que fosse tarde demais.

Scarlett olhou para Liam de novo. Ainda dormia. Parecia tão fofo dormindo que ela se sentiu meio tentada a se inclinar e beijá-lo.

Scarlett sacudiu a cabeça. Precisava se concentrar. A questão era: sair ou não de fininho? Deixar um bilhete? Algo casual e não comprometedor tipo: *Tive de ir. A gente se vê!*

Scarlett tentava cuidadosamente sair de fininho da cama quando os olhos de Liam se abriram. Ele sorriu preguiçosamente para ela.

— Bom dia.

— Ah! Oi! E aí! Eu estava só... — Scarlett pulou da cama e começou a olhar ao redor do quarto. —... indo embora. Estava só tentando achar meus, hã, sapatos. Ah, aqui estão eles! Sapatos! Bom, escute, obrigada por tudo, e, hã, a gente se vê depois!

Liam se sentou.

— Espere. Scarlett? Quer um café ou...?

— Não, estou bem. Obrigada, mas preciso ir. Estou super, hiperatrasada para um compromisso que esqueci que eu tinha hoje. Estão me esperando. Tchau!

Scarlett nem esperou pela resposta dele ao catar as sandálias do chão e disparar para fora do quarto.

Era quase meio-dia quando Scarlett entrou pela porta da frente do apartamento. Viu Jane aninhada no sofá, assistindo televisão de moletom e tomando um copo de suco de laranja.

— Ei — cumprimentou Jane. — Por onde andou?

Scarlett atirou as chaves na mesa do corredor e sentou-se ao lado de Jane.

— Quê? Fui a uma festa na casa de um amigo e caí no sono no sofá. — Não havia motivo para dizer a Jane *qual* amigo, e nem que "sofá" queria dizer "cama".

Jane lhe deu um olhar estranho.

— Você sabia que iríamos filmar no h.wood ontem à noite, né? Dana tentou ligar para você tipo umas cem vezes. Eu também. Por que não atendeu ao telefone?

— A bateria morreu — disse Scarlett, sentindo-se cada vez mais incomodada por contar mentira atrás de mentira para a melhor amiga. — Ai, meu Deus, esqueci completamente das filmagens. Melhor ligar para Dana e pedir desculpas. Como foi a festa?

— Tããão estranha — respondeu Jane. Ela pegou o controle remoto e começou a zapear pelos canais. — Jesse apareceu.

— O galinha? *De novo?* Ele também estava na festa no STK. Está perseguindo você?

— Dificilmente. Mas nós conversamos. Eu pedi desculpas a ele por, você sabe, por tudo.

Scarlett, que achava que Jane não tinha pelo que se desculpar, uma vez que tinha sido Jesse quem dera mancada antes, ergueu as sobrancelhas.

— E?

— No começo ele estava muito puto. Mas aí ele meio que... eu não sei. Acho que ele mudou de ideia.

A imagem de um casal se beijando cintilou na tela da televisão. Scarlett estremeceu. *Déjà vu*. Era uma cena de um dos filmes a que ela e Liam haviam assistido na noite anterior: *Casablanca*. Jane assistiu àquilo com um meio sorriso melancólico.

Scarlett começou a ter um mau pressentimento.

— Janie? Seja sincera. Você não está seriamente pensando em voltar com Jesse, né? Não dou a mínima para o quanto ele é lindo, encantador ou rico; nós duas sabemos que no fundo, no fundo ele é encrenca e...

— Scar! — vociferou Jane. — Pare com isso! E pare de dizer coisas maldosas sobre ele! Ele é meu... *era* meu namorado e eu gosto dele, e é extremamente horrível da sua parte continuar dizendo esse tipo de coisa. — Ela acrescentou: — Sério, estou tão cheia da sua negatividade ultimamente. Está demais, mesmo para você. Você precisa se animar um pouco.

Scarlett cruzou os braços, tentando resistir ao impulso de colocar alguma racionalidade na cabeça de Jane. Elas haviam discutido a respeito de Jesse durante a maior parte do (breve) relacionamento dos dois. Não importava o quanto Scarlett tentasse convencer Jane do fato bastante óbvio de que Jesse era um filho de celebridades de fama incógnita que amava garotas, bebidas, drogas e autopublicidade mais do que poderia possivelmente amar Jane, a melhor amiga o defendia inflexivelmente. Continuava defendendo-o agora.

— Certo, tudo bem. Foi mal — disse Scarlett.

Jane bebeu o suco de laranja em silêncio e escolheu um game show qualquer na televisão. Scarlett percebeu que a amiga ainda estava furiosa.

— Então... como foi o resto da noite? — perguntou ela, tentando mudar de assunto.

— Bom — respondeu Jane, olhando para a tela.

— O que vocês fizeram?

Jane deu de ombros.

— Madison, Gaby e eu ficamos na festa até, sei lá, umas 2h30, depois voltamos para a casa de Madison. E aí fomos com umas pessoas ao Toast tomar café da manhã. Foi ideia de Madison, embora ela mal tenha comido alguma coisa. Comeu tipo dois mirtilos ou algo assim. Diz que está de dieta; o que é insano, pois veste, sei lá, manequim 32.

Madison, Madison, Madison. Scarlett não sabia qual nome vinha escutando mais — se o de Jesse ou o de Madison. Provavelmente o de Madison. Aliás, com certeza o de Madison. Jesse podia ser um galinha, mas Madison era uma vaca sabotadora que estava querendo arruinar a vida de Jane.

Jane começou a zapear de novo entre os canais.

— Então, me conte da sua festa. Quem organizou?

— Hã, uma garota da minha aula de inglês do semestre passado e duas meninas que moram com ela — respondeu Scarlett rapidamente. *Ugh*. Mais mentiras.

— Você se divertiu?

— Quer saber, sim. — Pelo menos essa parte era verdadeira. — Era só um bando de nerds de literatura conversando sobre romancistas britânicos entre uma dose e outra de vodca.

— Hmmm, parece bem louco — brincou Jane. Pelo menos agora ela estava sorrindo.

— É, as coisas meio que saíram do controle — brincou Scarlett de volta.

— Algum cara interessante?

Scarlett pensou em Liam. A respiração ficou presa na garganta.

— Nada.

— Que pena.

— É. Bem.

Por um breve segundo, Scarlett sentiu-se tentada a contar tudo para Jane, mas não conseguiu. Um, porque não havia nada a dizer. Grande coisa, Scar gostava de Liam. Ela passou a noite com ele acidentalmente. Não significava que estavam namorando, ou num relacionamento, nem nada do tipo. A noite anterior tinha sido algo isolado. Scarlett não tinha nenhuma intenção de repetir a dose.

O outro motivo era maior: Scarlett estava se sentindo estranhamente pouco à vontade em abrir o coração para Jane. Era como se estivesse assistindo ao relacionamento das duas mudar e não pudesse fazer nada a respeito. Antigamente jamais guardariam segredos uma da outra.

Mas agora, sim.

16

QUINZE MINUTOS

Veronica Bliss se recostou na cadeira e olhou, pensativa, pela janela de vidro do escritório para os cubículos dos funcionários. Ela providenciou para que um dos lados fosse espelhado, a fim de observá-los sem ser vista. Isso ajudava a alcançar o equilíbrio entre a privacidade (dela) e a falta de privacidade (dos funcionários) que fazia da *Gossip* a máquina bem azeitada que era.

Olhou para a tela do laptop e viu que Madison Parker havia enviado outro e-mail. Veronica o abriu com um suspiro pesado, adivinhando que Madison daria um chilique por causa da última edição da *Gossip*.

Estava certa.

PARA: VERONICA BLISS
DE: MADISON PARKER
ASSUNTO: QUE PORRA É ESSA???

> Você prometeu que se eu conseguisse fotos de Jane publicaria um artigo sobre mim. Você chama as minúsculas menções aos rituais de beleza da "amiga e confidente de Jane Roberts" um artigo sobre mim??? NÓS TÍNHAMOS UM ACORDO.

Veronica revirou os olhos, irritada por ter de perder trinta segundos que fossem do precioso tempo lidando com aquilo. Rapidamente, digitou:

> PARA: MADISON PARKER
> DE: VERONICA BLISS
> ASSUNTO: RES: QUE PORRA É ESSA???
>
> Aquele foi seu artigo. Se quiser outro, precisa me dar mais informações urgentemente. O que Jane está aprontando? Está saindo com alguém novo?

Do que Madison estava reclamando, afinal? A última edição da *Gossip* trazia uma matéria de capa sobre a fuga pós-escândalo de Jane para Cabo: ESTRELA DE *L.A. CANDY* SE ESCONDE NO MÉXICO DEPOIS DE CHIFRAR NAMORADO. O fotógrafo havia conseguido fotos de Jane na praia: bebendo margarita, cobrindo o rosto com as mãos (provavelmente para se proteger do sol, embora os leitores não precisassem saber disso — melhor acreditarem que estava soluçando de vergonha). E conversando com Madison (descrita na legenda da foto como o "ombro bronzeado e magro no qual Jane chorou").

E agora Madison estava dando um escândalo porque... por quê? Por que não era a matéria de capa? Tinha sorte de sequer haver aparecido na revista.

Um movimento do outro lado da janela especial chamou a atenção de Veronica. Era o assistente, Diego, pairando por ali. *Urgh*. Qual era o problema dele? Ele estava realmente irritando-a ultimamente.

O e-mail de resposta de Madison veio quase que imediatamente. Aquela garota devia estar sentada na frente do computador ou encarando o BlackBerry, esperando. Obviamente não tinha vida.

PARA: VERONICA BLISS
DE: MADISON PARKER
ASSUNTO: RES: RES: QUE PORRA É ESSA?

Nada novo em relação à Jane no momento. Ela voltou ao trabalho e não está saindo com ninguém, que eu saiba.

Veronica expirou com irritação. Madison era idiota ou o quê?

PARA: MADISON PARKER
DE: VERONICA BLISS
ASSUNTO: RES: RES: RES: QUE PORRA É ESSA?

Para sua informação, "nada novo", "voltou ao trabalho" e "não está saindo com ninguém" não é notícia. Você não vai conseguir nada com isso.

Veronica xingou entredentes. Se Madison não era capaz de dar informações, então teria de cultivar outras fontes. Pela janela, viu Diego falando sozinho. Francamente! Ela estava rodeada de idiotas. Será que tinha de cuidar de tudo pessoalmente?

Um pequeno *pim!* do laptop indicou a chegada de um novo e-mail. Veronica olhou rapidamente para a caixa de entrada, adivinhando que era outra resposta reclamona de Madison.

Não era. Veronica não reconheceu o e-mail do remetente, e não havia nenhum nome relacionado a ele. Porém o assunto a intrigou, e era uma espécie de coincidência bizarra, considerando o diálogo anterior.

PARA: VERONICA BLISS
RES: MADISON PARKER

Madison não é quem diz ser. Interessada?

Veronica leu a mensagem de novo. Esfregou os olhos, pensando. Responder ou não responder? "Não responder", decidiu ela depois de um instante, fechando o laptop. Era provavelmente apenas Madison fingindo ter sujeiras para contar a respeito de si mesma. Ou algum outro maluco querendo chamar atenção. Ultimamente parecia que todo mundo andava atrás dos 15 minutos de fama.

17

COMO AGIR DIANTE DAS CÂMERAS

Era uma linda noite em Los Angeles — as estrelas cintilavam no céu e uma brisa morna carregava o cheiro de jasmim e eucalipto. Mas Jane não tinha tempo de curtir nada disso ao entrar no Beso, tentando evitar os fotógrafos cujos flashes estouravam como fogos de artifício enquanto gritavam perguntas:

— Jane, que tal um sorriso?

— Jane, você e Jesse vão voltar?

— Jane, posso fazer uma tomada *over-the-shoulder*?

Ela desejou, por um instante, que Sam estivesse ali — Sam, a assessora de comunicação com quem Jane decidira assinar um contrato de representação (junto com R.J., o agente) depois de conversar com os pais sobre o assunto durante o fim de semana. Jane ainda não tinha cem por cento de certeza se precisava de uma assessora, mas tinha a sensação de que se Sam estivesse com ela agora, faria Jane passar pelos paparazzi como uma profissional.

Enquanto Jane entrava no restaurante e cumprimentava a anfitriã, viu vários operadores de câmera da PopTV na sala de jantar, prontos para filmar. Imaginou se Jesse já teria chegado ou se ela fora a primeira. "Respire fundo", disse a si mesma. "E daí que você vai jantar com o ex-namorado? Diante das câmeras. O mesmo ex-namorado que você traiu, um erro do qual milhões de pessoas estão sabendo? Nada de mais."

Depois que o microfone foi posto em Jane no corredor atrás do restaurante, Matt, o diretor, apressou-se até ela para lhe dar instruções de como deveria andar até a mesa. (Aparentemente, ele tinha um ótimo ângulo do segundo andar.) Jane viu Jesse sentado numa mesa rodeado de luzes fortes no meio da enorme sala. Ele também a viu. O rosto de Jesse se iluminou e ele acenou de leve para ela. Parecia feliz ao vê-la, o que era um alívio.

Quando Jesse lhe mandou uma mensagem no dia anterior perguntando se poderiam jantar, Jane ainda não sabia por que nem o que esperar; apenas sabia que tinha de vê-lo. Tinha uma filmagem agendada — ela e Scar no apartamento. Infelizmente, o resto da semana de Jane estava igualmente lotado. Por isso ela ligou para Trevor e perguntou se poderiam adiar aquela tomada, explicando o motivo. Na mesma hora ele sugeriu que filmassem Jane e Jesse jantando e inclusive sugeriu que fosse ali, dizendo que gostava da iluminação e da gerência prestativa. Jane a princípio disse que não — queria ter um pouco de privacidade e achava que Jesse também. Mas Trevor tinha sido tão convincente, insistindo que seria uma maneira de os espectadores da PopTV verem que o casal havia superado aquilo, que Jane por fim concordou, e Jesse também.

Quanto a Scar... bem, ela não ficou nem um pouco feliz com a mudança de planos (embora em outras circunstâncias tivesse adorado qualquer desculpa para se livrar das filmagens) e fez os comentários negativos de sempre sobre Jesse, que Jane basicamente ignorou — na verdade *literalmente* ignorou, com os fones de ouvido do iPod ao som de Death Cab for Cutie.

Um instante depois, Matt disse a Jane que estavam prontos para rodar. Ela respirou fundo e depois abriu caminho pelo salão conforme as instruções de Matt.

Quando chegou à mesa, Jesse se levantou. Estava... lindo. Não havia outra palavra. A camisa cinza-escuro complementava o tom dos cabelos castanhos ondulados, e as calças pretas de alfaiataria acentuavam o corpo musculoso. Até mesmo os sapatos Gucci e o relógio TAG Heuer prateado estavam perfeitos.

Ele sorriu para ela.

— Oi.

— Oi. — Jane deslizou para o assento à frente de Jesse rapidamente, porque desejava evitar aquele momento esquisito do tipo *a gente se abraça ou se beija na bochecha ou o quê?* — Desculpe pelo atraso.

— Atraso? São só 20h05. Isso é cedo para você.

— Ha, ha. Verdade.

O olhar de Jesse percorreu o corpo dela, do vestido de seda bege de um ombro só até os saltos *peep toe* Jimmy Choo.

— Você está linda.

— Obrigada. Você também. — Ela se remexeu pouco à vontade na cadeira.

Eles olharam um para o outro; então Jane abaixou os olhos e brincou com o guardanapo. Notou que o copo à frente de Jesse continha basicamente cubos de gelo derretidos. Estava na cara que ele já havia mandado para dentro um drinque.

A garçonete se aproximou.

— Posso lhe trazer uma bebida? — perguntou a Jane. Ela se virou para Jesse. — Outro refrigerante para o senhor?

Jane ergueu as sobrancelhas. Refrigerante? Jesse? Tinha imaginado que ele bebera um uísque com gelo ou uma gim tônica, e que já estava meio alto... "Acho que eu estava errada", pensou.

— Acho que vou mudar para vinho — respondeu Jesse. — Jane?

— Hã, só água. Obrigada. — Jane sabia que, ao contrário dos clubes noturnos onde costumavam filmar, os restaurantes tendiam a verificar a idade das pessoas. E vinha se tornando cada vez mais difícil as pessoas aceitarem a identidade falsa de Jane depois que se davam conta de que ela não era Jillian McManus.

— Vinho tinto para mim — disse Jesse. — Vou experimentar o cabernet.

— Boa pedida — disse a garçonete antes de ir.

Jesse se recostou na cadeira e olhou para Jane.

— Então. Como você anda?

— Você sabe. Ok. Mais ou menos.

— É, eu também. — Jesse sorriu ao dizer isso, mas Jane notou certa tristeza na expressão dele.

— E aí, o que fez no Natal? — perguntou Jane, decidida a começar com algo positivo.

— Minha mãe convidou um bando de amigos para jantar. Foram tipo todos os figurões quarentões de Hollywood.

Meu pai está fazendo um filme novo na Austrália e não pôde vir.

— Sobre o que é o filme?

Jesse deu de ombros.

— Não sei bem. Acho que é alguma coisa meio independente ou artística. É dirigido por aquele italiano, Michaelangelo sei lá o quê.

— Uau, que demais.

— Acho que sim. Se você curte coisas meio independentes ou artísticas. — Jesse sorriu para ela. — E aí? O que *você* fez no Natal? — perguntou ele.

— Fui para Santa Bárbara visitar meus pais e minhas irmãs.

— Deve ter sido legal — disse ele de maneira sincera. — Fazia tempo que você não os via, não é?

— É, foi bacana.

Jesse pegou o cardápio e Jane fez o mesmo. Mas teve dificuldade em se concentrar; estava tão nervosa, e ao mesmo tempo estranhamente à vontade. Como se os dois nunca tivessem terminado. Como se todo o lance de Braden nunca tivesse acontecido.

"Argh, Braden." D. havia lhe mandado uma mensagem no sábado dizendo que lera num blog que Braden havia conseguido um papel em algum programa inspirado numa série de livros. Essa notícia finalmente deu a desculpa de que ela precisava para mandar o e-mail que há tempos pretendia:

Oi, ouvi dizer que você conseguiu um papel num programa importante. Parabéns! Isso é demais.

Se e quando você estiver pronto para conversar, por favor me ligue ou me mande uma mensagem. Eu me sinto péssima com o que aconteceu e sinto muito por você haver sido arrastado para tudo isso. Nunca foi minha intenção magoar você.

Beijos,
Jane

    Braden ainda não havia respondido, quase três dias depois. Será que responderia? Estava tão bravo assim com Jane que nunca mais voltaria a falar com ela? Será que poderia na verdade culpá-lo? Ela havia arruinado a amizade mais antiga dele, com Jesse. E constrangido Braden em mídia nacional.
    Depois que a garçonete voltou com as bebidas e anotou os pedidos, Jesse perguntou a Jane como ia o trabalho e ela lhe contou da festa da Crazy Girl no Dia dos Namorados no Tropicana e de como estava empolgada por Fiona lhe confiar seu evento mais importante. Quando a comida chegou, o assunto da conversa havia mudado para... eles.

— Fiquei feliz por termos nos falado na festa de *réveillon*. — Jesse pegou a taça e observou a forma como a luz dançava dentro dela.

— É, eu também.

— Porque a verdade é que eu meio que senti saudades suas.

— Sentiu?

— Sim.

— Sério?

Jesse sorriu.

— Sério.

— Eu também meio que senti saudades suas.

— Sério?

Os dois riram de um jeito estranho, porque sabiam como estavam parecendo bobos. Jane não tinha certeza do que estavam fazendo ali conversando sobre como sentiam saudades um do outro. Não havia esperado por aquilo. Havia esperado... o quê? Conversa frívola. Saber o que os dois andavam fazendo. Hostilidade mal disfarçada. Ela se desculpando um pouco mais. Jesse dizendo que a perdoava. Os dois fazendo falsas promessas de que manteriam contato enquanto trocavam beijinhos educados de despedida.

Jesse esticou a mão sobre a mesa e entrelaçou os dedos nos dela, hesitante, como se não tivesse certeza se Jane recolheria a mão. Ela não o fez. Continuava confusa a respeito de tudo — de Jesse, de Braden, até de Caleb —, mas sabia com certeza que gostava da sensação da mão dele na sua, por isso segurou-a com força.

— Ei. — Jesse olhou na direção da equipe de câmera. — Quer dar o fora daqui?

Jane hesitou por um momento, depois assentiu.

— Ótimo. Eu também.

Jesse fez um sinal para que a garçonete trouxesse a conta. Um milésimo de segundo depois, Dana chegou apressada à mesa. Quando tinha chegado?

— Vocês dois estão ótimos! Mas poderiam ficar mais um tempinho enquanto montamos tudo para filmar a saída? Maravilha, valeu! — Com isso, Dana sumiu, falando rapidamente no headset.

Os olhos de Jesse cintilaram.

— Está vendo? Você *não pode* sair com mais nenhum outro cara, porque eu sou o único que tolera outras pessoas dando ordens quanto ao que a gente deve fazer nos encontros.

Jane deu de ombros e sorriu para ele.

— É isso o que eu gosto em você: é muito obediente.

— Sério. Quer dizer, que outros caras aceitariam usar um microfone sempre que entram em algum lugar com você? Tem sorte de eu ser tão compreensivo — brincou Jesse.

— É, é mesmo um pé no saco ter de estar na televisão o tempo todo — provocou Jane de volta.

Ela observou os operadores de câmera carregarem os equipamentos pelo salão de jantar e porta afora. Os dois estavam oficialmente em *off* — pelo menos por 'um tempinho'.

Havia algo que Jane queria dizer a ele. Talvez aquela fosse a chance.

Ou talvez devesse apenas deixar para lá.

"Vá em frente", disse a si mesma. Inclinou-se para a frente, abaixando a voz.

— Então, tem uma coisa que preciso lhe perguntar. Sinto muito por ter de tocar nesse assunto, mas é sobre aquelas fotos. — O sorriso de Jesse desapareceu, mas Jane obrigou-se a continuar. — Madison acha que ou você ou Scar deu as fotos para a revista *Gossip*. O que é maluquice, eu sei, mas...

— Madison? — cortou Jesse. A mandíbula se tensionou com raiva. — Ela disse isso? Isso é alguma porra de uma brincadeira?

Jane ficou espantada com a reação furiosa de Jesse e desejou poder voltar três minutos no tempo, antes de ter dito alguma coisa.

— Tá bom, tá bom — disse ela, erguendo as duas mãos. — Desculpe por ter tocado no assunto. — Se antes tinha 99,9 por cento de certeza da inocência dele, agora tinha cem.

— Madison é quem devia pedir desculpas. Ela anda mentindo para você, não sabia? Foi *ela* quem deu as fotos para a *Gossip*. Scarlett não te contou?

Jane suspirou. Obviamente, Jesse e Scar ainda compartilhavam as mesmas ilusões sobre Madison. Do mesmo modo que Madison tinha ilusões sobre Jesse e Scar.

Aquilo já estava ficando demais. Os amigos precisavam parar de brigar e inventar histórias horrorosas um sobre o outro. Além disso, Jane estava mais convencida do que nunca que as fotos tinham sido obra de algum fotógrafo qualquer (e mau). Afinal de contas, Madison estivera totalmente ao lado dela durante toda aquela loucura recente, provando que era uma amiga boa demais para fazer algo tão baixo. E Madison estava muito errada a respeito de Scarlett (e de Jesse também). Embora Jane e Scar não estivessem exatamente se dando bem nos últimos tempos, Jane sabia que Scar jamais faria aquilo.

Jesse ainda estava falando mal de Madison quando Jane o interrompeu.

— Tá bom, tá bom — disse ela, com um olhar que (esperava) dizia que aquilo já tinha passado dos limites. Para sempre. — Podemos ir?

A expressão de Jesse se endureceu.

— Claro — disse ele com frieza.

Enquanto Jesse pagava a conta, Jane olhou para o celular e viu uma mensagem de texto de Dana, dizendo que os operadores de câmera estavam a postos. Jane entregou o celular a Jesse para que ele pudesse ler a mensagem também.

Jesse se levantou da mesa e ajudou Jane a sair da cadeira. Depois a tomou pelo braço e a conduziu porta afora. Enquanto caminhavam pelo salão, um grupo de garotinhas tirou fotos dos dois com os celulares. Jane ouviu uma delas dizer: *Eu achava que eles tinham terminado.*

Do lado de fora, ela viu os caras de *L.A. Candy* posicionados, filmando a saída dos dois — e depois, alguns metros atrás deles, os paparazzi. Dana também estava ali, não berrando para eles darem o fora como em geral fazia, mas simplesmente observando Jane e Jesse e falando baixinho para alguém pelo headset. O que seria aquilo — será que a equipe de *L.A. Candy* tinha formado uma aliança com os fotógrafos dos tabloides? Assim que Jesse e Jane saíram de quadro, os paparazzi os abordaram imediatamente.

— Me salve — sussurrou Jane para Jesse, que assentiu e entregou o ticket para o manobrista, depois pousou a mão de modo protetor nas costas dela. Jane se sentiu, como às vezes se sentia, aprisionada enquanto aguardavam na calçada pelo carro de Jesse, as câmeras dos paparazzi os rodeando e registrando cada movimento. O estranho é que ela era boa naquilo. Ela sabia, mesmo sem que Dana nem ninguém mais lhe dissesse, que deveria fazer exatamente o que estava fazendo: sorrir de modo falso, jogar conversa fora, agradavel e pacientemente matando tempo até que ela e Jesse pudessem fugir no Range Rover dele. Scar, por outro lado, teria perdido a paciência àquela altura, mostrado o dedo a alguém ou feito algum comentário engraçado ou sarcástico e ido embora de maneira furiosa.

Mas não Jane. Ela sabia que deveria sorrir e ser educada, embora estar rodeada de flashes e fotógrafos sem rosto que não tinham o menor respeito pela privacidade dela a amedrontasse.

— O carro chegou — avisou Jesse. Mais flashes estouraram enquanto ele ajudava Jane a subir no banco da frente.

— Que tal um beijo, Jesse? — berrou um dos fotógrafos.

"Até parece." Jane esperou que Jesse fechasse a porta e desse a volta no carro para entrar. Mas, em vez disso, ele se inclinou para dentro e a beijou — não um beijo rápido de amigos, mas um longo. As câmeras enlouqueceram.

Era tão bom beijar Jesse de novo... ou teria sido, pelo menos, não fosse o fato de eles não estarem sozinhos. Estavam absolutamente o oposto de sozinhos. "Acho que Jesse sabe exatamente como agir diante das câmeras, também", pensou Jane.

18

QUEM DISSE QUE ESTAMOS FICANDO?

Sentada de pernas cruzadas na cama e vestida com nada mais que uma regata branca e calcinhas tipo boxer pretas, Scarlett atirou outro par de meias enroladas na tela da televisão. Era dia de lavar roupa (àquela altura, *noite* de lavar roupa) e, como sempre, Scarlett havia separado e dobrado todas as roupas limpas em pilhas organizadas. Infelizmente, as pilhas organizadas agora estavam rapidamente sendo destruídas. E tudo por culpa de Trevor.

O tiroteio de meias havia começado quando ela cometeu o erro de ligar a televisão enquanto separava e dobrava as roupas para assistir *L.A. Candy* no TiVo. Era o episódio "Noite de Natal com os Harp" (era assim que ela o chamava, pelo menos), e aquilo a estava irritando profundamente.

Depois do silêncio inicial dos pais dela na frente das câmeras, no estilo veados-parados-diante-do-farol-do-carro, eles haviam se acostumado e começaram a abrir a boca.

Mãe: Então, como foi o primeiro semestre na USC, querida?

Scarlett: Foi tudo bem.

"Que porra é essa?" Scarlett atirou outro par de meias na tela. Ela se lembrava exatamente do que havia dito em resposta à pergunta da sua mãe — e *não* tinha sido *Foi tudo bem*. Tinha sido: *Foi tudo bem, se sua ideia de boa educação é ter professores com o QI menor do que o seu*. Claro, talvez a resposta fosse meio ríspida e não completamente verdadeira, mas por que Trevor reduzira tudo o que ela sentia a "Foi tudo bem"? Será que estava tendo fazê-la parecer insossa?

A cena dolorosa se arrastava.

Pai: Você pensou sobre seu futuro?

Scarlett: Claro que sim. Acho.

Mais meias. O problema é que agora haviam acabado as meias de Scarlett, por isso ela começou a atirar algumas calcinhas enroladas. *Claro que sim. Acho?* O que tinha dito ao pai fora: *Claro que sim. Acho. Estava pensando em abandonar a faculdade e quem sabe voltar ao meu emprego antigo de grelhar frangos no El Pollo Loco ou talvez dançar num clube de strippers*. Agora Scarlett tinha certeza de que Trevor estava tentando fazê-la parecer sem graça.

Mãe: Ah, falando nisso, estava para lhe dizer que trombamos com seu ex-namorado Dave outro dia. Ele perguntou de você.

Scarlett: Sério?

Calcinhas, camisetas, casacos com capuz. Eles atingiram a tela da TV e caíram num monte macio no chão do quarto de Scarlett que, fora isso, estava organizado. Aquela tinha sido a pior das edições de Trevor. A mãe de Scarlett (a verdadeira mãe, a de fora das câmeras) sabia bem que não devia mencionar o assunto vida amorosa com a filha. Fora Dana quem obviamente lhe dissera para fazer aquilo.

O que Scarlett dissera foi: *Sério? Você está falando de Dave, o namorado de Jenn Nussbaum? Eu só fiquei com ele no aniversário de 18 anos dela para irritá-la. Ah, legal, mandem um oi para ele da próxima vez que o virem. Por onde ele anda hoje em dia — trabalhando na loja de surfe e morando com os pais? Ele não me parecia ser do tipo Fadado ao Sucesso, pelo menos pelo que eu pude perceber em nossos 23 minutos de relacionamento.*

Tá, talvez isso não fosse exatamente apropriado para todas as idades. Mesmo assim, Trevor precisava cortar as palavras dela ao ponto de fazê-la parecer uma Barbie lobotomizada?

— Canalha! — berrou ela.

A campainha tocou.

Scarlett se sentou abruptamente. Olhou para o relógio. "Merda!" Devia ser Liam. E ela não estava nem vestida ainda. Não era do feitio de Scarlett perder a noção do tempo assim. Aquilo devia ser influência de Jane.

Liam havia lhe mandado um SMS aquela manhã perguntando se ela queria ir a uma sessão dupla de cinema francês no New Beverly Cinema e a resposta fora: CLARO, antes mesmo de ter a oportunidade de pensar no assunto. Não o via desde que saíra (ou melhor, se catapultara) do apartamento dele na sexta-feira anterior. Havia torcido e rezado para que depois disso Liam não ligasse ou mandasse mensagem dizendo o quanto tinha sido divertido, se poderiam repetir a dose e toda aquela besteirada. E ele não fez isso. O que foi meio confuso. No domingo à noite, ela se pegou conferindo o telefone para ter certeza de que não tinha deixado passar nenhuma mensagem. Naquela manhã, quando viu a mensagem de Liam surgir, deu risadinhas — risadinhas! — em resposta ao convite.

O que havia de errado com ela? Scarlett Harp não dava risadinhas. Ela ria, e em geral dos outros.

Scarlett desligou a televisão, se arrastou para fora da cama e escavou a pilha de roupa recém-lavada no chão. Achou um par de jeans limpos e uma blusinha ligeiramente amassada e os colocou. Não se incomodou em se maquiar ou arrumar o cabelo, porque nunca fazia isso (a menos que Jane a obrigasse, para alguma filmagem). Pegou a carteira e as chaves.

A campainha tocou de novo.

— Já vai! — berrou ela. — Estou indo!

Um minuto depois, ela abriu a porta. Liam estava ali, parecendo... bem, muito gato num par de jeans customizados e uma camisa polo azul que combinava com o tom dos olhos dele.

Liam sorriu para ela.

— Oi.
— Oi.
— Não cheguei muito cedo, né?
— Não. Eu só estava terminando de lavar a roupa. Vamos?
— Sim. O carro está lá fora.

Alguns minutos depois, eles estavam no Prius prata de Liam, ouvindo rádio e dirigindo ao longo do Beverly Boulevard com as janelas abertas. Scarlett colocou os pés descalços para cima, sobre o painel, e recostou o corpo, curtindo a sensação do vento agitando os longos cabelos negros. Estava bastante satisfeita. Aquilo era bem melhor do que ficar em casa lavando roupa (ou atirando roupa na televisão) e choramingando porque Jane tinha ido jantar com o namorado *loser* que virou ex-namorado, que virou meio que namorado de novo, em vez de ficar com ela. (Teria sido na frente das câmeras, mas mesmo assim... fazia um bom tempo que as duas não passavam uma noite em casa juntas.)

— Então. — Liam se virou para olhar para ela. — Não quero ficar todo sério para cima de você, mas acho que devemos conversar sobre uma coisa.

Scarlett o encarou.

— O quê?

— "Equipe técnica" e "talento" não podem ficar.

Scarlett ergueu as sobrancelhas.

— Você acabou mesmo de me chamar de "talento"? Além disso — continuou ela, batendo de brincadeira no braço dele —, quem disse que estamos ficando?

— É, bom, seja lá o nome que você queira dar. É que... eu posso ser despedido por isso.

— Então não estamos ficando. Eles não podem despedir você por ser meu amigo, podem?

— Não tenho certeza se a emissora faz esse tipo de distinção. O negócio é que eu acho você legal e quero continuar saindo com você, mas seria melhor se a gente não contasse nada sobre nós a ninguém.

Nós? O que ele queria dizer com *nós?*

— Soube pelo cronograma de filmagem que Jane ia sair hoje à noite e foi por isso que pude pegar você no seu apartamento — continuou Liam. — Você não pode contar nada a ninguém, tá? Nem mesmo a Jane.

— Sem problemas — disse despreocupadamente Scarlett. — Sou boa em guardar segredos.

— Ah, é? Bem, espero que você seja melhor em guardar segredos do que em jogar tênis no Wii.

— Do que você está falando? Eu destruí você!

— Você está delirando.

— *Você* é quem está delirando.

Enquanto discutiam, Scarlett pensou no que Liam acabara de dizer. Ela na verdade estava feliz de não poder contar a ninguém sobre ele. A verdade é que não queria contar porque nem sequer sabia o que dizer. Nunca havia sentido nada parecido por ninguém antes, e tentar explicar aquilo em voz alta faria com que parecesse real demais. Não tinha palavras para descrever o próprio estado emocional ultimamente ("irracional" e "instável", talvez?). Desejava ficar naquela espécie de limbo irracional, instável e, precisava admitir, meio maravilhoso da não paixão por Liam pelo máximo de tempo possível (sem avançar, sem se comprometer, apenas... ficando juntos). Ela não conseguia ver o relacionamento dos dois indo para a frente, mas tampouco conseguia ver o contrário. Então, por enquanto, só curtiria seja lá o que estivessem vivendo — sem rótulos, sem promessas e sem contar nada a ninguém. Nem mesmo a Jane. Scarlett já *não* havia contado à amiga sobre o ano-novo com Liam. Podia muito bem deixar as meias-verdades rolando

— ultimamente aquele já era o estado atual da amizade das duas, mesmo.

Além do mais, o último episódio da temporada estava chegando. Depois, quem saberia o que reservava o futuro? Talvez Scarlett deixasse o programa. E então Trevor Lord não poderia mais trevorizá-la, nem lhe dizer o que fazer ou com quem sair. Ela poderia se concentrar apenas na faculdade (as aulas terminariam na semana seguinte) e tomar algumas decisões quanto ao ano acadêmico seguinte. Tipo: será que deveria se transferir para outra faculdade? Ou buscar um caminho completamente diferente? O futuro estava em aberto.

— Preparada para ficar sentada durante quatro horas de legendas? — perguntou Liam, estacionando numa vaga.

— Quem precisa de legendas? Eu falo francês.

— Não fala nada.

— *Oui, je parle français.*

— Exibida.

Scarlett riu dele e o beijou, envolveu os braços ao redor do pescoço dele. Bem nessa hora, um cara que passava gritou: "Vão para um quarto!" pela janela aberta. Ela e Liam se separaram, rindo.

— Achei que não estávamos ficando — disse Liam, acariciando o braço dela.

— Não estamos.

— Ah, é? Você sempre beija seus amigos assim?

— Aham. É por isso que eu sou tãããão popular.

Conforme entravam no cinema, Liam segurou a mão dela. "Dane-se", pensou Scarlett. E deixou.

19

SERA Q VC E HANNAH PODERIAM PF FALAR SOBRE ALGUMA COISA????

Jane tomou um gole do *latte* de baunilha da Coffee Bean & Tea Leaf (delícia) e anotou um lembrete para dar uma olhada em alguns sites de patinação em busca de ideias para o evento da Crazy Girl. Patinação e Dia dos Namorados não combinavam tanto assim, mas ela sabia que a Crazy Girl patrocinava diversos eventos esportivos, então quem sabe não haveria algo ali? Apesar de que... eventos de patinação pareciam uma coisa boa na teoria, mas na verdade sempre terminavam com uma galera bebendo com rodinhas presas aos pés. Os ferimentos eram inevitáveis. *O amor machuca, não é? Hum.*

— Bom dia! — Hannah entrou no escritório, parecendo leve e arrumada em um vestido-envelope creme e anabelas cor camelo. — Como foi o fim de semana?

Jane notou que Hannah nem mesmo olhou para as duas câmeras da PopTV nos cantos da sala, algo que costumava fazer no início. "Estamos todos ficando profissionais nisso", pensou ela.

— Foi divertido. E o seu?

Hannah se sentou à mesa e enfiou a bolsa na última gaveta.

— Calminho. Fui ao cinema no sábado à noite.

— Que demais! Com quem?

— Uns amigos — disse Hannah vagamente. Hannah jamais mencionava os amigos pelo nome. Era estranho como jamais se abria a respeito da própria vida. Jane gostava bastante dela, mas sentia como se não soubesse nada da vida não profissional de Hannah. Seria apenas bastante reservada? Ou quem sabe as câmeras a intimidassem mais do que Hannah deixava transparecer? Jane a chamara para sair algumas vezes, mas fora a festa de aniversário de Jesse no Goa e o lançamento da Cüt no STK, ela em geral tinha outros planos... com os misteriosos amigos/ficantes/namorados/ex-namorados, sem dúvida.

— E aí, o que você fez? — perguntou Hannah.

Jane sorriu e corou.

— Saí com Jesse.

— Sério?

— É.

Desde o jantar no Beso na última segunda-feira, Jane havia saído com Jesse quase todas as noites. Eles passaram a maior parte do fim de semana na casa espaçosa dele em Laurel Canyon, assistindo a filmes, nadando na piscina e fazendo o jantar juntos. Quando ela e Jesse estavam namorando antes, Jane só tinha ido umas duas vezes à casa dele, em grande parte porque Braden morava lá e teria sido estranho trombar com ele de manhã vestida apenas com uma das camisas brancas de Jesse. Muito embora naquela época ainda não tivesse acontecido nada entre eles, havia *algo* no ar e, além disso, Jane sabia que ele era contra o namoro dela com Jesse.

Agora Braden não estava mais lá e Jesse não havia tocado no nome dele. Nem uma só vez. Jane pensou que era melhor assim, embora desejasse que Braden respondesse ao e-mail (de *nove* dias antes). Ou será que a amizade entre eles havia acabado de vez? Essa ideia a entristecia. Muito.

Hannah olhou para o monitor, depois começou a digitar.

— E então, como estão as coisas com ele?

Jane franziu a testa, confusa. Por que Hannah estava perguntando sobre Braden? Então ela se lembrou que estavam falando de Jesse.

— Ótimas — disparou ela. — Está tão fofo comigo. Sabe o que fizemos na sexta à noite? Ele gravou *Diário de uma paixão* porque sabia que era um dos meus filmes preferidos, e aí preparou o jantar para mim e assistimos juntos. Sério, as coisas estão melhores do que nunca com Jesse.

— Uau, impressionante. Estou muito feliz por você.

Olhou para Hannah. Ela não parecia feliz. Parecia... preocupada.

Jane se voltou novamente para o computador, tentando conter o desapontamento. Ela queria compartilhar as boas notícias sobre Jesse com uma amiga. Uma amiga que não o odiasse. Ou seja, só restara Hannah. Mas, por algum motivo, Hannah não estava interessada em conversar sobre Jesse naquele dia. Quem sabe estivesse apenas de mau humor?

Jane começou a digitar, entrando em sites de patinação, quando o computador fez um barulhinho de *ting!*. Então viu que havia recebido um e-mail de Sam. Abriu-o ansiosamente.

**PARA: JANE ROBERTS
DE: SAMANTHA SUTHERLAND
RES: AS COISAS ESTÃO MELHORANDO!**

**Oi, querida. Dê uma olhada nesses links. Estamos numa maré de sorte!
Beijos, Sam**

O primeiro link levava a um artigo de Jane e Jesse indo a uma festa de lançamento de videogame juntos. O seguinte era sobre o emprego fabuloso de Jane como assistente de uma das maiores organizadoras de evento do ramo. Então vinha uma foto de Jane indo a um evento de moda beneficente em prol das crianças com leucemia.

Nenhum dos artigos mencionava Braden. Nenhum deles sequer sugeria a existência de um escândalo.

Sam de fato *era* milagrosa.

Quando o telefone de Jane vibrou alguns minutos depois, ela imaginou preguiçosamente que seria Sam querendo saber se tinha recebido o e-mail ou outra mensagem de texto de Caleb, que enviara mais um SMS naquela manhã "apenas para dar um oi", seja lá o que isso queria dizer.

Mas era de Dana, que havia escrito: SERA Q VC E HANNAH PODERIAM PF FALAR SOBRE ALGUMA COISA????

Jane olhou para cima. Dana estava de pé à porta, gesticulando como uma maluca para que Jane e Hannah continuassem a conversa fascinante.

Jane se virou para encarar Hannah.

— Bom, então hoje temos uma reunião com Gaby, não é? — disse ela rapidamente.

Hannah assentiu.

— Gaby da Ruby Slipper?

Jane se lembrou que Dana havia pedido que elas mencionassem o nome de Gaby sempre que falassem da Ruby Slipper. Mas por que Hannah estava falando daquele jeito... como se estivesse num comercial ou algo assim? Ela estava *mesmo* esquisita naquela manhã.

— É, Gaby da Ruby Slipper. Precisamos repassar a lista de DJs para a festa.

— Parece ótimo.

Silêncio. Hannah olhou pensativamente para o nada. Jane ouviu o celular vibrar mais uma vez, depois o de Hannah. Dana provavelmente estava prestes a perder a paciência com as duas por desperdiçar tempo precioso de filmagem com... bem, nada. Jane sentiu-se tentada a perguntar a Hannah se havia algo errado.

Mas, conhecendo Hannah, Jane provavelmente não receberia resposta.

20

MAÇÃ ENVENENADA

Madison se recostou na esguia cadeira branca de pedicure e mergulhou os pés na água morna com aroma de rosas.

— Mmmm, era justamente disso que eu estava precisando.

Jane, que estava na cadeira ao lado, sorriu.

— É. Obrigada por me convidar. Eu também precisava muito disso.

— Suas unhas estavam horríveis, né? — brincou Madison.

Jane riu.

— É bom relaxar, só isso. Ando trabalhando muito e as coisas estão meio malucas.

— É, eu também. Precisamos começar a fazer essas coisas de mulherzinha toda semana.

— Com certeza.

Madison ficou em silêncio, digerindo as palavras de Jane: "As coisas estão meio malucas". Provavelmente se referia ao namoro reatado e, do ponto de vista de Madison, desastroso, com Jesse. Talvez, porém, não fosse tão horrível quanto ela temia. Pelo que dava para perceber, ou Jesse não havia contado nada a Jane sobre Madison estar por trás das fotos da *Gossip*, ou ele havia e Jane não tinha acreditado. Não importava; Madison parecia estar fora de perigo — pelo menos por enquanto. Jane estava tão simpática e legal com ela como sempre, e, uma vez que Jane não parecia ser capaz de desconfiar de motivos ulteriores, Madison supôs que era algo sincero.

Ainda assim, o fato de Jane estar com Jesse não era uma boa notícia para Madison, principalmente porque Trevor era obcecado de um jeito esquisito pelo namoro dos dois (e pela não muito bonita, não muito empolgante Jane, a Simplória Jane... *Por quê?*) e provavelmente se concentraria neles pelo resto da temporada. E quem sabe na temporada seguinte também — isso se houvesse uma temporada seguinte e se o casinho Jane-Jesse não tivesse expirado àquela altura.

Como Madison conseguiria mudar aquilo?

Paciência. Ela continuaria a ficar próxima de Jane a fim de obter o que precisava para Veronica, em troca de mais espaço na *Gossip* (tipo fotos de Jane e Jesse brigando, ou de Jane na manhã seguinte a um porre de margaritas). E para conseguir mais tempo no *L.A. Candy*, também. A matemática era simples. Jane é quem tinha mais tempo no ar dentre as quatro garotas, por isso ser a melhor amiga de Jane significaria... bem, ter *quase* tanto tempo quanto ela, uma vez que haveria um monte de cenas das duas. E como Scar não andava muito bem com Jane ultimamente, o posto de melhor amiga estava vago.

Na verdade, Madison vinha pensando ultimamente que seria ultramaravilhoso se ela e Jane pudessem um dia dividir uma casa. Já podia até imaginar as câmeras captando todos os assaltos das duas ao guarda-roupa antes dos encontros com garotos, as conversas no sofá depois dos encontros e muito mais. As possibilidades eram infinitas.

Mas... onde estavam as câmeras naquele dia? Madison havia enviado um SMS para Dana dizendo que ela e Jane queriam fazer pé e mão. Em resposta, Dana deveria ter reservado um salão e agendado uma equipe de filmagem. Mas, em vez disso, Madison recebeu uma mensagem de Gaby dizendo que eles iriam filmá-la com duas colegas de trabalho em algum evento idiota no Thompson Hotel. Terrível.

Madison se virou para Jane, falseando um sorriso.

— Entãããão. Como andam as coisas com Jesse? — Ela se obrigou a parecer tão tagarela e amiguinha quanto possível. — Você sabe o quanto eu me preocupo por você estar com ele. Viu o lixo que ele levou para o STK?

— Eu sei, eu sei. — Jane parecia incomodada. — Ele só estava fazendo isso por causa do que aconteceu com... você sabe.

— Então vocês dois, tipo, voltaram oficialmente? Ou estão levando as coisas meio devagar e saindo com outras pessoas?

— Voltamos.

— Sério? Você não acha que ele está saindo com outras garotas?

— Não. Por que estamos conversando sobre isso? — disparou Jane. — E por que eu estou sempre tendo de defendê-lo? Por que minhas amigas não podem me apoiar mais? — Ela pegou uma revista e começou a folheá-la.

Madison estendeu a mão e apertou o braço de Jane.

— Querida, você sabe que só quero o seu bem.

Jane franziu a testa.

— É, mas... eu só gostaria que minhas amigas ao menos *fingissem estar felizes* por mim. Por que todas vocês só pensam o pior dele? Se o conhecessem como eu conheço, teriam outra opinião.

"Certo, hora de trocar de tática", pensou Madison. "Senão, Jane vai abandonar tanto eu quanto Scarlett e arrumar outra melhor amiga."

— Bem, então talvez eu precise conhecê-lo melhor — disse ela, animada.

O rosto de Jane se iluminou.

— Está falando sério? Verdade?

— É, por que não? Não é nada que três ou quatro rodadas de martínis não possam resolver — riu.

— Isso significaria tanto para mim, obrigada! Queria que Scarlett pensasse da mesma forma.

"Ponto pra mim." Madison imaginou o rosto vermelho de Scarlett quando Jane lhe contasse que ela, Madison e Jesse haviam saído juntos.

— Como *andam* as coisas entre você e Scar, falando nisso? — perguntou Madison, com a voz cheia de falsa preocupação.

— Não sei. Não muito bem. Ela anda tão... *negativa* esses dias. Não costumava ser assim.

— Sinto muito. — Madison inclinou-se na direção de Jane. — Sabe de uma coisa? Morar junto às vezes é capaz de arruinar uma boa amizade, principalmente se essa amizade tem algumas questões não resolvidas, para começo de conversa. Tipo se uma das pessoas é meio possessiva ou controladora em relação à outra. Entende o que eu quero dizer?

Jane suspirou.

— É... acho que eu meio que entendo.

— Vocês duas poderiam pensar em dar um tempo e, sei lá, morar separadas. Isso talvez ajudasse a colocar sua amizade de volta nos trilhos.

Jane pareceu pensativa.

— Hummm. Talvez.

"Isso está fácil demais", pensou Madison, presunçosa.

Duas esteticistas vestidas de branco entraram na sala. Uma delas se ajoelhou no chão ao lado da cadeira de Jane.

— Que cor você quer hoje?

— Acho que um roxo escuro.

— Vai ficar lindo em você. Temos vários tons diferentes.

— E você? — perguntou a esteticista de Madison para ela.

— O mesmo que da última vez — respondeu Madison. — Aquele vermelho bem intenso. Acho que se chamava Maçã Envenenada.

— Claro.

O celular de Madison vibrou com uma nova mensagem. Sabia que no salão havia uma proibição do uso de celulares, por isso o havia colocado no modo silencioso; estava aguardando alguns telefonemas importantes.

— Algum gatinho? — brincou Jane.

— Não sei. Só estou checando. — Madison apertou algumas teclas.

Havia apenas um SMS, de um número não identificado. Madison leu.

VENHO ASSISTINDO VOCÊ NA TV E SEI QUEM REAL-
MENTE É.

Não havia nome nem outra identificação.

Os dedos de Madison se tensionaram ao redor do telefone. "É só uma brincadeira de mau gosto", disse a si mesma, tentando recuperar a compostura. "Só uma brincadeira de mau gosto."

— Madison? Está tudo bem, querida? — Jane parecia preocupada. — Quem era?

— O quê? Ah, ninguém. — Ela grudou um sorriso calibre Emmy no rosto, desligou o celular e o atirou em cima do balcão. — Foi engano.

21

NEM RECONHEÇO MAIS VOCÊ

Eram quase 22 horas quando Scarlett entrou em casa pela porta da frente e atirou a mochila no chão. Que dia longo. O novo semestre havia começado na segunda depois de um mês de férias de inverno. Num esforço para se desafiar academicamente, Scarlett havia se matriculado em algumas aulas difíceis, incluindo dois seminários de literatura, um dos quais envolvia a leitura de romances no francês original. Claro, ela às vezes fazia isso por conta própria, apenas para se divertir, mas era completamente diferente fazê-lo em aula e com uma professora extremamente exigente. Ficara acordada a maior parte da noite tentando ler os primeiros capítulos de *À la recherche du temps perdu*, também conhecido como *Em busca do tempo perdido*. Ai. O dicionário online francês-inglês iria dar duro nos próximos meses.

Scarlett bocejou ao entrar na sala, depois na cozinha. Dormir. Que ideia atraente. Não se incomodava em virar a noite de vez em quando, mas ficara acordada quase a noite inteira na segunda e também na terça — não lendo Proust, mas ficando com Liam. Agora tudo aquilo estava cobrando seu preço.

Ainda assim, um sorriso surgiu nos cantos da boca de Scarlett quando pensou em Liam. Ele a levara para jantar na segunda em uma cabana de pescador simples em Malibu; depois, os dois tinham dado um longo passeio na praia. Ela não conseguia decidir o que era mais sensacional: as maratonas de conversas que tinham sobre tudo na face da Terra ou a sensação de quando se beijavam, os lábios e os corpos se encaixando com perfeição, como se fossem duas metades da mesma...

"Pare com isso!", repreendeu-se Scar. "Você está começando a parecer um daqueles livros de romance patéticos! Eca!"

Ela pegou uma garrafa de água da geladeira e desabou no sofá, olhando ao redor. Nada de televisão. Nem de música. Nenhum barulho de Jane revirando o guarda-roupa bagunçado, procurando por alguma roupa perdida qualquer de estilista. O apartamento estava silencioso demais.

— Janie? — chamou ela. Nada. As duas mal haviam se visto desde o *réveillon*, quando tiveram aquela conversa estranha sobre Jane ter ido falar com Jesse no h.wood. Scarlett não tinha certeza, mas achava que Jane e Jesse talvez tivessem voltado. Jane não voltara para casa duas noites na semana anterior e ficara fora a maior parte do fim de semana. E Scarlett tinha visto umas capas de tabloides com fotos de Jane e Jesse parecendo dois pombinhos. Ela sabia muito bem que aquelas revistas eram capazes de distorcer qualquer coisa, mas tinha certeza de que daquela vez estavam contando a verdade.

Ela e Jane sempre haviam compartilhado os detalhes mais íntimos da vida uma da outra, como quando tinham 11 anos e Scarlett falou a Jane do medo de que os peitos ficassem de tamanhos diferentes, ou quando tinham 13 anos e Jane contou a Scarlett que andara praticando beijar em uma de suas bonecas. Agora era como se as duas habitassem planos paralelos. Era tão bizarro.

Scarlett era a mesma velha Scarlett. Jane é quem tinha mudado. O que acontecera com a velha Jane? Aquela Jane jamais sairia com alguém como Jesse Edwards. Um ou dois encontros, quem sabe, mas um relacionamento? Principalmente depois que ele mostrou o lado verdadeiro de homem galinha na festa de 21 anos. E a velha Jane jamais seria amiga de Madison Parker, também.

Scarlett ouviu a porta da frente se abrir com um tilintar de chaves. Um momento depois, Jane entrou na sala, trajando um vestido-envelope azul-marinho e anabelas. Carregava uma sacola de comida do Koi numa das mãos e uma enorme bolsa de couro branca transbordando de pastas suspensas na outra. Ela colocou as duas coisas sobre a mesa da sala de jantar, bastante animada, depois ergueu as mãos, analisando-as com uma expressão preocupada.

— Ei — chamou Scarlett. — Qual o problema com as suas mãos?

— Madison e eu fizemos pé e mão, depois saímos para comer sushi — respondeu Jane. — *Acho* que minhas unhas já secaram. — Ela franziu a testa.

"Madison e eu fizemos pé e mão, depois saímos para comer sushi." Scarlett tomou um gole de água, obrigando-se a contar até dez para não fazer nenhum comentário mal-educado. O melhor que conseguiu dizer foi:

— Ah, é? Definitivamente parece uma das ideias brilhantes de Dana.

— Que nada, as câmeras não estavam lá. Foi só uma saída de garotas — respondeu Jane. — Ei, como anda a faculdade? As aulas começaram esta semana, né?

— "Só uma saída de garotas"? Sério? — As palavras saíram aos tropeços antes que Scarlett pudesse se conter. Aquilo de contar até dez era a maior enganação. — Gaby também foi? O que aconteceu, agora fui chutada para fora do clube?

— Não, Gaby não foi. Madison me convidou para ir com ela. Não estou entendendo. Você não para de dizer o quanto odeia Madison e agora quer sair com ela?

— Não, não quero sair com ela. Mas também não quero que *você* saia.

— Scar, por favor, não me venha com um sermão sobre Madison de novo. Ela é minha amiga. Você precisa aceitar isso.

— Ela *não é* sua amiga. Será que você não vê? Ela é uma vaca maluca e mentirosa, que tem você na palma da mão! Ela...

— *Scar!* — Jane pousou as mãos nos ombros de Scarlett. — Isso. Precisa. Parar. Está me entendendo? Não aguento mais!

Scarlett empurrou as mãos de Jane para longe e se levantou abruptamente.

— Por que você não me *ouve*? Por que confia numa garota que conhece há menos de quatro meses e não em mim? — inquiriu ela, a voz falhando de raiva e também de mágoa, pois nada do que dizia parecia comover Jane. — Você me ouviria se eu tivesse provas? Eu poderia ir encontrar Madison com, sei lá, um microfone escondido, e fazê-la confessar que vendeu aquelas fotos suas com Braden para a *Gossip*.

— Não!

— Por que não?

— Porque, Nancy Drew, nesse momento você está parecendo uma louca.

Scarlett fechou os punhos. Sentiu vontade de socar uma parede. *Precisava* se acalmar.

— Ah, é? Então o que seu namorado acha da sua nova melhor amiga? — perguntou ela, sarcasticamente.

— Ela não é a minha nova melhor amiga. Embora minha velha melhor amiga nunca mais esteja por perto, por isso é bom ter novos amigos com quem sair.

— O que quer dizer com *eu* nunca mais estar por perto? — explodiu Scarlett. — Foi *você* quem saiu do país!

Jane a ignorou.

— E, respondendo a sua pergunta, hoje mesmo Madison disse que quer conhecer Jesse melhor. Sabe, tipo um novo começo. Isso é algo que poderia servir de exemplo para *todos nós* — acrescentou ela, com ênfase.

— O que está querendo dizer com isso?

— Quero dizer que estou cansada de toda a sua negatividade em relação à Madison, e ao Jesse também. Você precisa aprender a ser legal com eles. Ou, se não consegue ser legal, pelo menos parar de ser tão mala o tempo todo.

— Não! Eu *não vou* ser legal com eles, e *não vou* parar de ser mala em relação a eles! Alguém precisa cuidar de você, porque você está ficando muito, muito, muito tapada no que se refere aos dois. Não sei por quê, mas está.

— Qual é o seu *problema*? — gritou Jane. — Nem consigo acreditar que esteja dizendo essas coisas. É sério, nem reconheço mais você!

— Então somos duas, porque eu também não reconheço mais você!

Jane se levantou e andou pela sala. Depois de um instante, parou e se virou.

— Bem, talvez seja melhor a gente dar um tempo de morar juntas — disse, com a voz trêmula.

— Ótimo!

— Ótimo!

Jane deu a impressão de que ia dizer mais alguma coisa, mas, em vez disso, virou-se e correu pelo corredor em direção ao quarto. Um segundo depois, Scarlett ouviu a porta bater.

E, outro segundo depois, Scarlett fez algo que nunca, jamais fazia.

Explodiu em lágrimas.

22

DIA DE MUDANÇA

— É a última porta à direita — disse Madison ao pessoal da mudança. — E cuidado com os cantos e os batentes. Não quero nenhum arranhão nem marcas nas minhas paredes. Entenderam? — Enquanto falava, ela se virou muito de leve na direção da luz suave filtrada pelas janelas cobertas com papel. Queria garantir que a equipe de filmagem da PopTV a captasse no ângulo mais favorável.

— Sim, senhorita — respondeu um dos caras com camiseta laranja onde estava escrito MOVE IT! INC. Ele enxugou a testa enquanto, junto com outro homem, manobrava o colchão queen size de Jane ao redor de uma das poltronas vermelho-batom de Madison. — E o peixe? Onde ele mora?

— Penny é "ela"!! No quarto de dormir, por favor! — gritou Jane. Estava carregando um vasinho com um fícus enfeitado com pequeninas luzes. Ela o pousou no chão da sala e sentou-se ao lado dele, bebendo água de uma garrafa esportiva. As câmeras se viraram na direção dela.

Madison esperava que Jane não planejasse deixar a lamentável planta do Wal-Mart ali, tão perto do sofá de couro italiano de dez mil dólares. Sério, ela estava começando a se arrepender de ter deixado Jane se mudar para lá. A garota tinha tanto lixo. Madison acreditava no que um de seus ex mais antigos (e mais velhos) chamava de "decoração do um por cento" — ou seja, mobília e obras de arte que apenas o um por cento mais rico pudesse comprar. Havia sido muito cuidadosa quanto a que itens escolher para sua amada cobertura; ou melhor, que itens deixar Derek, seu atual (e mais velho) namorado, escolher para a amada cobertura *dele*, a qual tinha a gentileza de dividir com ela.

Não que ele ficasse por ali com frequência. Derek passava a maior parte do tempo na outra casa em Pacific Palisades com a esposa (que não sabia nada da cobertura) e o bebê recém-nascido dos dois.

Mesmo assim ele seria um problema. Ou melhor, Jane seria um problema, no que dizia respeito a Derek. Quando Jane ligou para Madison quatro dias antes dizendo que tinha brigado com Scarlett e precisava encontrar um novo lugar para morar urgente, Madison imediatamente a convidou para morar com ela — por uma semana, um mês, um ano, o tempo que Jane achasse necessário. E Jane aceitara com gratidão. A própria Madison não teria sido capaz de planejar aquilo melhor e ficou pensando se não teria sido o comentário na clínica de estética que colocara tudo em movimento.

Madison ligara para Derek no mesmo instante e lhe dissera que a emissora estava obrigando-a a permitir que Jane se mudasse para a casa dela temporariamente para uma trama específica que tinham em mente. De início ele não ficou nada feliz, mas depois ela o convenceu de que seria bom os dois se encontrarem noutro lugar por um tempo — quem sabe a antiga suíte no Beverly Hills Hotel? — e ele concordara. Homens. Nunca conseguiam dizer não a ela.

Mas essa mentirinha corria o risco de vir abaixo se Jane ficasse mais do que algumas semanas ou meses... ou se Derek (que assistia a *L.A. Candy*, ou melhor, cuja esposa assistia a *L.A. Candy* e ele assistia junto, porque lhe dava uma excitação secreta e idiota) acabasse descobrindo que não tinha nenhuma "trama específica" em relação à Madison e Jane viverem na mesma casa. Embora a mudança de Jane para o apartamento dela *desse* um final de temporada maravilhoso... não é?

"Uma crise por vez", pensou Madison. "Dou um jeito nisso depois. Sempre dou."

Ela foi até o sofá italiano e se sentou no apoio de braço, certificando-se de jogar os ombros para trás de modo que o decote parecesse... fotogênico para as câmeras. Estava satisfeita por ter colocado a regata justa cor-de-rosa naquele dia.

— Está tudo bem, querida? — perguntou ela a Jane, que continuava sentada no chão.

Jane tomou mais um gole da garrafa esportiva, depois colocou-a perto da plantinha infeliz. Levantou-se e foi se juntar a Madison no sofá.

— Tenho a sensação de que *acabei* de me mudar — reclamou ela, de bom humor. — E acabei *mesmo* de me mudar. Duas vezes. Em agosto, Scar e eu nos mudamos de Santa Bárbara para nosso primeiro apartamento perto da rodovia 101. E em setembro nos mudamos de lá para o Palazzo.

— O dia de mudança é sempre algo muito estressante — concordou Madison.

— Quando você se mudou para cá? É dos seus pais, né?

— É. Estou morando aqui há, sei lá, um ano?

— É tããããão lindo!

— Obrigada!

Jane olhou ao redor.

— Como não tem nenhuma foto deles?

— De quem?

— Dos seus pais.

Madison forçou um sorriso, mais para ganhar o milésimo de segundo de que precisava para inventar uma história plausível. Não estava preparada para aquela pergunta.

— Estão no laptop — improvisou ela. — Sou pééééssima em mandar imprimir fotos, emoldurá-las e coisas assim. Além disso, para falar a verdade, meus pais não gostam muito de tirar fotos. *Odeiam* que as pessoas vejam fotos deles.

— Acho que você não herdou isso deles — brincou Jane.

"Vaca", pensou Madison.

Jane se sentou abruptamente enquanto um dos carregadores passava por ali, carregando uma mesa de centro.

— Ei, isso é de Scar! — disse ela a Madison. — É da garota que mora comigo! — avisou para o carregador, depois se corrigiu. — Quer dizer, da garota que *morava* comigo.

— Desculpe! Vamos devolver ao seu antigo apartamento depois que terminarmos por aqui — disse o carregador.

— Tudo bem. — Jane se virou para Madison. — Eu nem me despedi dela antes de ir embora.

— Não tem importância. Você não devia se preocupar com ela depois do modo como tratou você — disse Madison. — Sério, aquela garota precisa de terapia.

— Sei lá.

— Querida, você é compreensiva demais. Precisa parar de deixar as pessoas pisotearem você.

— Scar não me pisoteava.

— Pisoteava, sim! Você é só uma pessoa boa demais para perceber isso.

"Compreensiva. Boa." As palavras grudaram na garganta dela e quase a fizeram engasgar. Mesmo assim, Madison não queria que Jane tivesse dúvidas quanto ao novo arranjo, embora ela, o fícus e todo o resto do lixo estivessem atulhando o estilo de Madison. Além disso, Trevor havia ligado para ela no dia anterior e dito que Madison não precisava reprimir as opiniões sobre Scarlett diante de Jane, se isso era o que ela se sentia inclinada a fazer. Tradução: Trevor estava extasiado com as brigas entre Scarlett e Jane, e queria manter o tenso triângulo de amizade por tanto tempo quanto fosse possível. Madison sabia que ele e os outros produtores sofriam para encontrar tramas narrativas para a completamente não filmável Scarlett. A rixa com Jane na verdade era uma boa notícia para o programa. E Madison estava feliz em cooperar.

Jane suspirou.

— Eu me sinto mal com o modo como deixamos as coisas. Será que eu deveria ligar para ela?

Jane estava agindo como se estivesse arrependida de haver se mudado. Madison precisava distraí-la daqueles pensamentos.

— Não! Espere que *ela* ligue para *você*. Ela lhe deve um enorme pedido de desculpas — disse rapidamente. — Além disso, quero conversar com você sobre uma coisa, é importante.

— O quê?

— Andei pensando... agora que você está morando aqui, quem sabe não deveríamos arrumar um animal de estimação? Tipo um cachorrinho?

Os olhos de Jane se arregalaram.

— *O quêêêê?* Não brinca! Sempre quis um cachorrinho! Aimeudeus, Madison, você está falando sério?

Madison sorriu ao ver o rosto feliz de Jane. "Uau." Jane havia mencionado certa vez como não pôde ter um cachorro quando pequena por causa da alergia da mãe. Madison sabia que com o cachorrinho ela ganharia pontos com Jane, mas não tinha ideia de que aquilo seria basicamente como encontrar um pote de ouro.

— É, estou falando sério. O que você vai fazer amanhã? Quer ir comprar um cachorro?

— Sim! Madison, eu amo você! — Jane se inclinou e deu um enorme abraço em Madison.

— Eu também amo você, querida! — Enquanto Madison retribuía o abraço, virou o corpo alguns centímetros para a direita; apenas o suficiente para que as câmeras tivessem o perfil *dela* em quadro, e não o de Jane. Monopolizar a cena era difícil, quase tanto quanto inventar mentiras inteligentes.

Felizmente para Madison, ela era ótima nas duas coisas.

23

EM BUSCA DO TEMPO PERDIDO

— Vamos explorar o significado da madeleine no romance de Proust — disse a professora Friedman.

Scarlett afundou no assento e puxou os longos cabelos negros para o rosto, escondendo-o. Sabia que a qualquer momento receberia um SMS de Dana dizendo para se sentar direito, tirar o cabelo do rosto e agir com animação para as câmeras. E em outras circunstâncias ela teria se sentido feliz em participar animada da aula, não pelo programa, mas porque realmente tinha começado a gostar de *Em busca do tempo perdido* e de discutir o livro com a exigente, mas inteligentíssima, professora Friedman (que parecia uma Kristen Stewart mais velha e que parecia favorecer vestidos pretos vintage bacanas).

Mas não naquele dia. Scarlett estava de péssimo humor — por dois ótimos motivos.

Jane tinha se mudado do apartamento das duas.

E Jane tinha se mudado para o apartamento de Madison.

O celular vibrou.

— Ugh — murmurou Scarlett entredentes, ignorando-o. Com certeza era Dana, implorando para que ela se comportasse.

Como se aquela estratégia alguma vez tivesse dado certo.

O seminário sobre romances franceses contava com pouca gente, mais ou menos 15 pessoas. Scarlett não conhecia a maioria dos alunos, a não ser a garota com as tatuagens elaboradas nos braços (Vivian?), que lhe passou um bilhete no início da aula dizendo: Reality shows são para putas. Legal. Tinha também o cara sentado ao lado dela, que ela mentalmente apelidara de Surfista e que não parava de se inclinar na direção de Scarlett sem motivo, tentando entrar em quadro. Ele havia lhe confessado na semana anterior que desejava ser ator e pedira para ela apresentá-lo aos produtores da PopTV. E ao agente dela.

Havia outra aluna na sala que meio que a intrigava, chamada Chelsea. Parecia superinteligente, sempre fazendo comentários perspicazes e perguntas interessantes. Ela e Scarlett haviam conversado algumas vezes longe das câmeras, e Chelsea tinha sugerido que as duas saíssem algum dia, também longe das câmeras. Scarlett pensava em aceitar o convite, depois que superasse o mau humor devido a Jane e Madison. Mas, do jeito que as coisas iam, talvez isso nunca acontecesse.

Liam e outro operador de câmera estavam apoiados em cantos opostos da sala, que parecia pouco maior que a cozinha de alguém. Dana pairava no corredor ouvindo o headset. Liam havia feito contato visual com Scarlett duas vezes, parecendo preocupado, mas ela tentara ignorá-lo. Não queria a compreensão de ninguém. Na verdade, nunca queria compreensão. Compreensão era para fracassados que não conseguiam lidar com os fatos, e ela com toda certeza não era uma dessas pessoas.

— Antes de mais nada, alguém pode me dizer o que é uma madeleine? E, mais importante, pode ser encontrada no Starbucks? — perguntou a professora Friedman. Alguns alunos riram educadamente. — Como Proust a utiliza como recurso literário?

Se Scarlett não se sentisse tão mal, teria respondido à pergunta da professora sobre a madeleine, que era um bolinho ou biscoito (dependendo do seu ponto de vista) em forma de concha. Em *Em busca do tempo perdido*, o narrador comia uma madeleine com chá, e o cheiro e gosto daquilo desencadeavam todos os tipos de memórias interessantes, maravilhosas e há muito tempo enterradas.

Scarlett adorava a ideia de experiências sensoriais evocando lembranças. Tipo, como ouvir uma música do verão de 2005 podia subitamente nos transportar direto para lá, ou como sentir o cheiro de determinado perfume podia fazer você se lembrar de um antigo namorado. Havia todo tipo de experiências sensoriais que Scarlett associava com a vida ao lado de Jane em Santa Bárbara. O aroma de coco do filtro solar (praia, paquerar os caras, lamentar-se sobre os encontros amorosos fracassados da noite anterior). O gosto de panquecas de mirtilo (o pai de Jane as preparava muito bem e as duas garotas costumavam comer uma quantidade absurda delas nas manhãs de domingo, quando Scarlett dormia na casa de Jane). Ver as constelações no céu (quando tinham 8 anos, Scarlett ensinou a Jane os nomes das constelações, incluindo sua preferida, Órion, o caçador).

E agora... ela e Jane nem sequer estavam se falando.

Como a amizade das duas podia ter passado de tão maravilhosa a tão... inexistente?

Scarlett ouvia, mas não falou durante toda a aula, de vez em quando digitava anotações no laptop e continuou a ignorar os SMS cada vez mais insistentes de Dana. Quando chegou a hora de ir embora, ela juntou os pertences, enfiou-os na mochila e foi direto para a porta. Ao passar por Liam guardando o equipamento, ele estendeu a mão como se para interceptá-la, mas retirou-a rápido ao notar Dana se aproximando.

— Scarlett? Uma palavrinha? — disse Dana, ríspida. A expressão dela parecia ainda mais estressada do que o normal.

— Adoraria parar para conversar, mas, hã, tenho uma reunião com meu orientador — improvisou Scarlett. — A gente se fala depois.

Scarlett fugiu para o corredor... e praticamente trombou com toda força em uma pessoa familiar.

— Ei, Scarlett! — Era Cammy, gesticulando como maníaca, vestida com shorts jeans ultracurtos e uma babylook marrom da USC que mal continha os seios enormes e bem falsos. — Como andam as coisas?

Falando em imagens do passado... do passado recente, pelo menos. Scarlett havia conhecido Cammy na primeira semana do semestre de outono... e desde então se esquivava dela. O que não era fácil: Cammy estava determinada a ser amiga dela desde que vira as câmeras do *L.A. Candy*.

— Estou ótima, Cammy — respondeu Scarlett, com um sorriso falso. — A gente se vê por aí! Tchau!

— Espere! — Cammy agarrou o braço dela. — Ando tãããão preocupada com você.

— É?

— É, porque ouvi dizer que sua melhor amiga, Jane, se mudou?

Scarlett franziu a testa. Jane havia se mudado havia dois dias. As notícias não corriam assim *tão* rápido... ou corriam?

— Hã... Cammy? Como você sabe disso? — perguntou Scarlett.

Cammy ignorou a pergunta.

— Vocês duas tiveram uma briga feia, né? Pessoalmente, acho que é culpa daquela tal de Madison, e você?

Scarlett olhou para ela. Depois olhou para os seios enormes e bem falsos de Cammy. Scarlett viu um fio por ali, correndo ao longo do tronco dela.

Cammy estava usando um microfone.

Scarlett olhou para o corredor lotado e viu o operador de câmera (que não Liam) ali perto, com as lentes apontadas para as duas garotas. Era uma armação. Uma armação de Dana (e de Trevor?).

"Canalhas!"

Scarlett voltou a atenção para Cammy mais uma vez.

— Na verdade, Madison é uma das minhas melhores amigas — disse ela com outro sorriso falso. — Mas ela não anda muito bem.

Cammy fez uma careta.

— Hã?

— Madison tem uma doença que faz com que seja difícil controlar os movimentos intestinais — explicou Scarlett.

— Foi por isso que Jane se mudou temporariamente para a casa dela. Para cuidar da amiga.

Os olhos de Cammy se arregalaram.

— Ah!

— É, é bastante sério. Enfim, preciso ir. Tchau!

— Espere! Scarlett!

Scarlett disparou pelo corredor, arrancando o microfone no caminho e atirando-o para o operador de câmera (que mal conseguira apanhá-lo e ver o dedo que ela mostrou para ele). Então viu a porta do banheiro feminino e entrou apressada, encontrando ali uma cabine vazia.

Sentou-se e enterrou o rosto entre as mãos, respirando fundo. Que dia de merda. Que semana de merda. Que mês de merda. Que ano de merda.

Talvez ela simplesmente devesse sair do programa. E ir embora de Los Angeles. Mas então, o quê? Voltar para Santa Bárbara? Não era uma opção. Pedir transferência para outra universidade finalmente? Talvez. Jane era o motivo real de ela estar morando ali, para começo de conversa. E agora que as duas estavam se dando mal, Scarlett não tinha nada que a prendesse naquela cidade.

A não ser Liam.

O telefone vibrou. "Maldita Dana", pensou Scarlett irritada e pegou o celular do bolso para desligá-lo.

Mas então viu que a última mensagem era de Liam, não de Dana.

EI VC TA BEM?, escrevera ele.

Scarlett estava tudo, menos bem. Ela digitou de volta: TD BEM.

POSSO AJUDAR EM ALGUMA COISA?, escreveu ele.

NAO, respondeu ela.

TD CERTO P HJ A NOITE?

Scarlett hesitou. Liam iria levá-la para jantar no restaurante francês preferido dela porque achou que Scarlett gostaria de praticar a língua com os garçons fluentes. Também desejava animá-la, depois de tudo pelo que havia passado recentemente.

N VAI DAR, DESCULPE, digitou Scarlett por fim. FICA P PROXIMA.

Liam não respondeu.

"Agora quem está sendo a canalha sou eu", pensou Scarlett.

Mas não conseguia evitar. Ela desejou que a consciência pesada sumisse. A última coisa de que precisava era Liam tentando animá-la, salvá-la ou sei lá o quê. Scarlett não era nenhuma vítima indefesa nem nada do tipo. Era capaz de superar aquela bagunça sozinha. Sempre conseguira se virar sozinha antes. E continuaria conseguindo.

24

SEJA BONZINHO

— Tá bom, será que dá para vocês dois pararem de ficar se agarrando? — disse Gaby entre risinhos. — O programa é de censura livre, lembram?

— A gente *não* está se agarrando — disse Jane, corando enquanto Jesse lhe beijava o pescoço. Ela se recostou no sofá de couro confortável, desfrutando da atmosfera acolhedora do Teddy's. O ambiente era escuro e íntimo, com pé-direito alto, teto arqueado e um candelabro estiloso cintilando sobre o balcão do bar com estofado de couro. O efeito era bem estilo antiga Hollywood.

— Gosto muito daqui. Nunca vim antes, e você, Jesse?

— Umas duas vezes — respondeu Jesse. — Mas nunca com você, então é como se fosse a primeira vez. — Ele deu a Jane o sorriso "sei que sou piegas" e tomou um gole do uísque com coca-cola, rodando os cubos de gelo no copo. Jane percebeu que depois de algumas semanas à base de refrigerantes (e um pouco de vinho e cerveja aqui e ali) ele havia voltado aos drinques. — Um amigo meu é promoter e organiza uma festa aqui. Quentin Sparks.

— Quentin, conheço Quentin! — exclamou Jane. — D. nos apresentou na festa de lançamento da série no Area.

— Ele é fofo? — perguntou Gaby, ansiosa.

Jesse riu.

— O namorado dele, Todd, acha que é.

Gaby deu de ombros e continuou a olhar ao redor.

— Tenho certeza de que tem algum cara gato aqui hoje que mal pode esperar para me pagar um drinque.

A frequência era basicamente de quase famosos bem vestidos dançando ao som de uma banda de jazz que tocava de tudo, de Billie Holliday a Etta James e Norah Jones. Jane imaginou se algum deles estaria usando microfone ou se naquela noite eram apenas ela, Jesse e Gaby — e Madison e Scar, se e quando aparecessem.

Trevor e Dana haviam organizado para que as meninas comparecessem ao evento de uma revista nova chamada *Alt*. Jane havia notado o logo da *Alt* no *step-and-repeat* quando ela e Jesse entraram e também nas sacolas descoladas azul metálico de suvenires que uma assistente estressada chamada Emily estava arrumando sobre a mesa (Jane sentira uma onda instantânea de simpatia por Emily, por também ser uma assistente). Trevor até estava presente naquela noite, com Dana e o resto da equipe. Jane não tinha certeza se tinha ido para a festa ou a trabalho e se deveria ir falar com ele ou ignorá-lo.

Jane também não sabia o que fazer quando visse Scar — não se viam ou se falavam havia quase uma semana, desde que Jane se mudara para o apartamento de Madison. O que

Scar faria quando aparecesse na festa? Seria educada com Jane? Fria? Má? Todas as opções anteriores? A presença de Jesse e de Madison ali definitivamente não ajudaria em nada. Jane só rezava para que Scar não arrumasse uma briga com eles, principalmente com as câmeras presentes.

Sentiu os lábios de Jesse roçarem sua orelha.

— Vamos embora? — sussurrou ele.

Jane deu um soco de brincadeira no braço dele.

— Não! Seja bonzinho!

— Eu *estou* sendo bonzinho. Só quero ver o que você está usando embaixo desse vestidinho preto.

— Shhhh! — Jane sabia que os microfones não poderiam captar a voz dele àquele volume, mas mesmo assim!

— Ei, gente!

Jane levantou a cabeça. Madison, vestida com um minivestido dourado com um decote em V estreito que ia quase até o umbigo, se aproximava da mesa deles. Ela sorriu para Jane, Gaby e Jesse; principalmente Jesse.

— Oi, Maddy! — Gaby se levantou e deu dois beijinhos nela. Jane antes achava que as duas eram grandes amigas, mas ultimamente não as via saindo tanto. — Quer um Cosmo? Eles são ótimos aqui.

— Claro, querida. Por favor, não me chame assim. Oi, pombinhos — disse ela, deslizando pelo sofá ao lado de Jesse. — Como está a festa?

— Este lugar é lindo — disse Jane, o olhar passando nervosamente de Madison para Jesse. Jesse estava ignorando Madison e a expressão dele era tensa. — Você já veio aqui antes?

— Aimeudeus, o tempo todo. Ei, Jesse? Posso falar com você em particular?

Jesse se virou para Madison, parecendo surpreso.

— Quê? Por quê?

— Um minutinho. É só o que eu preciso.

— Hã... OK. — Ele se virou para Jane e deu seu sorriso que dizia "que porra é essa?". Jesse tinha muitos sorrisos diferentes e Jane estava começando a reconhecer todos.

Jane observou Madison e Jesse se afastarem, caminhando entre a multidão. O que significaria aquilo? Madison havia lhe prometido que tentaria se dar bem com Jesse. Será que iria se desculpar com ele?

— Ô-ô. Madison está tentando roubar seu homem — avisou Gaby.

— Acho que não — disse Jane, desejando que Gaby não dissesse coisas assim na frente das câmeras. Ela sabia que era fácil demais para Trevor usar aquilo fora de contexto. — Ei, você, Hannah e eu temos uma reunião amanhã, não é? Mal posso acreditar que a festa de Dia dos Namorados é daqui a menos de um mês.

— Por que vamos ter uma reunião? A gente já não decidiu tudo? — perguntou Gaby, olhando ao redor. — Temos local, temos patrocinador, temos DJ. O que mais precisamos?

— Hã, Gaby? Tipo tudo? — lembrou-a Jane. — Precisamos decidir o cardápio, fazer a lista de convidados, criar os convites. Sem falar em organizar as sacolas de suvenires. Precisamos...

— Tá bem, tá bem! Entendi! É taaaaaaaanta coisa que vou ter uma dor de cabeça — queixou-se Gaby. — É muito mais divertido paquerar os caras. Tipo aquele ali, perto do bar. Que gato!

Jane acompanhou o olhar de Gaby. O cara em questão tinha uns 30 anos e estava ficando careca. Era, na opinião de Jane, o oposto total de gato. Mas provavelmente era rico, pois o terno Armani sob medida devia ter custado uma pequena fortuna. Gaby realmente tinha um gosto eclético para homens. Então Jane viu Jesse e Madison, que estavam andando de volta até a mesa de braços dados. Madison estava dizendo algo a Jesse, que... ria! Ria! Jane mal podia acreditar. Ver as duas pessoas de quem era mais próxima se darem bem a fez sorrir. Não tinha ideia de que vodu Madison tinha lançado mão, mas, seja lá o que fosse, Jane estava grata.

Estava prestes a chamar Jesse e Madison quando alguém chamou sua atenção. Jane o observou abrir caminho pela multidão — e sentiu o coração saltar. Era Braden. E Willow, a namorada dele (ou ex-namorada, ou não namorada, dependia de para quem se perguntasse).

Jane fechou os olhos e desejou ter saído alguns minutos atrás, quando Jesse pediu. Não queria ter de ver o sorriso dele de *ah, olá, ex-melhor amigo e cara com quem minha namorada ficou*. E não queria que ninguém mais visse, também.

25

ALGUÉM COMO ELE

Scarlett hesitou na frente do Roosevelt Hotel na Hollywood Boulevard, na dúvida se deveria ou não entrar para a festa no Teddy's. Havia uma pequena multidão na calçada esperando para entrar; por sorte, nenhum paparazzo. Por um instante, os pensamentos de Scarlett voltaram para a noite em agosto quando ela e Jane tiveram de esperar quase uma hora na fila para entrar no Les Deux. Agora as duas podiam simplesmente saltitar para dentro de qualquer clube que desejassem. Não que ela e Jane estivessem saindo juntas para boates ultimamente. As únicas vezes que Scarlett via Jane em boates era para alguma filmagem, e as duas sempre chegavam separadas.

Scarlett havia originalmente planejado faltar a tudo aquilo, porque não sentia vontade de confrontar Jane e/ou Jesse e/ou Madison. Depois mudou de ideia, achando que poderia usar aquela oportunidade para fazer as pazes com Jane, de algum jeito.

Depois mudou de ideia de novo.

E de novo.

E de novo.

E agora estava ali, na roupa de sair costumeira (jeans, blusa preta, pouca maquiagem, nada de bolsa), sentindo-se uma idiota por não conseguir decidir se entrava ou não. A indecisão era mais que em relação à Jane, porém. Era também por causa de Liam, que estava trabalhando naquela noite. Depois que Scarlett dispensara o jantar francês dos dois na segunda-feira, ele havia mandado vários SMS (superfofos), dizendo que estava pensando nela e que estaria esperando por uma ligação, se e quando ela estivesse pronta para conversar — ou apenas sair juntos sem conversar.

Scarlett não tinha respondido. E não tinha total certeza do motivo. Simplesmente não conseguia. Não que não sentisse saudades dele. Sentia, e *muito*. Sentia falta das conversas sobre livros, música, cinema e política. Sentia falta dos beijos dele. Sentia falta da forma como ele a abraçava, fazendo-a se sentir tão desejada e tão protegida ao mesmo tempo. Sentia falta do rosto de Liam. Sentia falta de tudo o que dizia respeito a ele.

Então, por que o estava ignorando? Parte era porque ela estava numa pior, e não gostava de compartilhar as depressões com ninguém. Também não gostava do quanto sentia saudades dele, o que parecia maluco e incoerente, mas era isso. Maluquice e incoerência pareciam ser as marcas registradas de Scarlett ultimamente.

— Vai entrar?

Um cara estava segurando a porta aberta para ela, encarando-a com um olhar de aprovação. Ele parecia qualquer outro *wannabe* da cena noturna de Hollywood: gatinho, cabelo escuro, barba por fazer, belo corpo, roupas de marca.

Scarlett estava acostumada a ser paquerada por caras como ele — e por caras, ponto. Em outra vida (ou seja, antes de Liam), talvez Scarlett tivesse ficado com ele, apenas por diversão. Mas naquela noite não estava interessada.

— Acho que sim.

Scarlett entrou. Tomara a decisão de ir à festa da *Alt*, no fim das contas — ou melhor, a decisão tinha sido tomada por aquela estranho qualquer.

— Meu nome é Matteo. Você parece familiar.

— Scarlett.

— Scarlett, Scarlett. Humm. Você é modelo, certo? Então, posso te pagar um drinque?

— Não, obrigada. Vim encontrar umas pessoas.

— Tá bem, me avise se mudar de ideia.

Scarlett sorriu brevemente para ele antes de entrar pelo saguão do hotel e ir até o Teddy's. Mal entrou no clube escuro e opulento (ouvira dizer que Marilyn Monroe costumava frequentar o local), percebeu que uma espécie de comoção estava acontecendo. Uma tonelada de pessoas rodeava dois caras que pareciam estar... brigando? Ô-ô. Uma garota ruiva segurava o braço de um deles, enquanto uma loira puxava o braço do outro.

Scarlett olhou de novo. A loira era Jane! Ela estava segurando Jesse, que levava o punho para trás para acertar um soco de direita em... ai, meu Deus, era Braden! A garota ruiva era, como é mesmo o nome dela, Willow, que não era exatamente a namorada de Braden, mas mais uma amiga com benefícios. (O esquema provavelmente era ideia dele, não dela. Scarlett tinha visto o olhar possessivo que Willow dava a Braden sempre que havia outra garota por perto. Obviamente ela não gostava de dividir).

Jesse socou Braden na boca. Jane e Willow gritaram.

Perto dos fundos, Scarlett viu Trevor conversando com alguém ao celular, o rosto vermelho-vivo e furioso. Devia estar tendo um ataque do coração vendo aquela cena. Trevor adorava conflitos diante das câmeras, mas não conflitos envolvendo Braden, que se recusava a aparecer no programa, e não com aquela gente toda presente. Dana estava ali perto, também berrando ao telefone.

Jane. Scarlett precisava resgatar Jane. Ela abriu caminho pela linha de gente que estava parada observando sem nenhum outro plano a não ser tirar a melhor amiga daquela confusão insana. (Scarlett não ligava para o fato de as duas não estarem se falando — Jane continuava sendo sua melhor amiga.) Mas, antes que pudesse alcançá-la, sentiu alguém trombar com ela, com força.

— Ei! — berrou.

— Desculpe!

Scarlett reconheceu o cabelo loiro falso da garota que passava por ela. Madison. Ela virou-se brevemente para olhar nos olhos de Scarlett antes de correr até Jane e agarrar-lhe a mão, puxando-a para longe de Jesse. Ao mesmo tempo, dois membros da equipe do programa e o que parecia ser um segurança do Roosevelt Hotel surgiram e afastaram Jesse de Braden.

— Como você se atreve! — berrava Jesse para Braden. — Como você se atreve a dar as caras nesta cidade depois do que fez?

— Você é um idiota bêbado! — gritava Willow para Jesse. Ela parecia estar chorando.

Braden não disse nada, simplesmente limpou o lábio que sangrava, os olhos cintilando de raiva.

Jane também estava chorando, o rímel descendo pelas bochechas. Madison envolveu o braço ao redor dos ombros dela e a conduziu pela multidão, sussurrando em seu ouvido. Duas garotas aleatórias tentaram segui-las, mas Dana, pela primeira vez na vida sendo de alguma utilidade, barrou o caminho das duas.

"Merda", pensou Scarlett, observando Jane ir embora com Madison exatamente como acontecera no STK. "Merda, merda, merda. Essa diaba se apoderou totalmente de Jane."

— Você acha que agora Jane vai querer voltar com Braden? — perguntou Gaby a Scarlett.
— Podemos falar de outra coisa? — vociferou Scarlett. — Mais um, por favor — acrescentou ela ao bartender.

O bartender ergueu as sobrancelhas para ela antes de servir uma dose de Patrón. Seria a quarta. Ou quinta? Ou sexta? Ela havia perdido a conta, mas não se importava. Queria apagar a última hora da memória. Não, não apenas a última hora, mas os últimos dias, semanas e meses da amizade moribunda com Jane.

Jane havia ido embora com Jesse. Se vira Scarlett na festa, não dera nenhum sinal. Francamente, parecia chateada demais para notar qualquer coisa ou qualquer um. Madison também tinha ido embora, assim como Braden e Willow. (Scarlett ouviu dois convidados dizerem que Willow era repórter associada da *Alt*, o que explicava por que ela e Braden tinham ido ao evento.) A equipe de câmera da PopTV ficou por ali, mais porque Dana queria salvar a noite obtendo imagens de Scarlett e Gaby "juntas" no bar.

"Ah, tá bom. Boa sorte com isso", pensou Scarlett.

Liam estava parado num canto perto do bar, filmando Scarlett e Gaby. Scarlett evitara de modo regular olhar para ele, muito embora soubesse que ele estava olhando para ela, e não apenas profissionalmente através da lente. Na verdade, havia lhe enviado um SMS alguns minutos atrás — QUER JANTAR DEPOIS DAQUI? —, mas Scarlett não respondeu. Não queria jantar com Liam. Não queria ter de jantar com ninguém, não no humor em que estava.

Gaby desistiu de Scarlett e começou a flertar com um cara mais velho à esquerda, depois de finalmente notar a vibe "não fale comigo" de Scarlett. (O Episódio Muito Especial de *L.A. Candy* Desta Noite, quando fosse ao ar, sem dúvida começaria com Gaby beijando algum cara que era membro da Associação Americana de Aposentados.) Talvez agora Scarlett pudesse simplesmente ir embora, voltar para casa e se enfiar na cama, na antecipação da ressaca maciça que com certeza a aguardaria de manhã.

— Oi? Scarlett, certo?

Scarlett se virou na cadeira de bar de couro para a direita. O cara que havia encontrado antes — Matthew? — estava sentado, com uma Corona nas mãos.

— É. Oi.

— Você veio para a festa da *Alt*? — perguntou ele.

— O que restou dela, pelo menos.

— Eu escrevo para a revista. Matteo — lembrou ele. — Legal conhecer você. De novo.

— Ah. É, idem.

Matteo não parecia ter notado a vibe "não fale comigo", porque começou a contar tudo sobre a *Alt*, sobre ser jornalista, sobre os colegas irritantes (incluindo Willow). Scarlett não tinha ideia se ele estava ou não usando microfone. Não se importava. Era quase agradável ficar ouvindo o monólogo chato e anestesiante sobre trabalho. Era definitivamente melhor do que repassar o *loop* mental interminável dos problemas com Jane, com Liam, com o programa. Ou beber mais tequila. Como se não tivesse matado neurônios suficientes naquela noite.

Scarlett não tinha certeza se haviam passado cinco, 15 ou mais minutos. Mas, de repente, Matteo se inclinou para perto dela e disse:

— Ei, tá a fim de dar o fora daqui? Sei lá, tomar alguma coisa num lugar mais... reservado?

— Tá, por que não? — disse Scarlett, antes de poder se impedir. Fugir das câmeras parecia uma ótima ideia. Ela se levantou da cadeira, meio desequilibrada, e tentou descobrir onde ficava a saída. O lugar todo balançava. Ela balançava. Viu no campo de visão a câmera da PopTV apontada para ela, e o homem atrás, com a postura completamente rígida. Liam. Não pôde ver o rosto dele, mas Liam podia ver o dela. E podia ver que ela estava saindo do Teddy's com um estranho na frente das câmeras, da câmera *dele*, em vez de *com ele*. Deus, quando foi que ela se tornou tão vadia? Mas não conseguia parar, assim como não conseguia parar de beber todas aquelas tequilas. Estava magoada. E a reação de Scarlett à dor não era chorar no ombro de alguém nem falar sobre sentimentos. Era mergulhar ainda mais fundo na escuridão. E, no momento, aquela escuridão consistia em tequila, sair com Matteo ou alguém como ele e partir o coração do cara mais legal que ela já havia conhecido.

— Por aqui — disse Matteo, segurando o braço de Scarlett. O toque dele lhe dava uma sensação ruim, nada parecido com o de Liam. — Tá tudo bem com você?

— Não podia estar melhor — mentiu Scarlett.

26

FOI ÓTIMO VER VOCÊ

Jane passou pelas portas do restaurante que levavam à área ao ar livre, piscando ante a luz do sol e enfiando a mão na bolsa em busca dos óculos escuros. A área ao ar livre do Barney Greengrass estava lotada, basicamente com uma turma mais velha de agentes discutindo contratos enquanto comia saladas Cobb por conta da firma e com mulheres de meia-idade fazendo uma pausa nas compras para almoçar. O restaurante ficava no topo do Barney's, e Jane sabia que os fotógrafos que a aguardavam no estacionamento não conseguiriam tirar fotos dela lá em cima. A gerência da loja jamais permitiria que os paparazzi incomodassem os clientes.

Jane se sentou e pegou um cardápio. Estava mais frio do que o normal para o fim de janeiro, e ela estava satisfeita por ter colocado um suéter branco por cima do vestido de estampa floral. Olhou para o relógio de pulso. Meio-dia em ponto. Pela primeira vez, Jane havia chegado na hora. Em outras circunstâncias isso a teria divertido, mas naquele dia nada a divertia. Ela continuava chateada com o que acontecera na noite anterior no Teddy's. Só de pensar o estômago já se revirava.

E, claro, ela estava mais do que um pouco nervosa quanto ao almoço.

— Oi, você.

Jane olhou para cima. Braden caminhava na direção da mesa, com as chaves do carro na mão.

— Desculpe o atraso. Deus, estou fora há o quê, um mês, e já esqueci como é o trânsito em Los Angeles.

Jane sorriu.

— Sem problemas.

Braden se sentou, o que levou um tempo porque ele era muito alto (1,90 metro) e as mesas e cadeiras no pátio estavam muito juntas. Jane notou que ele não tentou abraçá-la nem beijá-la no rosto. Ficou pensando no que isso significava, depois se perguntou por que a incomodava, fosse lá pelo motivo que fosse.

— Belo lugar — disse Braden, olhando ao redor. — Bem mais chique do que o Big Wang's, não?

Jane riu. E a sensação foi boa. Braden sempre conseguia animá-la.

— Acho que estamos subindo na vida.

— É, bem, fale por você. Eu sempre vou amar o Big Wang's: é o bar barato onde eu conheci a famosa Jane Roberts, afinal.

— Ha-ha — disse Jane. — Achei que *você* é quem fosse a grande estrela da televisão agora. Conseguiu um papel numa série, não foi? Não foi por isso que foi para Nova York?

— Na verdade, a coisa meio que deu em nada. O piloto não foi aprovado. Meu agente já descolou algumas outras coisas para mim, porém. Foi por isso que eu voltei.

— Ah... você voltou de vez?

— É. Nova York era só temporário, de todo jeito.

— Ah! — Jane sentiu uma onda inesperada de alívio e alegria com a notícia. Talvez tivesse sentido mais falta dele do que percebera.

A garçonete se aproximou para anotar os pedidos, mas os dois ainda não haviam se decidido. Enquanto Braden analisava o cardápio, Jane analisava Braden. Ela não tivera muita oportunidade de fazer isso na noite anterior no Teddy's, durante toda aquela confusão. Ele parecia basicamente o mesmo, mas melhorado. Braden 2.0. O cabelo loiro-escuro revolto e comprido estava mais curto, mais arrumado, com mais estilo. Ele havia perdido alguns quilos do corpo já esguio. Usava uma camisa James Perse em vez da costumeira camiseta rasgada (embora a camisa *estivesse* fora da calça e meio amassada). Parecia ter trocado os óculos com armação preta por lentes de contato. O lábio inferior de Braden estava ligeiramente inchado por causa do soco de Jesse. Jane estremeceu com aquela lembrança e com o fato de que a única comunicação entre os dois em mais de um mês tinha sido o bilhete que ele deixara na porta dela na manhã seguinte à noite que passaram juntos — *Não tenho certeza do que significa a noite passada, mas não estou arrependido. Por favor, me ligue mais tarde* — que ela jamais respondeu, e o e-mail que ela mandou para ele, que Braden jamais respondeu.

Depois que a garçonete anotou os pedidos e foi embora, Braden voltou a atenção para Jane.

— Então. É bom ver você.

— É bom ver você, também. Você está... bem? — Jane apontou para a boca dele.

Braden tocou o lábio inchado.

— Estou. Parece pior do que é, prometo.

— Que bom.

— Você provavelmente quer saber por que a convidei para almoçar hoje.

— Hum, sim. — "Principalmente porque você nunca respondeu o e-mail que mandei há semanas", acrescentou Jane em silêncio.

— Quero pedir desculpas por ontem à noite. Se eu soubesse que você e Jesse iriam àquela festa, jamais teria ido.

"Você podia simplesmente ter pegado o telefone e ligado", pensou Jane, perguntando-se por que ele escolhera vê-la pessoalmente. Será que sentira falta dela também? "Quem dera, Jane."

— Por que você foi? Odeia festas desse tipo.

Braden sempre tinha sido o Sr. Anti-Hollywood. Ao contrário de Jesse, evitava eventos frequentados por celebridades como se fosse uma praga. Não estava atrás de fama. O sonho de vida dele era ser um ator independente e obscuro em filmes artísticos. Considerara trabalhos em comerciais, programas de televisão e filmes mainstream apenas porque sabia que precisava pagar as contas de algum modo.

Braden se mexeu desconfortável na cadeira.

— Willow me convidou. Ela trabalha para a *Alt*, por isso achei que deveria ir.

— Ah. Então vocês dois continuam juntos. — Jane sentiu uma pontada inesperada de ciúmes. Por quê? Ela estava com Jesse agora.

— Bom, não estamos exatamente "juntos". — Braden hesitou. — Ela ficou muito brava comigo depois que... você sabe... mas seja como for, já superou isso e me convidou para ir à festa, portanto... — Ele deixou a frase solta no ar.

Jane ficou quieta. Braden e Willow namoravam e terminavam havia três anos. Quando ela conheceu Braden, os dois definitivamente estavam "juntos". Foi esse um dos motivos pelos quais ele e Jane continuaram apenas amigos, apesar do que pareciam ser sentimentos mútuos de atração — ou pelo menos foi o que Jane disse a si mesma.

E haviam continuado somente amigos até aquela noite fatídica, quando o fotógrafo tirou aquelas fotos.

— E desculpe por não ter respondido seu e-mail — continuou Braden. — É que... as coisas ficaram péssimas depois que você foi para o México. Meu telefone tocava sem parar. Os fotógrafos me seguiam por toda parte. Eu estava muito bravo com você porque sentia como se tivesse me deixado para limpar toda a sua sujeira.

Jane engasgou.

— Ai, meu Deus, desculpe. Não foi o que eu quis fazer.

— Eu sei, eu sei.

A garçonete interrompeu, trazendo os chás gelados e as saladas deles. Braden esperou até ela ir embora antes de continuar.

— Por isso eu precisava sair imediatamente de Los Angeles — disse. — Não aguentava mais. Meu agente conseguiu esse teste para mim em Nova York e eu simplesmente fiz as malas, saí da casa de Jesse e fui para lá. Tenho um amigo que mora no Village e me deixou dormir no sofá. Se a série tivesse dado certo, eu iria encontrar um apartamento por lá.

Jane beliscou a salada.

— Então onde você está morando agora?

— Eu, hã, estou dormindo na casa de um amigo. Mas estou procurando apartamento.

— Bom, você poderia se mudar para a casa de Scar — disse Jane sarcasticamente, embora soubesse que a piada não tinha graça. — Ela provavelmente está atrás de alguém para dividir o apartamento.

Braden franziu a testa.

— Você e Scarlett não estão mais morando juntas?

Jane lhe contou uma versão resumida da história, ainda meio chocada com o fato de que aquela era a vida dela.

— Então eu me mudei para a casa de Madison — concluiu ela. — Os pais dela moram num condomínio enorme. Ah, e vamos ter um cachorro!

— Não brinca. Sério?

— É. Mal posso esperar. Ela me levou a uns dois criadores no fim de semana passado para dar uma olhada em umas misturas fofas de poodle. Mas eu disse a ela que deveríamos ir a um abrigo e escolher um cãozinho de lá. Afinal, são eles que realmente precisam de um lar, certo?

— Não, eu quis dizer... — Braden hesitou. — Sim quanto a pegar um cachorro do abrigo, mas quero dizer, Scarlett acha que Madison está por trás das fotos? Isso é meio gratuito.

— É maluquice, certo? Madison jamais faria nada do tipo. Ela acha que foi Scar, o que obviamente não é verdade também. Foi só algum paparazzo horrível. Odeio os paparazzi — disse Jane enfaticamente.

— Concordo.

Os dois continuaram conversando por um tempo, atualizando-se sobre a vida um do outro, sobre o programa e os testes futuros dele. Jane notou que nenhum dos dois tocou no assunto das fotos de novo, nem dele e Jesse, nem dela e Jesse... nem, aliás, dela e Braden. Os dois finalmente estavam conversando, o que era bom, mas será que estavam de fato dizendo alguma coisa um para o outro?

Pouco antes das 13 horas, Braden pediu a conta para que Jane pudesse correr para uma reunião às 13h30 no escritório. Fiona tinha muitas neuras, e uma delas era com atrasos. Jane estava nas boas graças da chefe ultimamente e gostaria de continuar assim.

— Entãããao — disse Braden enquanto a levava até o elevador. — Não sei se é uma boa ideia contar a Jesse que eu e você saímos para almoçar.

"Ah, então vamos falar sobre Jesse, afinal", pensou Jane. Ela hesitou antes de responder. Tinha pensado muito naquilo e não havia respostas fáceis. Por um lado, a julgar pelo que havia acontecido na noite anterior, Jesse talvez reagisse mal. Por outro lado, ela não queria que ele ficasse sabendo por outra pessoa. Nesse caso, Jesse *com certeza* reagiria mal.

— Não, preciso contar — disse ela depois de um momento, tentando parecer mais decidida do que se sentia. No fundo, não sabia como ou o que lhe diria, mas não queria manter nenhum segredo de Jesse. — Por você tudo bem?

— Sim, claro. Não estou preocupado comigo, Jane.

— Ah — disse ela. — Obrigada, mas vou ficar bem. *Prometo*. — Ela trombou gentilmente contra ele.

— Claro que vai. — Ele sorriu melancolicamente. — Então ainda somos amigos ou o quê?

Jane parou diante das portas do elevador, remexendo na bolsa em busca das chaves. Inclinou a cabeça para cima para olhar para ele.

— O que você acha?

— Isso quer dizer sim?

— Sim!

— Ótimo.

— É melhor a gente descer separado — sugeriu Jane. — Há alguns fotógrafos perto da área do manobrista.

— Claro.

Braden se inclinou para baixo e a abraçou. Jane ia afastá-lo — não tinha certeza se seria legal abraçá-lo, depois de tudo o que havia acontecido entre eles —, depois mudou de ideia e também o abraçou. Era... bom. Os braços dele eram fortes e quentes ao redor do corpo dela, e ela havia esquecido o quanto adorava o cheiro maravilhoso de praia da pele dele. Fechou os olhos, e por um momento se permitiu lembrar daquela noite, de como ele a beijou e ela o beijou e os dois não conseguiram parar.

O que teria acontecido se aquelas fotos não tivessem sido publicadas? Ou se ela e Jesse não tivessem voltado? Será que ela e Braden estariam saindo juntos? Será que era com ele que ela deveria ficar? Não com Caleb, nem com Jesse, mas com Braden?

Então o momento passou e Braden se afastou do abraço.

— É, então, foi ótimo ver você — disse ele, parecendo envergonhado. — Se cuide, tá?

— Você também — disse ela, desejando que aquele momento pudesse ter durado um pouco mais.

27

RESSACA

— Certo, no chão! Quero outra série de flexões! — berrou Deb para Scarlett.

Scarlett lançou seu melhor olhar de "que mal eu fiz pra você?" para a personal trainer antes de se colocar em posição. Ela odiava esse exercício em particular. Na verdade, odiava a maioria dos exercícios que se fazia em academia. Ela apenas preferia ser um pouco mais... criativa com os exercícios físicos.

Entretanto, Scarlett estava especialmente desanimada para a sessão com Deb naquele dia. Não estava no clima para nenhum tipo de atividade física. Não estava no clima para nada, a não ser, quem sabe, ficar aninhada na cama ninando a ressaca mortal e sentindo muita, muita pena de si mesma.

Era sexta à tarde e a academia estava agradavelmente vazia. Ali perto, duas garotas com camisetas marrons da USC estavam malhando nos aparelhos gravitacionais. Scarlett conseguia ouvir um pouco da conversa delas, que tinha algo a ver com uma festa que dariam aquela noite no apartamento, e se um cara fofo chamado Ethan, que aparentemente era "gatíssimo", daria as caras. Colegas de quarto, estava na cara. Scarlett pensou em Jane e sentiu uma pontada no coração.

— Ei, você está roubando! Tire esse joelho do chão! — repreendeu Deb.

Scarlett olhou feio para ela de novo, depois respirou fundo e fez conforme instruído. Talvez o que precisasse naquele dia fosse justamente uma das famosas sessões mortais de Deb. Talvez a dor, o suor e a absoluta exaustão física a fizessem esquecer a noite anterior.

— Você já está na metade! Você consegue! — berrou Deb.

Enquanto Scarlett se esforçava para completar a série de repetições seguinte, os pensamentos voaram para a noite anterior no Teddy's... ou o que conseguia se lembrar dela, pelo menos, depois de tantas doses de tequila. Não sabia o que era pior: Madison toda amiguinha com Jane ou o próprio comportamento. Scarlett tinha agido como uma vadia desesperada por atenção ao sair do bar com Matteo enquanto Liam assistia.

Embora *não* tivesse ficado com Matteo. Felizmente para ela, Scarlett caiu em si assim que os dois chegaram à calçada e partiu no próprio táxi sem sequer dizer adeus.

Mas Liam não sabia disso. Ele provavelmente ainda achava que ela fora para casa com o cara. Era provavelmente o jeito como Trevor editaria aquela cena, também, quando o episódio fosse ao ar.

— Dois e... um. Excelente! — berrou Deb. Aquela mulher estava sempre berrando. Em geral, isso ajudava a motivar Scarlett. Naquele dia, porém, só fazia sua cabeça doer ainda mais.

As garotas da USC estavam atirando uma bola de fisioterapia uma para a outra e conversando animadamente sobre ex-namorados. Scarlett desejou ter alguém com quem conversar sobre ex-namorados. Não que houvesse muitos em sua história pessoal — a menos que Liam contasse. Será que poderia chamá-lo de ex-namorado, uma vez que tecnicamente ele nem ao menos fora namorado? Ele era com certeza um *ex-alguma coisa*, depois do comportamento dela na noite anterior. Scarlett não tivera mais notícias dele, e não esperava ter.

— Querida, qual o problema com você hoje? — perguntou Deb, estendendo uma toalha para Scarlett. Não estava mais gritando; parecia preocupada. — Está doente? Você não parece normal.

— Não é nada, só uma noite ruim — replicou Scarlett. Ela se sentou no tapete de exercícios e enxugou o rosto.

— Problemas com garotos? — perguntou Deb com um sorriso sábio.

— Bom, acho que o problema sou *eu*. — Scarlett deu de ombros.

— Ohn. Escute, o que vai fazer esta noite? Eu e umas amigas vamos sair para tomar umas margaritas. Quer vir? Vai ser divertido.

Scarlett fez uma cara azeda.

— Eca, nem mencione margaritas para mim, nem nada contendo tequila. E afinal, *você* bebe? Você parece mais o tipo de garota que curte um smoothie de alga orgânica.

Deb riu.

— Ei, é preciso se divertir de vez em quando. Desde que dê duro depois para compensar. Falando nisso, vamos apanhar uns pesos de 4 quilos e fazer uns crucifixos. — Ela acrescentou: — Vamos a um bar chamado Velvet Margarita. Fica na mesma rua que o Big Wang's. Dê uma passada se não estiver fazendo nada.

Big Wang's. Foi um dos primeiros bares aos quais Scarlett e Jane foram quando se mudaram para Los Angeles. Foi também onde conheceram Braden.

Ela não conseguia acreditar que isso tinha sido há menos de seis meses. Tanta coisa havia realmente acontecido em tão pouco tempo?

— Scarlett! Crucifixo! Vamos, vamos, vamos! — ordenou Deb.

Scarlett suspirou e seguiu Deb até a estante de pesos. Talvez devesse mesmo sair com Deb e as amigas naquela noite. Era melhor do que ficar em casa sozinha. Talvez fosse hora de ela começar a fazer novas amizades.

28

MENTIROSA

Jane espiou nervosamente pelas portas de vidro do Katsuya. Contou cinco fotógrafos do lado de fora. No início da noite, quando ela e Jesse chegaram para jantar, havia apenas um. Naquela, dentre todas as noites, Jane não queria imprensa. Não com Jesse no humor que estava.

Lógico, o humor dele era completamente culpa dela.

Era óbvio que deveria ter escutado Braden.

Jesse, que havia ficado para trás para falar com o *maître d'*, agora saía rapidamente sem nem parar para dar a mão ou olhar para a namorada. Os flashes estouraram quando ele atravessou o grupo de paparazzi e seguiu em direção ao Range Rover, que o restaurante (generosamente) se oferecera para retirar antes e evitar que o casal tivesse de aguardar de modo constrangedor no balcão do manobrista — uma situação que, naquela noite, teria sido ainda mais desagradável do que o normal.

— Jesse, aqui!

— Jesse, algum comentário sobre o que aconteceu no Teddy's ontem à noite?

Jane viu os ombros de Jesse se tensionarem de raiva quando ele chegou até o carro, atirou uma cédula amarrotada para o atendente e entrou. Será que estava planejando ir embora sem ela? "Meu Deus, que pesadelo", pensou Jane enquanto abria as portas de vidro e seguia meio andando, meio correndo na direção do meio-fio, mantendo os olhos no chão.

Mais flashes, mais gritos.

— Jane, você sabia que Braden estaria no Teddy's?

— Jane, você e Jesse vão terminar?

Jane tentou ignorá-los enquanto entrava no carro de Jesse e fechava a porta. Ficou grata pelas janelas com Insulfilm, que a isolavam da confusão maluca do exterior.

Mas agora estava sozinha com Jesse no silêncio gelado de *dentro* do carro. Não sabia o que era pior.

Jesse ligou o carro e rumou para a Hollywood Boulevard, sem dizer uma palavra sequer. Nem mesmo ligou o rádio, como costumava fazer. Jane apoiou a cabeça contra a janela e encarou o cenário que passava. Era sexta à noite e todos estavam do lado de fora: sentados em bares, andando pela rua, rindo, de mãos dadas, se beijando. Pareciam tão felizes.

Ela olhou na direção de Jesse. O perfil dele estava completamente rígido, e os nós dos dedos estavam brancos por segurar com muita força o volante. Por que ele não estava dizendo nada? Jane sentia como se o silêncio dele fosse sufocá-la.

Não pôde mais suportar.

— Olhe, desculpe. Eu só quis ser sincera com você — soltou ela.

Jesse lhe lançou um olhar de nojo.

— É, Jane, eu sei o quanto a sinceridade é importante para você — disse ele sarcasticamente.

Jane recuou. Obviamente contar sobre o almoço com Braden havia atiçado parte da raiva dele quanto ao acontecimento original. E obviamente era assim que Jesse lidava com aquilo: tentando fazê-la se sentir tão mal quanto ele se sentia.

Assim que Jane abriu a boca no Katsuya para contar a Jesse sobre o almoço, explicando que Braden havia desejado se desculpar pela festa da *Alt*, se arrependeu de ter feito isso. Não apenas porque Jesse fez uma cena — na verdade, foi o oposto de uma cena. Ele simplesmente a encarou sem dizer nada, e depois fez um gesto para o garçom para pedir um uísque, e mais outro alguns minutos depois, e outro em seguida. Os rolinhos apimentados de caranguejo e a carne Kobe que haviam pedido ficaram intocados. Ela tentou explicar, mas depois de alguns minutos tornou-se evidente que Jesse não queria falar sobre o assunto. O silêncio foi ensurdecedor.

Cinco uísques mais tarde, ele estava levando os dois de carro para casa. Jane deveria ter insistido em dirigir, mas não estava com vontade de tocar no assunto na frente de um grupo de fotógrafos. E agora simplesmente perdera a vontade de brigar com ele por isso.

Jesse enfiou a mão no bolso, puxou um maço de cigarros e sacudiu-o até que um caísse em sua boca. Jane não o via fumar há semanas. Mas perdeu a vontade de brigar com ele por isso, também.

— Todo mundo acha que você é tão doce e perfeita — desdenhou Jesse ao virar para a La Brea, tateando em busca do isqueiro. — Quanta idiotice.

— Eu nunca disse que era perfeita, Jesse. Eu...

— Não, você está longe de ser perfeita, Jane. Você é uma piranha.

Jane engasgou. Sabia que ele estava com raiva, mas não podia deixá-lo falar com ela desse modo.

— Jesse, não fiz nada além de almoçar com ele. Só estou tentando ser honesta com você.

— Você não fez nada? — vociferou Jesse. — Desculpe, Jane. Você me trai com *meu melhor amigo*. Aí, depois que eu lhe perdoo, vai e sai com ele de novo. Não se venda por pouco; acho que você já fez até demais.

Jane não respondeu. Não sabia o que dizer. Não havia sentido em discutir com ele assim tão bêbado — e tão furioso com ela.

— Qual o problema, Jane? Você sabe que eu tenho razão! Só não consegue admitir! — Agora Jesse estava gritando. — Admita, Jane: você gosta dele!

— Não, não gosto. — Jane tentou não alterar tom da voz. Tentou acreditar nas próprias palavras.

— É claro que gosta. Você dormiu com ele — insistiu Jesse.

— Não, não dormi!

— Eu sei que sim. Todo mundo que passou por uma banca de revistas no mês passado sabe que sim!

Jane suspirou frustrada.

— Não dormi com ele. Você sabe disso!

— A única coisa que eu sei é que você é uma mentirosa de merda!

Ele pisou fundo no acelerador, fazendo o carro ultrapassar o limite de velocidade em 8 quilômetros. Depois 16. Depois 24 quilômetros. Não parecia nem um pouco preocupado com os outros carros na La Brea enquanto desviava sem rumo para a pista da esquerda e depois voltava para a da direita.

— Jesse, olhe para onde está indo! — gritou Jane, esticando os braços para endireitar o volante nas mãos dele. Por que ele estava agindo assim? Estava ainda mais bravo do que ficara depois da briga com Braden no Teddy's, quando sentiu raiva, sim, mas não descontou nela. Em vez disso, se desculpou pelo papelão e por ter estragado a noite. Jane realmente achara que tudo ficaria bem.

Jesse empurrou a mão dela para longe, deixando o cigarro aceso cair no chão.

— Fique longe de mim!

— Jesse, vá mais devagar! — implorou Jane, instintivamente agarrando as laterais do assento de couro. Era tudo culpa dela. Com toda certeza deveria ter escutado Braden.

— Só quando você admitir que é uma mentirosa!

Quarenta quilômetros acima do limite.

Jane apertou o corpo contra o encosto do assento, agora em pleno estado de pânico.

— É sério, Jesse. Pare!

— Admita que é uma mentirosa! — exigiu Jesse.

Quarenta e oito quilômetros acima.

Jane podia sentir o coração batendo com força no peito.

— Jesse, *por favor*!

— Diga que é uma mentirosa!

As pessoas buzinaram quando Jesse começou a costurar a pista agressivamente.

— Jesse, por favor, vá mais devagar. Está me assustando! — implorou Jane.

— Diga! Diga que é uma mentirosa! — Jesse derrapou, por pouco não batendo numa BMW preta esguia. O motorista buzinou com força para eles.

Jane começou a chorar.

— Jesse, por favor, pare o carro! Por favor! Você vai matar nós dois!

— Diga! — rugiu Jesse. Através da névoa de lágrimas, Jane observou aterrorizada o Range Rover se dirigir direto para uma fileira de carros que havia parado no cruzamento. A mancha de luzes de freio vinha cada vez mais rápido na direção deles.

— *Diga!*

— Sou uma mentirosa! Sou uma mentirosa! — soluçou Jane. — Por favor, pare! Eu falei! Sou uma mentirosa!

O Range Rover freou guinchando e desviou para o lado atravessando duas pistas, na direção do meio-fio. "Ai, meu Deus, ele vai sair da estrada!", pensou Jane, horrorizada, fechando os olhos com força e se preparando para a batida.

Sentiu a puxada dos freios enquanto o carro parava abruptamente. Então, nada. Abrindo devagar os olhos, ela percebeu que Jesse havia estacionado numa rua transversal à La Brea.

Jane levantou o rosto banhado de lágrimas para olhar para ele — devagar, com cuidado. O olhar dele estava fixo com raiva nela.

— Saia — vociferou Jesse. — Saia do meu carro, mentirosa.

Jane começou a tremer. Estava aterrorizada — ainda mais aterrorizada do que quando achou que iriam bater.

— Estou falando sério, dê o fora já do meu carro!

Sem dizer nada, Jane agarrou a bolsa e saltou para fora do carro. Ela mal havia fechado a porta quando ele acelerou, deixando-a sozinha na rua silenciosa.

Jane desabou no meio-fio, incapaz de parar de tremer. E apenas ficou ali sentada, sentindo-se completamente anestesiada. Então veio o silêncio de novo.

Jane tateou a bolsa em busca do celular. Estava a quilômetros de distância de casa e não tinha como ir embora dali. Instintivamente começou a descer pela lista de contatos até o número de Scarlett... depois parou. Sabia que não poderia ligar para ela. Poderia ligar para Madison (ou quem sabe Gaby), mas elas já odiavam Jesse, e Jane não queria que soubessem que ele a havia deixado numa esquina qualquer. Não queria que ninguém soubesse.

Então ela respirou fundo e, relutante, ligou para a única pessoa que sabia que entenderia.

Braden atendeu depois de três toques.

— Jane? — disse, parecendo surpreso. O nome dela devia ter aparecido no identificador de chamadas.

— Oi, Braden, desculpe incomodar, mas não sabia para quem mais ligar. — Jane tentou esconder o fato de que ainda estava chorando.

— Você está bem? — perguntou Braden baixinho. Jane pôde ouvir vozes ao fundo.

— Hummm... desculpe. Eu não deveria estar incomodando. Eu...

— Jane, o que foi? — perguntou Braden, mais preocupado.

— Eu contei a Jesse que nós almoçamos hoje, e ele brigou comigo e me deixou no meio da rua. — Jane começou a chorar com mais força. — Ele começou a gritar e dirigir tão rápido, e...

— Onde você está? Estou indo agora mesmo.

Jane lhe disse em que cruzamento estava e limpou o rosto com o dorso da mão.

— Certo, estarei aí em cinco minutos.
— Obrigada, Braden.
— Não tem problema. Mas... Jane?
— Sim?
— Por favor, confie em mim desta vez. Se está planejando voltar com Jesse, não diga a ele que eu levei você para casa.
— Certo — sussurrou Jane.

Mais tarde naquela mesma noite — depois de Braden deixar Jane no apartamento e ela ir direto para a cama (sozinha), e depois de Jesse deixar vinte recados no celular e mais um monte de SMS desculpando-se profusamente e dizendo o quanto a amava, como a ideia de ela estar com Braden (de novo) fizera com que ele perdesse a cabeça temporariamente —, Jane decidiu perdoá-lo. Muito embora o que Jesse tivesse feito fosse quase imperdoável, ela sentia como se houvesse pedido por aquilo. Não é que não deveria ter contado a Jesse que fora almoçar com Braden — não deveria nem ter aceitado o convite dele para almoçar, para começo de conversa. Como ela se sentiria se Jesse a tivesse traído com a melhor amiga (Scar? Madison?) e depois ido almoçar com ela, só os dois, juntinhos? Como se nada tivesse acontecido?

Principalmente se Jesse de fato ainda sentisse algo por essa melhor amiga, assim como Jane sentia por Braden?

Jesse tinha razão.

Ela era *mesmo* uma mentirosa.

29

BOMBA-RELÓGIO

— Venha aqui, cachorrinho. Não, fique longe dos sapatos de Madison! Menino mau! — repreendeu Jane.

Madison mordeu o lábio exasperada enquanto observava Jane perseguir o cachorro (correção, *vira-lata*) que elas (correção, Jane) haviam adotado no abrigo no dia anterior. A bolinha de pelos corria em volta do apartamento mastigando tudo à vista, incluindo os novos Manolo de pele de cobra de Madison que haviam custado uma pequena fortuna.

Por que tinha concordado em ter aquele... *animal?* Quando sugeriu a Jane no sábado anterior que as duas adotassem um cachorrinho, se referia a um daqueles pequenos, peludinhos e bem-comportados que podiam ser carregados numa bolsa — não um animal de raça indefinida cheio de esteroides. Aquilo era ridículo. Ela só estava esperando que ele começasse a mijar no tapete persa preferido de Derek.

Jane estava lhe dizendo alguma coisa. Madison não tinha ideia do que era, porque o cachorro psicótico estava latindo alto para a parede.

— *O quêêêêê?* — berrou Madison, colocando as mãos em concha ao redor das orelhas.

— Que nome você quer dar a ele? — gritou Jane de volta.

— Que tal Crazy? — sugeriu Madison.

— *O quêêêêê?*

— Deixe para lá! *Você* escolhe o nome.

— Acho que ele tem cara de Tucker!

— Claro! Tanto faz! — Madison observou nervosamente Tucker cheirar o sofá de couro branco.

— Sério? Você gostou? Ai! Venha aqui, Tucker! — Jane tinha se ajoelhado no chão. O cachorro foi pulando até ela e a derrubou, cobrindo o rosto de Jane com beijos de cachorro molhados e nojentos. *Eca.* Jane não o afastou, mas em vez disso começou a dar risinhos toda feliz e falar com ele em alguma língua para cachorros boboca:

—Simvocêéummenininhotãobonzinhoésim! Simsuasmamãesteamam!

Madison esfregou as têmporas. Precisava de dois Advils e um martíni — urgente. E daí se eram apenas 10 horas da manhã?

Ainda assim, foi meio que um alívio ver Jane agir como a velha Jane. Quando ela chegou em casa na noite de sexta, parecia acabada e obviamente tinha chorado. Madison tentou descobrir o que acontecera — será que ela e Jesse finalmente tiveram uma briga daquelas e haviam se separado por causa da rixa no Teddy's? —, mas Jane não quisera falar e fora direto para o quarto. Madison mandara um e-mail para Veronica com a notícia da briga e a resposta imediata foi: *Me diga algo que eu não sei.* O problema é que Veronica parecia saber de tudo. Madison precisava desencavar algum fato digno de notícia sobre Jane que já não tivesse aparecido na *Gossip*.

Jane tinha passado a manhã do dia anterior quieta e pensativa, também. Somente à tarde, quando as duas fizeram a excursão até a Sociedade para Prevenção da Crueldade contra os Animais e adotaram aquele cachorro dos infernos, é que Jane havia se animado. Na verdade, "animado" era um eufemismo. Madison nunca a vira tão radiante de felicidade.

Finalmente a *coisa* se exauriu de tanto latir e correr em círculos. Ele se aninhou na cama de veludo cotelê marrom que Jane havia comprado em alguma pet shop barata no Santa Mônica Boulevard e foi dormir retorcendo e batendo a cauda. (Madison fez uma nota mental para substituir *imediatamente* aquela cama por algo mais de acordo com a decoração.)

Jane afundou no sofá ao lado de Madison, sorrindo.

— Ele não é muuuuuito fofo? — derramou-se ela.

— Humm.

— Eles disseram que ele é, tipo, parte pastor alemão, parte collie e parte outra coisa, né?

— Humm.

— Você está com fome? Posso preparar um café da manhã. Que tal umas panquecas? Meu pai sempre fazia panquecas de mirtilo nas manhãs de domingo.

— Não, obrigada — respondeu Madison. — Estou tentando perder uns quilinhos. — "E você poderia perder mais do que alguns quilinhos", pensou ela, olhando o corpo de Jane. — Entãããoo. Como você está?

— Estou bem.

Madison decidiu pressioná-la. Talvez Jane finalmente estivesse pronta para falar sobre o que havia acontecido na noite de sexta-feira.

— Está tudo bem entre você e Jesse? — perguntou ela, suavemente.

Jane estendeu a mão e puxou uma mecha de cabelo.

— Um... bem... você sabe.

Ótimo. Era uma abertura.

— Ele continua bem chateado por causa do Teddy's, né? — adivinhou Madison. — Não acredito que Braden teve a cara de pau de aparecer por lá.

Jane mordeu o lábio.

— É, bem, Braden não sabia que eu e Jesse estaríamos presentes.

Madison levantou as sobrancelhas.

— Braden lhe disse isso?

— É, no almoço.

— *Almoço?* — Aquilo estava ficando cada vez melhor. E era algo que Veronica não sabia.

— É. A gente almoçou juntos na sexta. Foi ideia de Braden.

— Onde?

— No Greengrass.

— Você o encontrou no Barney's?

Jane deu de ombros.

— Eu não queria... você sabe, fotógrafos por perto.

— Entendi. Então por que Braden queria se encontrar com você?

— Ele queria pedir desculpas pelo que aconteceu no Teddy's. Além disso, você sabe, ele queria saber como eu estava e coisa e tal. O programa dele não deslanchou, portanto ele, hã, voltou para Los Angeles — disse Jane casualmente, depois olhou para o outro lado.

Madison mal podia acreditar. Jane ainda estava caída por Braden. Aquilo era... *maravilhoso*. Era exatamente o tipo de sujeira que Veronica queria. Era também a munição de que ela necessitava para afastar Jane de Jesse. Se os dois terminassem, Jane teria muito mais tempo livre para passar com ela. Madison já podia ver episódios inteiros de *L.A. Candy* dedicados às noitadas das duas, às conversas íntimas e muito mais. Ou talvez Madison arrumasse um namorado (descartável). E então *ela* teria o namoro principal do programa. Começou a imaginar primeiros encontros malucos, férias românticas passadas inteiramente de biquíni e um rompimento dramático e exagerado. O final da primeira temporada estava chegando, por isso não restavam mais tantos episódios. Porém, com certeza haveria uma segunda temporada, certo? Embora Trevor não houvesse mencionado nada ainda.

Mas antes o principal.

— Você contou a Jesse sobre o encontro? — perguntou Madison a Jane.

A expressão de Jane se tornou sombria.

— Bom, não foi um encontro. Mas sim, naquela mesma noite, no Katsuya. Ele não encarou muito bem.

— Ah, querida, sinto tanto! — disse Madison, a voz repleta de falsa simpatia. — O que aconteceu?

— Não sei. Brigamos. Eu disse a ele que tinha sido apenas um almoço, que Braden só estava se desculpando por tudo. Mas ele não quis acreditar. Foi bem feio... — Jane parou.

Madison tentou esconder a animação. Ela não conseguiria inventar aquilo. "Espere só até Veronica saber disso", pensou. "Ela vai publicar uma dupla enorme sobre mim, apenas sobre mim. Nada dessa besteirada de 'A amiga e confidente de Jane Roberts'."

Ela se inclinou para a frente e segurou o braço de Jane.

— Querida, eu sei que você não quer escutar isto, mas esse é o verdadeiro Jesse. Ele é uma bomba-relógio. Você deveria saltar fora enquanto é tempo.

— Não, não, não vou terminar com ele! — protestou Jane. — Eu o amo. E ele me ama. Além disso, é minha culpa o fato de ele estar agindo assim. Eu o traí com o melhor amigo. É tudo minha culpa.

— Certo. Mas ele precisa superar o que aconteceu entre você e Braden. Não pode sair por aí socando as pessoas em boates e coisas assim.

— É. — Jane parecia estar escutando apenas em parte agora.

"Talvez ela esteja começando a ver a luz a respeito de Jesse", pensou Madison.

— Tudo estava indo tão bem — suspirou Jane, e Madison imaginou se pretendia acrescentar: "antes de Braden voltar". — Sério, tipo até você e Jesse estavam começando a se dar bem. Ei, andei querendo lhe perguntar: o que você disse a ele no Teddy's, afinal? Eu perguntei a Jesse e ele disse que você se desculpou, é isso?

— Ah, sabe como é. Eu apenas lancei meu charme impressionante para cima dele. Disse que eu sentia muito pelos mal-entendidos entre nós, perguntei se poderíamos ser amigos e blá-blá-blá.

— Uau. Você é boa!

— Ei, faria qualquer coisa por você. Você sabe disso, não é?

Jane sorriu agradecida.

— Obrigada. Isso significa muito para mim.

Madison sorriu de volta. Era fácil mentir para Jane. A garota era mais que crédula, ou então estava apenas desesperada por uma amiga. A verdade é que Madison havia chamado Jesse de lado no Teddy's e lhe dito (em um canto escuro, com os dois bem perto um do outro, o suficiente para ele admirar o decote V generoso dela, sussurrando para que a conversa não fosse captada pelos microfones) que ela havia lhe mostrado aquelas fotos em dezembro porque estava loucamente atraída por ele e queria que Jesse terminasse com Jane. Ele estava bêbado o bastante para cair naquilo e em toda a história rocambolesca que ela contou sobre como exatamente havia conseguido as fotos e por que tinha tentado fazê-lo vendê-las para Veronica. Ele ficou tão obviamente lisonjeado pela confissão que abraçou Madison (e continuou abraçado um segundo além do que seria considerado amigável) e deixou-a entrelaçar o braço no dele enquanto os dois voltavam para a mesa de Jane e Gaby, brincando e rindo. Sério, a coisa toda tinha sido um golpe de gênio. Ela não estava lidando exatamente com cientistas espaciais, mas estava bastante impressionada consigo mesma.

O devaneio de autofelicitação de Madison foi interrompido por latidos. *Ugh*. Tucker.

— Ei, ele acordou! — disse Jane, subitamente animada de novo, como se aquele vira-lata tivesse latido para longe os problemas com Jesse. — Ei, está a fim de levá-lo para o parque de cachorros? Ele iria amar, né?

— Claro — disse Madison de um jeito amigável. A notícia de Jane a havia colocado em um humor tão bom que não se incomodava em agradá-la. Além disso, longas caminhadas sempre levavam a longas conversas. Talvez pudesse desencavar ainda mais fofoca útil a respeito do almoço potencialmente escandaloso de Jane e Braden.

30

NADA DAQUILO FOI SINCERO

— Quero surpreender Jesse com umas miniférias, para animá-lo — contou Jane a Hannah. Era manhã de segunda-feira no escritório. As câmeras do *L.A. Candy* estavam filmando, e Jane tinha acabado de contar a Hannah sobre todos os acontecimentos recentes no Teddy's. — Tipo, quem sabe Jesse e eu não vamos até o litoral? Eu estava pensando em alugar uma casa de praia ou quem sabe nos hospedarmos numa pousada bacana. Pode ser bom simplesmente nos afastarmos por uns dias.

Jane teve o cuidado de não fazer nenhuma referência a Braden. No dia anterior, Trevor a havia convocado para um encontro para tentarem descobrir como lidar com o que tinha acontecido no Teddy's. Ele disse que Jane devia contar aos espectadores o máximo possível da verdade, mas sem mencionar o nome de Braden. Ela teria de contar a Hannah coisas como: "... então o cara com quem eu traí Jesse deu as caras no clube, e as coisas ficaram meio feias..." O que era algo mais do que esquisito, mas eram as ordens de Trevor.

Teria de repetir frases semelhantes quando gravasse as vozes em *off* para os episódios futuros. A coisa toda era uma confusão, principalmente porque Trevor não podia mostrar o rosto de Braden na cena da luta no Teddy's.

Hannah tinha passado a maior parte do tempo em silêncio, sem responder à história de Jane com os comentários compreensivos de sempre. Isso vinha acontecendo com cada vez mais frequência — será que Hannah estava brava com ela?

— Humm. — Hannah encarou a tela do computador. — Ei, eu estava olhando uns cardápios para a festa do Dia dos Namorados. Parecem ótimos.

— É, concordo. Mas o que você acha?

— Do quê? Dos cardápios?

— Não, da ideia das miniférias.

— Ah! — Hannah olhou rapidamente para as câmeras. — Eu... hã... — Ela olhou de novo na direção das câmeras, depois para Jane. Parecia meio chateada.

— Hannah? — sussurrou Jane. — Tá tudo bem?

Hannah não disse nada, mas em vez disso se levantou e se apressou até a porta. "Qual o problema com ela?", pensou Jane enquanto corria atrás da colega. Com o rabo do olho, viu os dois operadores de câmera se atropelando para segui-las. Ouviu um deles xingar enquanto tropeçava num fio, derrubando equipamentos. Jane entrou no corredor e viu Dana. Ela parecia frenética, provavelmente querendo saber que diabos estava acontecendo.

Jane viu Hannah se apressar até o banheiro feminino. "Ótimo." Os operadores de câmera não se atreveriam a segui-las até ali. Jane entrou e viu Hannah encostada contra a pia negra e brilhante no banheiro vazio.

— Hannah? — A voz de Jane ecoou no banheiro. — Hannah, qual o problema?

— Tudo. — Hannah olhou para ela com lágrimas nos olhos. Jane nunca a tinha visto assim. — Sinto muito, Jane.

Jane piscou.

— Sente muito? Por quê?

Hannah abriu a boca para falar, depois sacudiu a cabeça rapidamente. Enfiou a mão dentro da camisa e extraiu o microfone grudado no interior do sutiã. Ela o desligou do resto da unidade e fez um gesto para Jane fazer o mesmo. Jane esticou a mão até o próprio microfone e o desligou. Seja lá o que Hannah queria dizer, obviamente desejava falar em particular.

— Preciso lhe contar uma coisa — começou Hannah.

— Claro.

— Eu... bem... sabe todas essas coisas que andei lhe dizendo sobre Jesse? De como vocês deveriam ficar juntos? Nada daquilo foi sincero.

— Não entendo.

— Trevor e Dana me falaram para dizer aquelas coisas — soltou Hannah. — Me falaram que eu deveria convencer você a ficar com Jesse. Disseram que você podia ser meio dramática em seus relacionamentos e que ele na verdade era um cara ótimo.

— *O quê?*

— Eu sinto tanto! — chorou Hannah. — Dancei conforme a música por um tempo porque você parecia realmente gostar dele. Mas aí comecei a perceber que talvez ele não fosse assim tão bom para você. Parece que ele bebe demais. E no sábado à noite eu trombei com ele no Crown Bar com uma garota.

— *O quê?* — O coração de Jane afundou. Sábado tinha sido um dia depois de ela haver contado a Jesse sobre o almoço com Braden e de Jesse quase bater o Range Rover. — Que garota?

Jane ouviu alguém abrir a porta do banheiro. Ela rapidamente a empurrou para fechá-la e a trancou. Ignorou a voz abafada de Dana chamando as duas do outro lado.

— Acho que o nome dela era Amber — respondeu Hannah. — Talvez fosse algo completamente inocente; quer dizer, não vi os dois se beijarem nem nada assim. Mas tive um mau pressentimento.

Jane tentou pensar. No sábado à tarde, ela e Madison haviam apanhado Tucker no abrigo da Sociedade para a Prevenção da Crueldade com os Animais. Tinham ficado em casa naquela noite para ambientá-lo ao novo lar. Jane e Jesse fizeram as pazes por telefone naquela manhã, e ele lhe dissera que iria ao jogo dos Lakers à noite com os amigos Howard e Zach.

— Você merece coisa melhor — disse Hannah, agora num tom insistente. — No começo, eu não me importava muito porque não conhecia você. Mas agora que conheço, sinto que somos amigas. Amigas de verdade, não apenas amigas de mentirinha para as câmeras. — Ela estendeu a mão para pegar um lenço de papel e secou os cantos dos olhos. — Eu não sabia no que estava me metendo quando assinei o contrato para este programa.

— Como poderia saber? — disse Jane, apoiando a cabeça contra a porta. — Não é sua culpa que o novo emprego veio com um programa de televisão a tiracolo.

A forma como Hannah desviou os olhos quando Jane tentou sorrir a deixou agoniada.

— Hannah, o que mais você não me disse? — perguntou Jane. — Você era apenas uma das candidatas a este emprego, né?

— Conheci Trevor no Coco de Ville — explicou Hannah —, numa festa que ajudei a produzir para o lançamento de uma revista, quando eu estava trabalhando para David Sutton. Trevor me perguntou o que eu fazia, e não sei como aconteceu, mas começamos a conversar e mencionei que eu estava procurando outro emprego na área de produção de eventos. Aí uma coisa levou à outra, e ele disse que provavelmente conseguiria me fazer trabalhar com Fiona se eu quisesse, porque era amigo dela. Também disse que por acaso estava em busca de mais uma pessoa para o programa. Não uma quinta garota nem nada do gênero, mas alguém para estar no escritório de Fiona, meio que sua amiga.

— Entãããão... você veio para cá para estar no programa e fingir ser minha amiga — disse Jane devagar.

— Não! Quer dizer, eu estava tão feliz de ter conseguido esse emprego com Fiona! Eu gostava de trabalhar com David, mas não havia mais espaço para eu crescer ali dentro. E então aparece esse cara do nada, dizendo que poderia conseguir um emprego sensacional para mim *mais* um papel num programa de televisão novo e legal. Pareceu maravilhoso... no momento.

— É. — Jane se lembrou da noite no Les Deux, em agosto, quando Trevor havia feito uma proposta semelhante e igualmente irresistível para ela e Scar. Ele com certeza era alguém a quem era difícil dizer não. E com certeza um especialista em mudar a vida das pessoas... e em tentar influenciar a vida delas. Não, *influenciar* não. Seria mais controlar.

A voz de Dana ficou mais alta, assim como as batidas na porta. As duas a ignoraram.

— Se você me odiar agora, não posso culpá-la — disse Hannah, triste. — Mas espero que me perdoe. Porque eu realmente considero você uma amiga.

Hannah parecia genuinamente arrependida. E parecia gostar mesmo de Jane. O que era raro em Hollywood. Agora que Jane e Scar estavam brigadas, não era como se ela tivesse muitas amigas próximas.

— Bom, eu entendo — disse Jane por fim.

O rosto de Hannah se iluminou.

— Sério?

— Sério.

Enquanto as duas garotas se abraçavam, Jane pensou em como aquele dia, que havia começado exatamente como qualquer outro, de repente havia se tornado muito, muito difícil. Ela e Hannah teriam de enfrentar a ira de Dana assim que saíssem do banheiro feminino. E, mais importante: Jane precisaria ter uma conversa séria com Jesse.

Bem tarde naquela noite, Jane foi acordada por um telefonema. Ela se sentou e esfregou os olhos, desorientada. O relógio digital na mesa de cabeceira marcava 2h08. Quem na face da Terra ligaria àquela hora? "Talvez seja Jesse", pensou. Ela havia ligado antes para ele, logo depois do trabalho, mas a ligação caíra na caixa postal. Não conseguia parar de pensar no que Hannah tinha dito sobre encontrá-lo com uma tal de "Amber". Ela sabia que Jesse tinha planos de sair com os amigos naquela noite (ou sabia que isso era o que ele tinha dito, pelo menos), mas esperara que o namorado respondesse ao telefonema. Jane ainda não o tinha visto desde a briga na sexta. Será que ele a estava evitando?

Jane pegou o celular e olhou para a tela, porém, não reconheceu o número. Decidiu ignorar a chamada e deixar que caísse na caixa postal.

Tucker estava aninhado ao pé da cama, roncando baixinho. Ela sabia que não deveria deixá-lo dormir na cama, mas não tinha coragem de enxotá-lo.

Jane voltou para debaixo das cobertas, tentando ficar confortável. Fechou os olhos e pensou na chamada em *off* que havia gravado naquele dia para o último episódio da temporada. *Depois que pedi desculpas para Jesse no réveillon, pareceu que haveria esperanças para nós dois, afinal. Agora ele quer me encontrar para conversar. Será que o novo ano poderá significar um novo Jesse, também?*

Jane emitiu um suspiro pesado. Estivera tão esperançosa naquela noite no Beso. Tinha sido a segunda chance com Jesse... um novo começo. E agora olhe só onde estavam. Quem diabos era Amber? E onde diabos estava Jesse?

Justamente quando estava quase dormindo de novo, o telefone tocou mais uma vez. *Ugh*. Seja lá quem fosse, provavelmente não a deixaria em paz até ela atender. E Jane não queria desligar o celular para o caso de Jesse telefonar.

— Alô? — disse ela, não se incomodando em transparecer o incômodo na voz. — Quem é?

— Jane, desculpe por ligar tão tarde. Não sei se você se lembra de mim. Sou Quentin Sparks. Consegui seu número com D.

Quentin? O amigo promoter de D.? Jane o conhecera na festa de estreia do *L.A. Candy* e o vira em boates algumas vezes depois. Por que ele estava ligando para ela no meio da noite?

— Humm. Oi, Quentin. O que foi?

— Estou no Teddy's, e com uma espécie de pepino nas mãos. Achei que seria melhor se você desse uma passadinha aqui.

— Que... tipo de pepino?

— Seu, hã, namorado está aqui e, hã, bebeu demais. Não está em condições de dirigir. Os fotógrafos estão lá na frente, por isso eu o trouxe para os fundos. Você poderia vir buscá-lo?

— Aimeudeus! Sim, daqui a pouco estou aí — disse Jane enquanto se sentava rapidamente.

Quentin lhe disse para encontrá-lo no guichê de manobristas dos fundos. Ele levaria Jesse pela saída do Tropicana para que ninguém notasse. Além disso, um dos amigos de Quentin (um ímã de paparazzi) tinha concordado em sair pela frente ao mesmo tempo para distrair a atenção.

— Muito obrigada — disse Jane enquanto rolava para fora da cama. — É muito legal de sua parte fazer isso por mim.

— Ei, qualquer amigo de D. também é meu amigo — disse Quentin. — Além do mais, não consigo suportar a ideia da imprensa tendo um dia de rei com isso. Não há motivo para ninguém sair machucado.

— Mais uma vez, obrigada. Chego o mais rápido que puder.

Jane tateou em busca do interruptor e procurou a bolsa e as chaves do carro. Ah, e roupas. Não podia aparecer no Roosevelt Hotel de pijama.

"Fique calma", disse a si mesma. "Não se desespere."

Mais uma vez ela se viu pensando: "Como minha vida se transformou nisso?" Há um ano estava em um relacionamento longo e a distância com o namorado da escola. Agora estava saindo de casa às 2 horas da manhã para resgatar o namorado de si mesmo e dos paparazzi. As mãos dela tremiam enquanto pegava um jeans e uma camiseta do chão do closet e os vestia.

Quando correu até a porta, ouviu Tucker acordar e ganir tristemente. Ela se virou e lhe deu um abraço rápido.

— O que foi? Você também acha que eu deveria terminar com ele? É complicado, Tuck!

Tucker ganiu de novo. Jane sacudiu a cabeça, sentindo-se uma pessoa maluca. Estava mesmo falando com um cachorro sobre a vida amorosa? Quão desesperada havia se tornado?

"Bastante", pensou ela. Talvez devesse pedir conselhos a Penny.

As amigas vinham advertindo-a há meses a respeito de Jesse. E agora todas as piores previsões estavam se tornando realidade. Ele estava saindo do controle, e era tudo culpa dela. Como iria fazê-lo sair daquela — *fazê-los* sair daquela — para que as coisas pudessem voltar a ser como eram antes de Braden?

Pois agora estava envolvida demais com Jesse para terminar.

31

MELHORES AMIGAS SÃO PARA SEMPRE

— Você tem, tipo, um minivestido? Você ficaria demais num minivestido — disse Gaby a Scarlett.

Scarlett olhou (ou fingiu olhar) o conteúdo do closet bastante escasso. Sabia exatamente o que havia ali: mais ou menos vinte pares de jeans e o mesmo número de camisetas e outras blusas ao acaso, a maioria pretas.

— Não, nenhum minivestido — anunciou. — Pensei em ir de jeans e camiseta. A festa é informal, certo?

— Você não pode ir de jeans e camiseta para festa de encerramento da temporada! — horrorizou-se Gaby.

— Por que não?

— Por que não? Porque... simplesmente não pode, só isso. Espere, deixe-me pensar. Talvez eu consiga ligar pra alguém e pedir uma roupa por portador.

Scarlett suspirou. Talvez tivesse sido uma má ideia deixar Gaby ir até lá. Não que ela pudesse culpar Dana dessa vez. Aquela noite era apenas Gaby e ela — nada de Dana, câmeras, nada assim.

Gaby havia ligado para o apartamento de manhã pedindo para falar com Jane, e Scarlett explicou que Jane não morava mais ali. (Aliás, fazia mais de duas semanas que Jane tinha se mudado. Gaby não tinha recebido o memorando?) Gaby pressionara por mais detalhes, e Scarlett devia ter parecido deprimida ou algo assim, porque sem perceber Gaby já estava dizendo que iria para lá depois do trabalho para que as duas pudessem se arrumar juntas para a festa. E Scarlett tinha, inexplicavelmente, concordado.

Agora as duas estavam ali no quarto de Scarlett, os rostos cobertos com algum tipo de pasta caríssima e fedida que Gaby descrevera como sendo máscara de romã com capim-limão. Gaby também havia pintado as unhas dos pés das duas de branco metálico. A experiência toda era um pouco mulherzinha demais para o gosto de Scarlett, mas, mesmo assim, era bom ter companhia. Mesmo que fosse Gaby.

Scarlett não estava vendo muita gente nos últimos tempos. Tinha saído com a personal trainer, Deb, e as amigas umas duas vezes, e também com Chelsea, a garota superinteligente da aula de romance francês. Não falara mais com Jane. Nem com Liam — não desde aquela noite horrorosa no Teddy's há quase duas semanas. Ela o havia visto durante várias tomadas — duas na USC e uma no evento de moda beneficente ao qual Dana tinha obrigado Scarlett a comparecer (Jane não fora) — mas ele a ignorara completamente nas três ocasiões. Não que ela o culpasse. Nem havia lhe ocorrido entrar em contato com ele, explicar, pedir desculpas. Achava que era tarde demais.

Gaby foi até o armário de Scarlett e começou a procurar coisas ali.

— Então, que droga isso de Jane ter se mudado — murmurou ela. — Mas vocês duas vão fazer as pazes com certeza.

— Ah, é? Como você sabe?

— Vocês não são melhores amigas desde que eram, tipo, bebês? Melhores amigas são para sempre. É isso que significa BFF, best friends forever.

— Bom, então cadê a sua melhor amiga, Madison? — perguntou Scarlett.

— Não, não. Madison não é minha BFF. É só minha BFPE. Ou pelo menos era. Agora anda ocupada demais para sair comigo.

— BFPE?

— É. Best friend por enquanto. — Gaby encolheu os ombros.

Scarlett riu. Tinha de admitir que era engraçado.

— É, bem, minha BFF está bem brava comigo.

— Por quê?

— Sei lá. — Scarlett se sentou na cama e abraçou um travesseiro. — Bom, eu sei. Madison pode ser sua amiga ou BFPE ou sei lá o quê, mas eu acho que ela não é uma amiga muito boa para Jane. Tentei avisar isso a Jane, mas ela não quis acreditar em mim.

Por um instante, Scarlett pensou em contar a Gaby sobre as fotos. Mas talvez Gaby também fosse achar que ela era maluca, principalmente porque Gaby gostava de Madison. A coisa toda realmente parecia meio confusa. "É, então Madison de algum jeito conseguiu aquelas fotos de Jane com Braden. Ela tentou convencer Jesse a vendê-las para a *Gossip*, mas ele se recusou. Então ela mesma vendeu as fotos e mentiu para Jane, dizendo que tinha sido Jesse ou quem sabe eu..."

Gaby a estava encarando. Scarlett respirou fundo.

— Tem também Jesse. Tentei contar a Jane que ele é um bêbado, um galinha que não presta. Mas ela também não quis acreditar nisso. E agora está brava comigo porque acha que estou sendo negativa demais quanto a Madison e Jesse.

Gaby ergueu uma blusa de seda preta e a analisou.

— Sabe de uma coisa? — disse ela. — Se Madison não é uma boa amiga para Jane, ela vai descobrir isso. E se Jesse não é um bom namorado, ela também vai descobrir. É difícil dizer às pessoas com quem elas devem sair ou não, principalmente se não estiverem preparadas para ouvir isso. Você precisa deixar seus amigos cometerem os próprios erros às vezes. Não pode protegê-los de tudo, senão eles nunca vão aprender. Entende o que eu quero dizer?

Scarlett encarou Gaby. Era a coisa mais profunda que já ouvira aquela garota dizer.

— É, entendo o que quer dizer.

— E quando Jane descobrir isso tudo, ela vai voltar — prosseguiu Gaby. — Porque BFF, certo?

— BFF. Certo.

— E aí, quem é o cara?

Scarlett franziu a testa.

— Hã... Que cara?

— Seu cara. Você está saindo com alguém, né? Eu sempre sei dessas coisas. Tenho um quinto sentido para isso.

— Ah.

— Confesse. Você está A-MAN-DO? — Gaby mexeu as sobrancelhas sugestivamente.

— Não! — Scarlett sentiu o rosto ficar quente. — Quer dizer, eu estava saindo com um cara, mas agora não estamos mais juntos.

— Que saco. Por que não?

Scarlett abraçou o travesseiro com mais força.

— Porque eu estraguei tudo. Quando Jane se mudou, fiquei muito, muito mal. Ele tentou me apoiar e tal, porque é um cara muito legal, mas eu não queria simpatia, por isso simplesmente o afastei. Na verdade, não o afastei: fui uma canalha com ele.

— Então por que não diz que está arrependida? — sugeriu Gaby.

— Hã... Porque ele provavelmente não quer falar comigo nunca mais.

— Como você sabe? Também tem um quinto sentido?

Scarlett suspirou.

— Não. E acho que o certo é *sexto* sentido.

— Não, eu não vejo gente morta. É diferente. Enfim, olha, se você gosta dele, e ele de você, diga que está arrependida. Dê uma chance a ele. Se é um cara tão legal assim, provavelmente vai te perdoar, né?

Scarlett pensou no que Gaby tinha dito. Quando é que aquela garota tinha ficado tão esperta? Ou será que ela sempre tinha sido assim e só se escondia embaixo de uma máscara de tonta total?

Gaby se abaixou e puxou duas caixas de papelão do chão do armário. Limpou uma camada de poeira.

— O que é isso?

— Quê? Ah, Jane ganha essas roupas de estilistas e às vezes me dá algumas. Mas eu não uso esse tipo de coisa.

— Você é *doida*? — Gaby começou a rasgar as caixas, abrindo-as. Parecia uma garotinha na manhã de Natal. — Oooh! Adorei essa blusa de miçangas! Posso pegar emprestada? Por favor, por favor?

— Hã, claro. Pode ficar com ela.

— Sério? — Gaby extraiu uma minissaia preta de outra caixa. — Oooh, essa ficaria perfeita em você! Com a blusa de seda preta! Você vai ficar gatíssima! — Ela sacudiu os ombros.

— Humm. Não, obrigada.

— *Sim*, obrigada! Você vai usar! Sem discussão!

Mais tarde, enquanto Gaby fazia a maquiagem de Scarlett (Scarlett não conseguia suportar maquiagem e raramente deixava alguém maquiá-la, a não ser Jane, embora Gaby parecesse muito boa naquilo) os pensamentos de Scarlett voaram até Liam. E se Gaby tivesse razão? Talvez Scarlett devesse lhe dar outra chance.

Ou melhor, pedir que *ele* lhe desse outra chance.

Trevor foi até o microfone.

— Senhoras e senhores, poderia ter um minuto da sua atenção, por favor?

Scarlett deu um gole na bebida e olhou ao redor do pátio grande e lotado. A PopTV havia alugado uma casa de praia luxuosa em Malibu — era mais uma mansão de praia — para a festa de encerramento da temporada. O jardim estava iluminado com dúzias de tochas. Scarlett adorou o som das ondas batendo contra a praia escura.

Não pôde evitar comparar aquela festa a de estreia da temporada no Area, em outubro, pouco mais de três meses antes. A daquele dia parecia maior, melhor, mais animada e *bem* mais lotada. Havia até mesmo um tapete vermelho na frente, com imprensa. Scarlett tinha passado quase meia hora posando para as fotos e conversando com repórteres. Respondia as mesmas perguntas sem parar. "Jane e Jesse voltaram?" "Como estão as coisas entre você e Jane?" "Você e Madison vão erguer as bandeiras brancas?" Todas eram respondidas com a mesma bem ensaiada resposta: "Vocês vão ter de assistir para saber." (Sorriso bobo.) Fazia sentido que a festa de encerramento fosse maior que a de estreia, uma vez que *L.A. Candy* estava se tornando cada vez mais popular. Não que ela desse a mínima.

O olhar de Scarlett pairou pela multidão, em busca de Liam. Ele deveria estar ali naquela noite — não é? Ela viu vários membros da equipe da PopTV, mas nem sinal de Liam. Tentou reprimir o desapontamento.

— Obrigado pela presença de todos vocês esta noite — continuou Trevor. — Para quem ainda não assistiu ao episódio final, todos nós demos muito duro e ele ficou sensacional. — Houve vivas, e gente brindando. Trevor parecia bastante satisfeito consigo mesmo.

Ao contrário da festa de estreia da temporada, eles não iriam mostrar o último episódio para os convidados naquela noite. Scarlett havia ouvido de um dos produtores que o episódio se chamava "Decisões, Decisões" e mostrava Jane decidindo se mudar. Terminava com um suspense, no Beso, em relação ao relacionamento de Jesse e Jane: ele iria perdoá-la por tê-lo traído com aquele-que-não-deve-ser-nomeado, blá-blá-blá? Aparentemente, deveria ser uma surpresa quando os dois voltassem, portanto Jane e Jesse não poderiam ainda confirmar o namoro para a imprensa... Embora fossem constantemente fotografados juntos, beijando-se e de mãos dadas. Ou tendo uma briga enorme. "É, eles realmente estão enganando as pessoas."

Scarlett arriscou um olhar para Jane, que estava sentada numa mesa entre Madison e Jesse. As duas haviam trocado olás educados antes, mas não muito mais que isso, o que era muito triste. Jane parecia... estressada, provavelmente porque Jesse estava entornando vodca com tônica como se fosse água. Ele não parava de falar enrolado e de repreender Jane por nada, tipo por que eles tinham de estar naquela festa sacal (Scarlett podia entender, mas mesmo assim...), e de quem ela queria chamar a atenção com aquele vestido revelador? (O decote de Jane mostrava cerca de um milímetro de busto e passava *longe* de ser revelador.)

Sentados na mesa estavam também Gaby, Hannah, o novo agente de Jane, R.J. (que parecia inteligente, com um jeito sábio de pai), e a nova assessora dela, Samantha (que basicamente não tinha parado de falar desde que a festa começara — aquela mulher tinha uma quantidade insana de energia). Hannah estava quieta naquela noite, assentindo muito, mas dizendo quase nada. Pelos poucos episódios de *L.A. Candy* que Scarlett a vira estrelando, o trabalho dela parecia ser interpretar as líderes de torcida do Time Jesse. Era meio nauseante.

— E enquanto todos vocês estão aqui, quero compartilhar uma notícia empolgante — continuou Trevor, sorrindo com timidez.

— Ei! Quem sabe não vão cancelar o programa! — brincou Scarlett. Todos na mesa a encararam. — Brincadeirinha! É sério, gente!

— É, Tina Fey, talvez você devesse sair de *L.A. Candy* e entrar para a comédia — disse Madison, revirando os olhos ultramaquiados.

Scarlett deu um sorriso falso para ela. Mas mesmo sorrir com falsidade era um esforço, porque na verdade a única coisa que Scarlett tinha vontade de fazer era atirar o drinque na cara da idiota da Madison.

Trevor ergueu a taça de champanhe.

— Então... Tenho o prazer de anunciar que *L.A. Candy* foi escolhido para mais uma temporada. Vamos voltar não com dez, mas sim com *vinte* novos episódios!

Todos começaram a aplaudir alto. O DJ começou a tocar a música dos créditos de abertura.

— Aimeudeus! — gritou Gaby. — Isso é sensacional! Precisamos de mais champanhe! — Ela acenou para um garçom que passava.

— Isso é tãããão maravilhoso! — concordou Madison. Scarlett praticamente conseguia ver cifrões cintilando nos olhos dela. As garotas recebiam dois mil dólares por episódio... pelo menos era o que ela e Jane recebiam, portanto, supunha que Madison e Gaby recebiam o mesmo... por isso, vinte episódios era muito dinheiro. Ou será que seriam pagas ainda mais pela temporada seguinte? Scarlett não tinha muita certeza de como essas coisas funcionavam.

— A imprensa está aqui hoje, certo? Trevor provavelmente vai querer que a gente converse com eles — continuou Madison.

Hannah não disse nada. Em vez disso tateou dentro da bolsa e tirou um gloss labial. Scarlett ficou imaginando o que haveria de errado com ela.

R.J. se inclinou e sussurrou algo no ouvido de Jane. Ela sorriu animada e assentiu.

Jesse passou o braço ao redor de Jane, puxando-a não tão sutilmente assim para longe de R.J.

— É, pelo visto acho que isso significa que vou ter de continuar usando esses microfones de merda cada vez que eu levar você para sair — reclamou ele.

O sorriso de Jane sumiu.

"Seu merdinha infeliz", Scarlett teve vontade de dizer a Jesse, mas se controlou. Jane sem dúvida já estava constrangida o suficiente pelo comportamento de Jesse. Scarlett não precisava aumentar os problemas dela brigando com o namorado de Jane na frente de todo mundo, muito embora não quisesse outra coisa no mundo que não socar com força aquele maxilar bastante fotogênico.

— Querido, por que você e eu não vamos dar uma volta? Tem umas pessoas que eu quero lhe apresentar — disse Sam de um jeito agradável para Jesse, levantando-se.

Jesse olhou Sam de um jeito bajulador.

— É? Claro, por que não?

Sam segurou o cotovelo de Jesse (ele não estava exatamente equilibrado) e o conduziu para longe, virando-se brevemente para piscar para Jane. Scarlett não tinha certeza de para onde Sam o estava levando, mas esperava que envolvesse um serviço de chofer e uma viagem só de ida para *algum lugar*; qualquer um, menos ali.

Enquanto observava Sam e Jesse se afastarem, Scarlett viu uma figura familiar caminhando até o bar. Era Liam, cumprimentando um dos outros operadores de câmera. Ele tinha ido à festa, afinal! Parecia tão lindo, num terno preto (ela nunca o tinha visto de terno) com camisa cinza-escura e gravata preta fina. Scarlett sentiu o coração disparar.

"Vá falar com ele", disse a si mesma, lembrando-se do que Gaby dissera. "Pare de ser tão idiota."

Mas o que diria a Liam? "Hã, sinto muito por ter ignorado você e agido como uma vaca. E por ter saído com aquele cara enquanto você estava filmando, muito embora eu não tenha ficado com ele, porque o dispensei assim que a gente colocou os pés do lado de fora. E então, tudo bem entre a gente agora? Podemos voltar a como as coisas eram antes?"

"Ah, tá", pensou Scarlett. "Como se ele fosse escutar você depois do que fez."

Ela olhou para cima e pegou Gaby olhando para ela. Gaby lhe deu um sorriso enorme e simpático e ergueu os polegares. *Hã*? Será que ela a estava encorajando a ir falar com Liam? Mas Gaby não sabia que Scarlett estava saindo com Liam. Ou sabia? Aquele "quinto" sentido dela era de dar medo. Ou talvez estivesse apenas empolgada pelo programa ganhar mais uma temporada.

— Com licença — disse Scarlett para ninguém em particular, levantando-se.

Depois seguiu em direção a Liam.

32

QUE JANE?

Madison se sentia o máximo ao entrar na casa para encontrar o banheiro (havia banheiros do lado de fora, mas ela não ficava em filas). Trevor havia acabado de anunciar uma segunda temporada com o dobro de episódios. Jesse estava se autodestruindo na frente de todo mundo, ou seja, o fim do romancezinho maravilhoso entre Jane e Jesse estava próximo. Com Jesse fora da jogada, haveria taaaanto tempo no ar para preencher com as aventuras de Jane e Madison... ou ainda melhor, as aventuras de apenas Madison, saindo com caras, indo à academia, talvez até mesmo voltando a estudar. Ou encontrando um novo emprego fabuloso que ficasse bem diante das câmeras. As possibilidades eram infinitas.

O acerto com Veronica parecia promissor, também. Madison andara mandando e-mails religiosamente para a editora da *Gossip* com detalhes da vida amorosa infeliz de Jane: o almoço íntimo pós-briga no Teddy's com Braden, a reação não muito feliz de Jesse ao descobrir. A história tinha sido matéria de capa na semana anterior (para grande espanto de Jane... talvez a RP não fosse tão bambambã, afinal?).

E naquela noite, assim que Madison chegasse em casa, mandaria outro e-mail para Veronica sobre a derrocada de Jesse de limpo e sóbrio para bêbado e feio. Quantos drinques ele já tinha entornado na festa? Cinco ou seis? Não fosse pela intervenção daquela RP idiota, o número talvez tivesse saltado para a casa dos dois dígitos.

E, em troca, Veronica não teria escolha a não ser lhe dar um artigo enorme e proeminente. E quem sabe até mesmo uma capa.

— Hã, com licença, podemos tirar uma foto? — gritou alguém. Madison se virou e viu duas garotinhas, talvez de 13 anos, de pé na sala de estar toda branca. Elas haviam sacado dois celulares cor-de-rosa iguais das carteiras Kate Spade também iguais.

— Claro. — Madison parou, afofou o cabelo e estampou um sorriso no rosto.

As duas garotas tiraram a foto, rindo.

— Muito obrigada! — gritou uma delas.

— Nós amamos você! — acrescentou a outra.

Madison acenou enquanto se afastava, ainda sorrindo. Lá se iam os dias em que Jane era a única que os fãs notavam em público. As coisas obviamente haviam mudado em poucos meses. E continuariam a mudar, à medida que o rosto e o nome de Madison se tornassem cada vez mais proeminentes, e os de Jane sumissem na obscuridade. Um dia, as pessoas implorariam pelo autógrafo e pela foto de Madison e diriam: "Que Jane?" com expressões vazias e intrigadas.

Madison havia acabado de ver o banheiro de convidados quando notou um cara e uma garota se beijando perto de uma porta no fim do corredor. "Meu Deus, vão para um motel", pensou ela, embora talvez estivesse apenas brava porque não via Derek havia um tempo. Se ele não voltasse da viagem de negócios irritante logo, ela simplesmente teria de ligar para um dos outros namorados.

Foi o cabelo longo, ondulado e negro que a fez olhar duas vezes. Madison conteve a surpresa. A garota era Scarlett. E o cara era... Madison reconheceu-o sem sombra de dúvidas: um dos operadores de câmera da PopTV! Aquele da bandana, Liam.

Madison deslizou para dentro do banheiro antes que Scarlett ou Liam a vissem (embora eles parecessem ocupados demais para ver alguma coisa). Era quase bom demais para ser verdade. A PopTV tinha regras severas sobre relacionamentos entre a equipe técnica e os talentos.

"Ah, Scarlett", pensou Madison, sorrindo. "Vou fazer sua vida tão infeliz."

Aquela noite tinha acabado de passar de ótima para sensacional.

33

A VERDADE, TODA A VERDADE E NADA MAIS QUE A VERDADE

— Agendei entrevistas com a *Talk*, a *Life* e a *Style* — avisou Sam. — E provavelmente vou conseguir também com a *Gossip* e a *Star* até o fim do dia. Todo mundo quer falar com você sobre o programa ganhar uma segunda temporada. Está tudo indo bem!

Era terça à noite, e Sam havia passado no apartamento para lhe contar os últimos desdobramentos. Madison estava na aula de spinning com Gaby, por isso eram apenas Sam, Jane e Tucker, que estava ocupado mordendo o novo osso.

Jane enrolou um cacho de cabelo.

— *Gossip?* Preciso mesmo falar com eles?

— Sim. Sei o quanto os odeia por terem publicado aquelas fotos de você e Braden, e por todo o lixo que têm publicado sobre você e Jesse ultimamente. Mas o único jeito de fazê-los escrever coisas legais a seu respeito no futuro é sendo legal com eles. Eu sei que é horrível, mas é assim que funciona nesse ramo, querida.

— Ugh.

— Eu sei, eu sei. Não se preocupe; eu acompanho você na entrevista. Se o repórter sair muito do assunto e tentar emboscá-la com perguntas pessoais, eu assumo para que você não tenha de ser a megera.

— Ah, sério?

— Sim. É para isso que estou aqui: para ser a malvada da história de modo que você jamais precise ser. Sou basicamente a megera contratada.

Jane não pôde deixar de rir. Era tão bom finalmente se sentir em controle do circo da mídia que a rodeava. D. tinha razão: Sam era milagreira.

E o agente, R.J., idem. Ele estava em processo de negociação de um novo contrato para Jane para a segunda temporada, que, conforme prometera, seria bem melhor do que o pacote da primeira temporada. *Se* houvesse uma segunda temporada... para Jane. Ainda estava confusa quanto a continuar ou não no programa. O que era mais importante para ela: ter uma vida privada ou fabulosa? Ainda não sabia a resposta. E o relógio continuava andando. Nesse meio-tempo, a única obrigação de filmagens de Jane seria a festa do Dia dos Namorados no Tropicana, dali a menos de duas semanas. A festa seria apresentada em um dos episódios iniciais da segunda temporada.

Depois da festa no Tropicana, Jane e as garotas teriam três semanas de férias, e então as filmagens recomeçariam. Os episódios novos iriam ao ar na primavera.

Jane pegou a caneca com chá de ervas e bebeu um gole. Começara a beber toda noite um chá especial de camomila, valeriana e alguma outra coisa que comprou na loja de produtos naturais para tentar desestressar. Estava com muita dificuldade para dormir ultimamente.

— Entããão. Você acha que as pessoas esqueceram aquelas fotos minhas com Braden? E todo esse negócio entre mim e Jesse?

— Eu sei, eu sei. Precisamos manter a atenção do público focada nas coisas boas, como o fato de o programa ganhar mais uma temporada, a carreira maravilhosa, o apartamento novo maravilhoso e... ah, sim, o cachorro novo maravilhoso! Acho que vai haver em breve um desses eventos de cachorros de celebridades, a fim de levantar verba para promover a castração gratuita. — Sam sacou o BlackBerry da enorme bolsa Louis Vuitton e começou a teclar.

Tucker morava havia pouco mais de uma semana com Madison e Jane, e Jane adquirira o hábito de lhe comprar todos os dias um ou dois agradinhos novos. Havia ossos, bichos de pelúcia e bolinhas espalhados por todo o chão da sala.

— Você é demais — disse Jane para Sam, com sinceridade.

Sam olhou para ela.

— Só estou fazendo meu trabalho. Falando nisso... precisamos conversar sobre seu namorado. Querida, o que exatamente está acontecendo entre vocês?

— Como assim?

— Quer dizer, quão ruim a bebedeira está ficando? E você já ouviu falar numa garota chamada Amber?

Jane olhou para ela.

— Como você sabe sobre Amber?

— Cidade pequena, e é parte do meu trabalho saber essas coisas.

Jane desviou o olhar. Por que Sam precisava tocar nesse assunto? Já conversara com Jesse sobre isso e estava cansada de discutir a respeito. Na verdade, o assunto era completamente doloroso.

Tremendo, Jane estendeu a mão para pegar um xale branco e enrolá-lo ao redor dos ombros. Sentia-se um lixo. Esperava que não estivesse ficando doente.

— Jane, querida. — A voz de Sam era suave. — Você precisa me contar a verdade. Senão, como poderei ajudar você?

— Como assim, me ajudar? — exigiu saber Jane, meio surpresa com o tom áspero da própria voz. — Por que eu preciso de ajuda?

— Eu quis dizer quando os repórteres me ligarem para dar uma declaração após verem Jesse com alguma outra garota, ou por ele ter desmaiado no chão do Bar Marmont, ou por vocês dois estarem tendo um arranca-rabo por causa de Braden. Preciso saber o que dizer a eles. Meu trabalho é proteger você. E você precisa se lembrar de que nesse relacionamento com Jesse, você é cúmplice. Então, quando Jesse faz coisas ruins, *sua imagem* também se prejudica. Sei que não quer ouvir isso, mas é a verdade.

— Sam, o que você quer que eu diga? — soltou Jane. — Eu o amo. — Ela fez uma pausa. — Não há nada que eu possa fazer a respeito. Ele não é perfeito, mas eu o amo.

— Entendi — disse Sam, compreensiva. — O amor é uma merda, não?

— Você está pregando para o padre. — Jane sorriu com amargura.

— Tive uma namorada certa vez. Achei que era a pessoa da minha vida. No nosso aniversário de seis meses, comprei para ela um colar maravilhoso. Um dia percebi que ele havia sumido. Perguntei onde estava e ela me disse que houve um roubo no apartamento. No fim das contas, ela havia vendido o colar para comprar cocaína. E eu não fazia a menor ideia de que usava drogas.

— Que horrível!

— É. Quando se trata de pessoas, a gente nunca sabe, não é?

— É, mas essa coisa toda não é culpa de Jesse. É *minha* culpa. Ele era tão fofo comigo antes de eu o trair, e antes de Braden voltar para Los Angeles, e...

— Querida, você não é responsável pelo comportamento de Jesse — interrompeu Sam. — Estou nesse ramo há algum tempo e já andei por alguns dos mesmos círculos de Jesse. Ele simplesmente é assim. Era assim antes de você aparecer. Você não é de forma alguma responsável pelo comportamento dele. — Sam acrescentou: — Dito isso, preciso que você me conte qual é esse comportamento. A verdade, toda a verdade e nada mais que a **v**erdade. Senão, não posso fazer meu trabalho.

Jane tomou outro gole de chá. A verdade era que as coisas com Jesse vinham piorando cada vez mais nas duas últimas semanas, desde a festa da *Alt* no Teddy's. Ele em geral estava mais bêbado do que sóbrio. Jane tinha recebido várias ligações de Quentin no meio da noite pedindo que ela fosse apanhar Jesse no Les Deux, no Apple ou em algum dos outros clubes noturnos onde Quentin era promoter. Felizmente, Jesse considerava Quentin um amigo e gostava de ir aos clubes em que ele trabalhava. Senão, quem mais pegaria as chaves do carro de Jesse, o esconderia dos repórteres e mandaria um S.O.S. para Jane? D. às vezes estava presente quando Jesse tinha um dos "incidentes" e estava sempre a postos com um abraço compreensivo para Jane e um olhar que dizia: "Por que motivo na face da Terra você está com esse cara, meu docinho de coco?"

Quanto a Amber... Jane havia confrontado Jesse sobre ela, mas de algum modo ele conseguira inverter a situação para falar dela e de Braden. "É, bem, você está me dizendo que não posso sair para tomar um drinque com uma amiga?", vociferara ele. "Porque você pode sair com seus amigos, não é? Quer dizer, você saiu para almoçar com seu *amigo* Braden. Então por que não posso sair para tomar um drinque com a minha *amiga* Amber? Você é uma hipócrita de merda, sabia?" Depois dessa, tinha ficado impossível Jane discutir com ele.

Jesse não costumava falar assim com ela. E quanto mais bebia, mais bravo ficava. Porém a coisa tinha chegado a um ponto em que Jane estava cansada demais para brigar, para discutir as mesmas coisas sem parar. Então ela o deixava dizer aquelas coisas horríveis e doloridas para ela, sabendo que Jesse imploraria por perdão de manhã e prometeria nunca mais agir daquele jeito novamente. Uma promessa que ele sempre cumpria — até a bebedeira seguinte.

Mesmo assim Jane o amava, e, entre uma bebedeira e outra, eles eram felizes.

Mas algo com certeza precisava mudar. E Jane não conseguiria mais suportar outro escândalo de imprensa como aquele ao qual havia sobrevivido. Por pouco.

— Certo — disse ela por fim. — Quanto tempo você tem?

Sam sorriu.

— Para você, querida, tenho a noite inteira.

Jane começou a falar.

34

SAIA DA SORTE

Scarlett cantarolava sozinha enquanto revirava o armário, procurando a minissaia preta que tinha usado na festa de encerramento da temporada. Desde aquela noite, quando ela e Liam tinham feito as pazes, Scarlett a considerava como a saia da sorte. Queria usá-la naquela noite, porque Liam iria levá-la para seu restaurante chinês preferido em Chinatown. Ele disse que aprendera algumas frases em mandarim para poder conversar com os garçons na língua nativa deles e se mostrar para Scarlett, uma vez na vida.

"A vida é boa", pensou Scarlett. Ela e Liam estavam juntos de novo. Ele havia aceitado as desculpas dela na festa de encerramento e os dois tinham se visto praticamente todas as noites desde então. Era difícil até mesmo para Scarlett acreditar, mas pela primeira vez na vida estava namorando. Não ficando... não um caso de uma noite... mas um namoro de verdade. E não era mais ou menos. Na verdade, era sensacional.

Até mesmo na faculdade as coisas iam bem. Estava gostando das aulas, principalmente dos seminários de literatura, e estava escrevendo uma dissertação maravilhosa sobre *Madame Bovary* de Gustave Flaubert, que com certeza lhe valeria o Pulitzer de melhor dissertação universitária (se tal coisa existisse).

Agora ela só precisava consertar as coisas com Jane. Então tudo voltaria ao normal.

Scarlett se vestiu e até mesmo colocou um pouco do delineador violeta e do gloss labial cintilante que Gaby havia comprado para ela na Sephora (aquela garota sabia tudo de roupa e maquiagem; Scarlett precisava admitir). Olhou para o relógio: 19h15. Hum, Liam estava atrasado. Seria apenas o trânsito de sexta-feira?

E 19h20, 19h25. Por fim, a campainha tocou.

— Estou indo! — berrou Scarlett, colocando um par de anabelas fofas que tinha encontrado em uma das caixas de brindes de Jane.

Um instante depois, abriu a porta, imaginando se Liam iria implicar com ela por causa da roupa. Ou será que ele apenas lhe diria como estava linda e a tomaria nos braços, como havia feito na casa de praia em Malibu?

— Oi... — começou Scarlett, mas parou assim que viu a expressão no rosto de Liam. — O que foi?

Liam atirou uma revista amassada para ela.

— Isto acabou de sair hoje.

Scarlett recuou para deixá-lo entrar no apartamento. Liam passou direto por ela. Scarlett olhou para a revista que ele havia entregado. Era uma *Gossip*. A capa trazia uma foto daquela atriz loira, Anna Payne, vestindo um biquíni nada lisonjeiro e devorando um donut. A manchete de capa dizia:

O CHOCANTE GANHO DE PESO DE ANNA!

Scarlett franziu a testa, confusa.

— Não entendi.

— Abra na página 16. — A voz de Liam estava afiada de raiva.

— O que foi? Não é alguma foto idiota minha com aquele cara na festa da *Alt*, né? Porque eu já lhe disse, eu não fui para casa com ele, e...

— Apenas veja a página 16.

— Tá bom, tá bom. Ai... meu... *Deus*!

Ali, na página 16, estava uma foto dela e de Liam andando de mãos dadas na praia Venice. A manchete em negrito acima da foto dizia: ESTRELA DE *L.A. CANDY* SAI COM ASSISTENTE DE CÂMERA!

— Não acredito! — berrou Scarlett. — Nós tomamos tanto cuidado! Como eles...

— Obviamente não tomamos cuidado o bastante — interrompeu Liam. — Você contou a alguém sobre nós?

Os pensamentos de Scarlett voaram até Gaby. Mas ela não havia mencionado o nome de Liam para ela.

— Não. Por quê? Você contou?

— Não. Quer dizer, meus amigos conheceram você na festa de ano-novo. Mas nenhum deles sabe que estamos saindo desde então. E nenhum deles seria doente o bastante para nos dedurar para a imprensa.

— Como você sabe que alguém nos dedurou? Pode ter sido algum fotógrafo ao acaso que nos viu, certo? Fomos à praia anteontem.

— É, mas o artigo fala em uma "fonte próxima do casal". Você tem algum amigo assim?

Espantada, Scarlett deu uma lida rápida no artigo. Liam tinha razão. O repórter citava alguém dizendo que Scarlett e Liam estavam "se beijando" na festa de encerramento da temporada de *L.A. Candy* na segunda e que haviam deixado a casa em Malibu juntos.

"Mas que diabo...?" Scarlett vasculhou a mente pensando em quem poderia ter visto ela e Liam se beijando ali. Os dois tinham se esforçado ao máximo para encontrar um lugar reservado dentro da casa. *Que* fonte? Será que teria sido Gaby, no fim das contas?

— O que vamos fazer? — gemeu Scarlett.

— Como assim, o que vamos fazer? Se você está falando do meu emprego, tarde demais. Recebi um telefonema esta tarde de Trevor Lord em pessoa. Estou fora da equipe.

— Ele despediu você?

— É, me despediu.

— Ah, não! Sinto tanto. — Scarlett estendeu o braço para abraçá-lo, mas Liam recuou; obviamente não estava no clima para um abraço.

Scarlett cruzou os braços na frente do peito, sentindo-se boba porque obviamente não sabia do que ele precisava ou queria dela naquele momento.

— Talvez agora eu seja a próxima na lista dele. Eu também quebrei a regra idiota — murmurou ela.

— Você? Ele não vai despedir você. Você é boa para a audiência, agora que não fala mais com Jane.

— Que ótimo. Por que o que é bom para a audiência e o que é bom para mim são coisas completamente opostas? Parece meio incongruente.

— É, você está certa quanto a isso. — Liam se recostou contra a parede e esfregou os olhos.

— Acho que você provavelmente perdeu o apetite por bolinhos chineses, né? — perguntou ela.

— É. Desculpe.

— Tudo bem. Podemos ficar em casa se você quiser. Quer pedir algo aqui?

— Podemos deixar para outro dia? Acho que só quero ir para casa esfriar a cabeça.

— Hum, tudo bem. Mas você não está bravo comigo por causa disso, está?

— Não, Scarlett. Não estou bravo com você. Só estou bravo. Acabo de ser despedido, e *eu* não sou pago para ir a festas e fazer compras para um programa idiota, por isso *eu* vou ter que descobrir que diabos vou fazer.

— Ei. Entendo que você esteja nervoso, mas não pode descontar em mim. E, até hoje, você trabalhava nesse "programa idiota".

— Olha, desculpa. Estou só chateado, preciso ficar sozinho. Ligo amanhã. — Liam abriu a porta e começou a sair. Parou, entretanto, e beijou Scarlett na bochecha. — Não estou bravo com você — repetiu ele.

— Tudo bem. Não tem importância — respondeu ela com frieza.

Scarlett fechou a porta e viu o próprio reflexo no espelho do corredor. Era o fim da saia da sorte.

35

POR FAVOR, NÃO VÁ EMBORA

Jane olhou para o relógio no DVD: 3h22. Embaixo, a imagem na TV estava congelada num quadro do último episódio da temporada de *L.A. Candy*, no qual ela e Jesse estavam se olhando sentados numa mesa do Beso. Aquela tinha sido a noite — fazia realmente apenas um mês? — em que eles fizeram as pazes, depois de todas aquelas coisas terríveis. Jane não sabia muito bem por que estava assistindo àquele episódio naquela noite. Lembrou-se de como tinha sido maravilhosa a sensação de acreditar que tudo de ruim entre os dois havia ficado para trás. Mas a sensação não durou muito. Ela estava tentando entender como tudo dera tão errado entre eles. De novo.

Como se analisar a cena belamente iluminada e cuidadosamente editada por Trevor pudesse ajudá-la a entender a realidade complexa e sombria do relacionamento dela com Jesse.

"Onde diabos ele está?", perguntou-se Jane, checando o celular de novo. Nenhuma chamada perdida. Nenhuma mensagem. Jesse havia prometido ir até o apartamento dela depois que parasse no Hyde para tomar um drinque com uns amigos. Ele deveria ter chegado horas atrás. Jane sabia que as boates fechavam às 2 horas da manhã. Os números azuis cintilaram: 3h23.

Madison tinha saído; dissera algo a respeito de algum gato. Então em casa estavam só Jane e Tucker, aninhado no tapete em frente à TV, as patinhas abraçando o novo coelhinho de pelúcia (Jane precisava parar de comprar brinquedos de cachorro).

Jane pegou o celular de novo. Relutante, começou a discar. Um toque, dois...

— Alô?

— Oi, é Jane. Desculpe por estar ligando tão tarde. É que eu só...

— Estou com ele, Jane — disse Quentin antes que ela pudesse terminar. — Estava prestes a ligar para você.

Jane esfregou a testa. Não tinha certeza se estava aliviada ou muito, muito brava com Jesse. De qualquer forma, estava grata a Quentin, a quem Jane havia passado a considerar um bom amigo. Não um bom amigo com quem ela saísse, mas um bom amigo que cuidava dela ao cuidar do namorado sempre que ele estava... bem, precisando de ajuda.

— Obrigada. Onde vocês estão? Preciso ir aí buscá-lo? — Ela estava de moletom, mas só levaria um minuto para se trocar.

— Eu o trouxe para minha casa — respondeu Quentin. — É uma longa história. Ele está bem. Por que não vai dormir, meu amor, e eu o levo amanhã de manhã até sua casa? Está muito tarde para você vir aqui.

— Eu deveria ir aí buscá-lo — insistiu Jane.

— Jane, está tarde. Vá dormir. Eu peço para ele ligar para você assim que acordar.

Jane hesitou.

— Está bem. Quentin, muito obrigada. Desculpe por ele ter sido um incômodo hoje.

— Incômodo nenhum... Bem, não mais do que o normal. Deixe-o dormir para passar a bebedeira e vocês dois conversam amanhã de manhã.

— Certo, obrigada.

Jane desligou. A frequência daqueles telefonemas entre ela e Quentin havia aumentado nas últimas duas semanas. E os incidentes vinham ficando cada vez mais feios. Há poucas noites, Quentin ligou para Jane porque Jesse havia caído da escada e cortado o rosto enquanto fumava um cigarro do lado de fora do Teddy's. Ainda havia sangue no banco de trás do carro de Jane, onde Jesse apagara a caminho de casa.

Jane se inclinou para a frente no sofá e colocou a cabeça entre as mãos. O que iria fazer? Estava tão infeliz. Quando Jesse estava sóbrio, era o cara mais doce do mundo. Ontem mesmo ele a havia surpreendido com uma linda pulseira de prata com um pingente. Ela a olhou nesse momento, e para o pingente de coração onde estavam gravadas as palavras JESSE + JANE PARA SEMPRE. Mas, quando ele estava bêbado, era completamente cruel. Jane estava sempre tensa, sem saber qual Jesse entraria pela porta: o sóbrio ou o ébrio?

Jane não saíra em público com ele desde a festa de encerramento da temporada na segunda-feira anterior. Não tinha certeza se gostaria de sair com Jesse em público novamente. Não queria arriscar se mostrar diante de todos com o Jesse ébrio, principalmente por causa das brigas. Os paparazzi estavam sempre atrás dela agora. Não conseguiria escapar com ele pelas portas dos fundos das boates ou acobertá-lo para sempre. Àquela altura, nem mesmo Sam, a assessora de comunicação milagreira, poderia impedir a verdade de vazar.

Pelo menos agora Sam sabia da história toda — assim como Hannah, com quem Jane conversava às vezes tarde da noite sobre Jesse. Desde a confissão de Hannah, a amizade entre as duas se tornara muito mais real. Ela desejava poder conversar com Braden, mas não tinha certeza de como as coisas estavam entre os dois, e não queria complicar a situação ainda mais agora. Não falava com ele desde a noite em que Braden a havia buscado na rua, embora ele tivesse lhe mandado umas duas mensagens querendo saber se ela estava bem.

Quanto a Scar... o que mais *desejava* era poder falar com ela. Antes, as duas compartilhavam tudo, mas desde que Jane se mudara, mal tinham trocado duas palavras. Com tudo o que estava acontecendo, sentia muita falta da velha amiga.

— Meu Deus, como a minha vida foi virar essa confusão? — gemeu Jane para Tucker. Ele a olhou com os grandes olhos castanhos e balançou a cauda. Pelo menos *ele* a apoiava.

Jane devia ter adormecido no sofá, porque o relógio do DVD marcava 4h02 quando ela ouviu alguém forçando a maçaneta da porta de entrada. Tucker disparou para a porta e começou a latir.

— Madison? — chamou Jane, grogue. — Você esqueceu as chaves?

Bam, bam, bam.

— Jane! Abra a porta!

Jane se sentou na hora. Era Jesse! Que diabo ele estava fazendo ali? Devia estar na casa de Quentin, dormindo. Será que havia convencido Quentin a levá-lo até ali, no fim das contas?

Jane se levantou com um salto e correu até a porta, abrindo-a depressa enquanto tentava conter Tucker, cujos latidos provavelmente haviam acordado o prédio inteiro.

Jesse estava ali, com a camisa para fora da calça. Fedia a vodca e cigarro.

— Merda, por que demorou tanto? — disse ele de modo áspero.

— Achei que você estivesse na casa de Quentin.

Jesse apenas a olhou com desprezo e entrou cambaleando no apartamento, indo direto para o sofá. Ele se deitou ainda de sapatos e fechou os olhos. Tucker o seguiu e lambeu-lhe a mão, ganindo. Jesse o empurrou para longe.

Jane suspirou. Aquilo estava ficando tão batido. Ela foi até o sofá e tirou os sapatos de Jesse. Depois esvaziou os bolsos dele. Do primeiro, ela puxou um maço de cigarros, um isqueiro, o celular e um guardanapo onde se lia *Cheryl gostosa 310-555-1089*. Jane balançou a cabeça e amassou o guardanapo. Depois enfiou a mão no outro bolso e sacou um prendedor de cédulas da Mont Blanc e um molho de chaves.

Não eram as chaves dele.

— O que você está fazendo? — Jesse a encarou com os olhos injetados e semiabertos enquanto ela tentava identificar as iniciais no chaveiro.

— Jesse, de quem são estas chaves?

— Minhas.

— Não, Jesse, estas chaves não são suas. São chaves de uma BMW. De quem?

— Como é que eu vou saber, merda? — Jesse virou de lado, voltando as costas para ela.

— Jesse! Como... você... arrumou... estas... chaves? — Quando ele estava bêbado daquele jeito, Jane tinha de falar devagar e pacientemente, como se estivesse falando com uma criança.

— Meu Deus! — explodiu Jesse. — Você é tão irritante! São de Quentin! Eu as peguei enquanto ele estava dormindo! Agora me deixe em paz!

— Você dirigiu o carro de Quentin até aqui? — Jane perguntou baixinho. A ideia de Jesse dirigindo até o apartamento dela naquele estado era aterrorizante. Ele poderia ter se matado. Pior, poderia ter matado alguém.

Jesse se sentou e olhou mal-humorado para ela.

— Aaaaah, dane-se — murmurou. Levantou-se, arrancou as chaves da mão dela e cambaleou até a porta.

— Jesse, aonde você vai?

Ele continuou andando, sem ter a mínima ideia de que estava sem sapatos. Abriu a porta. Jane correu e rapidamente a fechou, se colocando entre a porta e o namorado.

— Jesse, me dê essas chaves. Você não pode dirigir agora. Está bêbado demais — disse ela com firmeza.

— Saia da frente! — exclamou Jesse enquanto estendia mais uma vez a mão para a maçaneta.

Jane empurrou a mão dele e fechou a tranca.

— Jesse, vamos para a cama, OK? Você precisa dormir — implorou ela.

— Não quero dormir com você. Você é irritante demais. Saia da frente!

— Não! — Jane pressionou as costas contra a porta. O coração estava disparado. Não podia deixá-lo ir embora. Ele mal conseguia se aguentar em pé, que dirá dirigir um veículo.

— Mas que droga, Jane! — Os olhos dele cintilaram com ódio puro e frio.

— Por favor, não vá embora — implorou Jane, e percebeu que estava chorando. Estava com medo dele. Sempre ficava com medo de Jesse quando ele ficava assim, mas sentia ainda mais medo de deixá-lo sair e se enfiar atrás de um volante.

— Mas que droga! — Jesse agarrou os ombros dela e a puxou para longe da porta. Ele era muito forte, muito mais do que ela. Tucker mordeu os tornozelos de Jesse e latiu, agitado com a confusão.

Soluçando, Jane se atirou de novo contra a porta.

— Por favor, Jesse, por favor, fique aqui. Você não precisa dormir comigo. Eu durmo no quarto de Madison. Por favor, desculpa. — Sabia que estava murmurando quase que incoerentemente; mal conseguia entender o que ela mesma dizia, de tanto que chorava. Mas precisava impedi-lo.

— *Saia da frente!* — berrou Jesse. Jane mergulhou para trás, apertando as costas contra a porta com toda a força que tinha. Nesse ponto, Jesse agarrou os ombros dela de novo e a empurrou para longe, com força. Jane caiu no chão e machucou a lateral do corpo. Ficou tão espantada que mal conseguiu respirar.

Jesse nem sequer olhou para trás ao sair, batendo a porta atrás de si.

36

NÃO SEI O QUE EU FARIA SEM VOCÊ

Madison bocejou enquanto tateava dentro da bolsa-carteira rosa e dourada da Prada em busca das chaves. Eram quase 5 horas da manhã; ela mal podia esperar para entrar, tirar o vestido rosa de alcinhas e deitar na cama.

    Tinha sido uma noite longa, mas valera totalmente a pena. Derek havia conseguido escapar por algumas horas a pretexto de entreter uns clientes figurões de Tóquio que gostavam de curtir a noite. Eles arrumaram uma suíte no Beverly Hills Hotel, com garrafa de champanhe e um serviço de quarto sensacional. Quase tinha compensado a briga que tiveram ao telefone na semana anterior por causa do vira-lata de Jane, que já havia destruído duas das cadeiras preferidas de Derek (sem falar em diversos dos sapatos preferidos de Madison). Claro, Madison adoraria levar aquele animal de volta ao abrigo, mas não podia fazer Jane se livrar dele. Não ainda. Tudo estava funcionando. Já percebera mais tempo para si no último episódio da temporada, o que, Madison sabia, significaria mais tempo para si na segunda temporada depois que começassem a transmitir os episódios sobre Jane no novo apartamento. Ou seja, Madison ainda precisava manter aquela garota feliz.

Madison também precisava manter Derek feliz para continuar a usufruir dos benefícios da generosidade e da linha de crédito ilimitada dele (sem falar do condomínio fabuloso em Cabo). Senão, onde iria morar? Claro, sempre haveria outros Dereks por aí. Ela sabia, porque ele não era o primeiro. Nem seria o último.

O único ponto negativo daquela noite que de outra maneira teria sido perfeita fora uma mensagem de texto misteriosa que Madison recebera no hotel, enquanto Derek estava no banho. Alguém com um número não identificado escreveu: VC NAO PODE ENGANAR AS PESSOAS PARA SEMPRE. SEU TEMPO ESTAH ACABANDO.

"Que porra é essa?" Tinha de ser um engano, embora aquilo a fizesse lembrar da mensagem que recebera quando ela e Jane estavam na clínica de estética: ESTOU ASSISTINDO VOCÊ NA TV E SEI QUEM VOCÊ REALMENTE É. Obviamente havia um monte de gente doente por aí com tempo demais para gastar.

Madison afirmou para si mesma mais uma vez que não havia como alguém saber. Mesmo assim, era assustador. Ela obrigou os pensamentos a voltarem para coisas felizes, tipo o par de brincos de safira cor-de-rosa que Derek havia lhe dado naquela noite como presente adiantado de Dia dos Namorados. Diamantes cor-de-rosa teriam sido melhores, mas ela não podia reclamar.

Madison abriu a porta silenciosamente para não acordar Jane ou Tucker. Parou ao ver Jane deitada no sofá.

A garota se remexeu.

— Madison?

Madison andou até o sofá e se sentou perto de Jane, que estava aninhada em posição fetal, o rosto coberto de lágrimas.

— Está tudo bem? O que aconteceu? — perguntou Madison.

— Estou bem — disse Jane, não muito convincente.

— Você *não* está bem. O que aconteceu?

— Jesse. Ele... — Jane começou a chorar. — Ele estava tão bêbado, e eu tentei impedi-lo de dirigir para casa, mas ele não quis nem saber, e...

— Vocês dois brigaram? O que aconteceu? Querida, se acalme; não consigo entender o que fala quando está chorando.

Mas Jane não conseguia parar de chorar. Madison a abraçou. Jane apenas chorou mais, por isso Madison a abraçou com mais força.

— Aaaai. — Jane tocou a lateral do corpo.

— O que foi? O que está doendo?

— Nada.

Madison franziu a testa.

— Venha, querida. Vamos colocar você na cama.

Madison ajudou Jane a se levantar e conduziu-a devagar até o quarto. Ela sabia que Jane e Jesse andavam brigando muito ultimamente. Conseguia ouvir as discussões abafadas pela parede. Mas nunca tinha visto Jane tão chateada daquele jeito.

Jane se deitou na cama e puxou as cobertas até o queixo. O cachorro pulou e se aninhou aos pés dela, desanimado. Parecia saber que algo não estava bem.

— Quer que eu lhe traga alguma coisa? — perguntou Madison.

— Sim, meu celular. Acho que está na mesa de centro.

— Para quem você vai ligar? São, tipo, 5 horas da manhã.

— Só preciso enviar uma mensagem. Por favor, Madison? É importante. Antes que eu mude de ideia.

— Tudo bem, tudo bem.

Madison se apressou até a sala e pegou o celular, que encontrou no chão perto de um par de sapatos pretos masculinos. ("Que porra é essa?") Notou que a TV estava pausada, congelada numa imagem de Jesse e Jane no Beso. ("Mais uma vez, que porra é essa?") Desligou a televisão e levou o celular para Jane.

Jane o pegou da mão dela e começou a digitar.

— Eu devia ter feito isso há muito tempo — sussurrou para si mesma.

— Feito o quê, querida?

Jane ergueu a tela para Madison. A mensagem dizia:

JESSE: ACABOU. DESTA VEZ EH SERIO. NUNCA MAIS QUERO VER VC NEM FALAR C VC DE NOVO.

— Bom para você — disse Madison, abraçando-a. E ficou surpresa ao perceber que estava sendo sincera, não apenas porque estivera tramando há séculos para que Jesse e Jane terminassem, mas porque Jane não merecia ser tratada daquela maneira. Madison queria tomar o lugar de Jane no programa, claro, mas não queria ver o espírito de Jane ser atropelado por um trem bêbado descarrilado como Jesse.

Tinha visto mulheres demais passarem por merdas como aquela. Inclusive a própria mãe.

Jane apertou "enviar", depois afundou exausta nos travesseiros.

— Estou tão cansada — murmurou ela. — Madison, você fica comigo? Não quero ficar sozinha agora.

— Claro, querida. — Madison tirou as sandálias douradas Miu Miu e entrou na cama ao lado de Jane.

— Obrigada — sussurrou Jane.

— Pelo quê?

— Por ser uma amiga tão boa. Não sei o que eu faria sem você.

Madison respirou fundo, tentando descobrir o que responder. "De nada? Você é uma boa amiga, também? Desculpe por tentar destruir sua carreira na TV e a sua imagem — não é nada pessoal?"

Mas não precisou se preocupar com isso, porque Jane já havia caído no sono. Madison fechou os olhos, tentando dormir também. Mas estava com a mente agitada e confusa demais. Tanta coisa estava acontecendo tão rápido; sentia-se sobrecarregada.

O cachorro deu um suspiro. Madison sorriu de leve, imaginando como alguém de fora os veria: ela, Jane e o animal, todos enfiados na cama de Jane, com os primeiros raios do nascer do sol de Los Angeles entrando pelas cortinas.

— Então, o que você tem para mim? — perguntou Veronica Bliss, satisfeita. Andava muito mais simpática com Madison desde que recebera dela a informação sobre Scarlett e o operador de câmera. *Quando alguém acaba demitido*, dissera ela depois que a matéria saíra, *a gente sabe que a dica foi boa. Continue dando boas dicas, Madison.*

Madison se mexeu na cadeira. A editora da *Gossip* estava sentada à mesa, folheando pilhas do que pareciam fotos escandalosas de uma morena familiar. Aquela modelo de lingeries? Aquela atriz que interpretou a irmã caçula em *Magnetismo animal*? Madison sentiu pena dela, seja lá quem fosse.

— Não sinta pena dela — disse Veronica, como se tivesse lido a mente de Madison. — Foi a própria que vazou essas para nós. A carreira dela precisava de um incentivo. Então.
— Veronica cruzou os braços e encarou Madison, cheia de expectativa. — O que está acontecendo com Jane Roberts esses dias?

Madison hesitou. Havia tanto a dizer, principalmente depois da noite anterior. Jane havia lhe contado todos os detalhes de manhã, enquanto as duas tomavam um café da manhã tardio. Porém, não conseguia tirar a imagem de Jane da cabeça, aninhada contra o ombro de Madison e sussurrando: "Obrigada por ser uma amiga tão boa. Não sei o que eu faria sem você."

"Merda!" Estava amolecendo. Coisa que não poderia se dar ao luxo de fazer, agora que tinha esse acerto benéfico com Veronica. Ela até mesmo tinha feito o requisitado, publicando na edição anterior uma página inteira sobre as previsões de Madison para a segunda temporada (a mesma edição que levara à tona o namorico de Scarlett). Madison merecia ser a estrela de *L.A. Candy*, e estava quase chegando lá. Ela quase podia sentir o gostinho.

Ou seja, Jane precisava sair da jogada. Não podia haver *duas* estrelas no programa. Além do mais, Jane nem sequer apreciava o que tinha.

— E então? — Os olhos de Veronica brilharam impacientemente para ela.

Madison desviou o olhar.

— Bem. Acho que Jane e Jesse terminaram ontem à noite.

— Você *acha* que eles terminaram?

— Eles terminaram.

— Onde? Quando? Havia outra garota envolvida? Ou outro rapaz? Braden entrou em cena de novo? Preciso de detalhes.

— Eu... não tenho os detalhes ainda, estou trabalhando nisso.

— Bom, se apresse! Vou deixar em aberto a capa desta semana. O prazo final termina amanhã no fim do dia. Posso contar com você?

— Sim.

— Ótimo. Amanhã, às 17 horas, estarei esperando mais notícias.

Enquanto Madison saía do escritório de Veronica, notou o assistente da mulher encarando-a. Aquele cara era tão estranho. Mas ela estava preocupada demais para parar e perguntar qual diabos era o problema dele. Madison tinha os próprios problemas (tipo: o que iria contar a Veronica no dia seguinte, às 17 horas?).

37

O AMOR É CRAZY

Jane correu os olhos pelo pátio do Tropicana Bar, repassando a lista mental de coisas a fazer. Pétalas de rosa na piscina. Feito. Almofadas vermelhas nas cadeiras. Feito. Coolers vintage cheios de latas da mais recente bebida energética da Crazy Girl, o Psycho Remix. Feito. *Step-and-repeat* com o logo da Crazy Girl. Feito. Sacolas de suvenires da Crazy Girl. Feito. Naomi estava organizando-as na mesa perto da entrada. Equipamento do DJ. Feito. DJ... Ô-ô! Onde estava o DJ?

Jane torceu o fone no ouvido direito e puxou o longo fio que o ligava a um walkie-talkie. Esse equipamento extra não combinava muito bem com a saia preta de cintura alta e a blusa de seda vermelha, mas Fiona havia determinado que fosse um acessório obrigatório durante a noite inteira, para que Jane e Hannah pudessem estar em contato o tempo todo. Jane também estava usando toda a parafernália de microfonia para as câmeras da PopTV (havia quatro câmeras naquela noite), o que criava um volume infeliz embaixo da saia justa. Ela não tinha conseguido prendê-lo ao sutiã porque o decote de trás da blusa era baixo demais.

Jane ligou o rádio.

— Hannah? Você está aí? Temos um problema.

— O que foi? — A voz de Hannah ressoou em resposta. Jane estremeceu com o volume e retorceu um controle no headset para abaixá-lo.

— Onde você está neste instante? — perguntou Jane.

— Na porta. As pessoas estão começando a chegar, e houve uma confusão com a lista de convidados.

— Confusão? Que confusão? — inquiriu Jane.

— Não se preocupe. Gaby está aqui comigo e está ao telefone acertando as coisas com a chefe dela na Ruby Slipper. Então, o que está acontecendo?

— Cadê o DJ?

— Ele ainda não chegou?

— Não o vi. Alguém ligou para ele?

— Não que eu saiba. Tenho o número dele e... Escute, Isaac está aqui; vou encarregá-lo disso.

Isaac era um dos estagiários na Fiona Chen Eventos.

— Certo, perfeito. Pode pedir que ele ligue agora para o DJ e me avise assim que o encontrarem?

— Aham. Pode deixar.

— Ótimo. Obrigada.

— Ei, Jane? Mais uma coisa. Tem uma garota aqui dizendo ser sua amiga, mas não está na lista. Ela se chama, hã, Fabiana. Está com três... não, quatro garotas. — Ao fundo, Jane ouviu risadas e alguém gritando: "E aí, amiga!"

— Fabiana? Não conheço nenhuma Fabiana.

— Foi o que eu pensei, obrigada.

Jane desligou e estava prestes a ver os *hors d'oeuvres* quando alguém lhe deu um tapinha no ombro. Era Madison, estonteante e quase pornográfica num minivestido magenta que era praticamente transparente.

— Aimeudeus, a sua mãe sabe que você está vestindo isso? — disse Jane, abraçando-a.

Madison sorriu.

— Acho que vou ficar de castigo, né?

— É, nada de televisão por uma semana — riu Jane.

— Este lugar está lindo. Vocês fizeram um ótimo trabalho.

— Obrigada. Não sei. Houve um problema com a lista de convidados, e não conseguimos localizar o DJ, e...

Madison apertou o braço dela.

— Sem estresse. Vai ser uma noite sensacional.

— Sim. É que é meu primeiro trabalho para Fiona, sabe? E ando meio distraída ultimamente...

Uma garçonete se aproximou carregando uma bandeja de Cosmopolitans cor-de-rosa tipo frozen. Usava o uniforme que Jane havia criado para todas as garçonetes: uma frente única e shorts curtos com as palavras CRAZY GIRL estampadas no bumbum.

— Aceita um coquetel? — ofereceu ela.

Madison apanhou uma taça da bandeja.

— Lógico.

Jane recusou. Precisava se manter focada.

— Você gostou dos convites? — perguntou a Madison.
— Gaby ajudou a inventar a frase tema, "O amor é Crazy". Ela é supercriativa.

— É, bem, o amor realmente é *crazy*. — Madison tomou um gole do Cosmo. — Falando nisso... Ele não vem hoje, né?

Jane nem precisou perguntar a Madison de quem estava falando.

— Não sei. Estava na lista de convidados. Mandamos os convites há um tempinho.

— Bom, se ele mostra a cara infeliz por aqui, mande-o para mim. Eu cuido dele — disse Madison.

— Obrigada.

Jane não via nem falava com Jesse desde aquela noite horrorosa no fim de semana anterior. Ele havia enchido a caixa postal dela com recados, pedindo desculpas e dizendo que a amava... mas ela os ignorara, e no fim começou a apagá-los sem sequer ouvi-los. Na manhã da festa, recebera três dúzias de rosas vermelhas, enviadas de um dos floristas mais exclusivos de Los Angeles. Será que ele achava realmente que flores compensariam o modo como a tratara? Jane as dera à senhora que morava no andar de baixo.

— Ei, aquele ali no bar não é Jared Walsh? — perguntou Madison, espiando para a piscina. — Acho que vou lá ver o que ele acha do meu vestido.

— Hã, Madison? Acho que ele é casado.

— Bom, acho que isso não importa muito no caso dele. Me deseje sorte.

Jane riu.

Às 21 horas, a festa estava ficando lotada. O DJ por fim tinha chegado — o carro dele quebrara na via expressa Santa Mônica — e estava mandando ver com uma mixagem perfeitamente selecionada de canções românticas antigas e recentes. Jane estava estressada e corria de um lado para o outro. Havia muitos detalhes para cuidar (tipo ver se o fotógrafo contratado estava tirando fotos suficientes com o produto sem incomodar nenhum dos convidados) e uns dois incêndios para apagar (eles haviam colocado na mesma mesa duas estrelinhas/melhores amigas, mas acontece que naquela semana elas não estavam se falando). Porém, estava nas nuvens também, e Fiona até mesmo tinha se aproximado de Jane e dito: "As coisas parecem estar em ordem". O que, para Fiona, era um elogio e tanto.

Jane identificou diversos rostos conhecidos no meio da multidão, incluindo R.J., Sam e Quentin (que havia lhe dado um sorriso simpático). Scar chegara mais cedo com várias garotas que Jane não reconheceu — seriam alunas da USC? Jane quisera falar com ela desde a publicação da matéria na *Gossip* sobre Scar e um dos operadores de câmera na semana passada. Jane não fazia ideia de que Scar estivesse namorando alguém, muito menos Liam, que parecia um cara legal e definitivamente era um fofo. Acontece que Scar não namorava. Claro, conhecendo a *Gossip*, a história havia sido modificada para fazer *parecer* que Scar e Liam estavam namorando, quando provavelmente aquilo era só um caso.

Ou quem sabe Scar tivesse mudado e não contara a Jane. As duas não andavam muito confidentes nos últimos tempos. Por mais frustrada que Jane estivesse diante da negatividade de Scarlett, ela sentia falta da amiga. Madison era ótima, mas jamais poderia ser sua *melhor* amiga; não como Scar.

— Jane.

Jane congelou ao ouvir o som daquela voz familiar atrás de si. Então, no fim das contas, ele aparecera.

Ele beijou-a na nuca.

— Você recebeu as flores que mandei?

Jane estremeceu e se virou. Jesse parecia estiloso naquele terno Armani preto, camisa branca e gravata vermelha fina. Também parecia intoxicado. Jane não ficou surpresa. Ela conhecia os sinais muito bem: os olhos cansados, sem foco... a fala enrolada... as bochechas vermelhas. Sem falar no sorrisinho idiota e no cheiro não tão sutil de uísque e... meu Deus, ele estava cheirando a maconha, também? "Que ótimo, Jesse", pensou ela, enojada.

Viu que Jesse não estava usando microfone. Devia ter passado sem ser visto por Dana e Trevor (que dissera que compareceria naquela noite). Os dois não tinham ficado exatamente felizes com a decisão dela de romper com Jesse por mensagem de texto... no meio da noite... longe das câmeras. Trevor disse que entendia que Jane estava chateada, mas que teriam de "inventar algo" mais tarde. Jane não tinha muita certeza do que ele quisera dizer com isso, mas concordou, só para que Trevor se calasse.

Jane correu os olhos pela multidão, procurando por Trevor e Dana. Imaginou que eles procurariam Jesse para colocar microfones nele, embora não soubesse se alguma parte do material seria de utilidade, porque os episódios editados jamais mostravam Jesse doidão. Afinal, supostamente ele era o cara perfeito com quem toda adolescente sonhava em ficar.

— Estou trabalhando, Jesse. — Jane se virou para ir embora.

Jesse agarrou o braço dela. Jane se soltou.

— Eu disse que estou *trabalhando* — repetiu ela, irritada.

— Qualéopobema? Num me ama mais? — Ele cambaleou, tentou segurar o ar e depois as costas da cadeira de uma mulher. A mulher se virou e olhou feio para ele.

"Por que eu achei que poderia mudá-lo?", perguntou Jane a si mesma. As amigas tinham razão a respeito dele. Era dolorido admitir isso, mas ao mesmo tempo ela se sentia tão livre. Como se não tivesse mais de continuar aquela dança solitária e disfuncional com ele. O amor era mesmo maluco, *crazy*. Mas devia ser do tipo de loucura boa, e não ruim.

Para Jane aquela conversa com Jesse estava encerrada — de vez. Ela lhe deu um sorriso falso e foi embora. Ouviu-o gritar seu nome, seguido do barulho alto de algo quebrando.

— Por favor, arrume alguém para limpar aquilo — falou ela para uma garçonete que passava, sem nem olhar para trás.

— Jane! Pssst, Miss Jane!

"Ai, meu Deus, e agora o quê?" Jane olhou ao redor e viu Diego acenando para ela de trás de uma palmeira. Será que ele estava mesmo... se escondendo?

— Oi, D.! — Jane foi até ele e lhe deu um enorme abraço. Era bom ver um rosto amigo, principalmente depois do encontro com Jesse. — Como andam as coisas? Você acabou de chegar? Por que está se escondendo?

— Estou me escondendo porque... Aimeudeus, adorei seus Loubs! São novos?

— São, obrigada. Então, o que está acontecendo?

D. puxou Jane para trás da palmeira.

— Ela não pode me ver — sussurrou ele.

— Quem?

D. apontou para o microfone de Jane, gesticulando que deveriam falar baixo para não serem captados. Jane assentiu para indicar que entendia. Ela se inclinou mais para perto e começou a esfregar o polegar para frente e para trás por cima do microfone. Era um truque que ela e Madison haviam criado recentemente. Dessa forma, o microfone só captaria um som de chiado alto.

— De quem você está se escondendo? — sussurrou Jane.

— Da pessoa que deu aquelas fotos suas para Veronica — sussurrou D. em resposta.

Jane ficou boquiaberta.

— Do que você está falando? — balbuciou ela.

D. enfiou a mão no bolso do paletó de smoking com estampa de oncinha e tirou de lá várias folhas de papel, dobradas quatro vezes.

— Sinto tanto, querida. Encontrei estes e-mails no computador de Veronica há, sei lá, uma hora. Comecei a procurar quando a vi no escritório de Veronica hoje.

— Viu quem? — Jane pegou as folhas impressas da mão dele, relutante, porque não tinha certeza se desejava lê-las. Havia se convencido há muito tempo de que as fotos tinham sido tiradas por algum fotógrafo anônimo de tabloide. Não podia imaginar, nem naquela época nem agora, que alguém que ela conhecia poderia estar envolvido.

— Sei que é difícil, amor — disse D. baixinho. — Mas você não quer a verdade?

"Não!", pensou Jane.

Por outro lado, talvez fosse hora de parar de varrer as coisas para debaixo do tapete. Ela havia encarado a verdade sobre Jesse. Deveria encarar a verdade sobre aquilo, também.

Respirou fundo, depois desdobrou as páginas uma por uma. E começou a ler.

PARA: VERONICA BLISS
DE: MADISON PARKER
ASSUNTO: QUE PORRA É ESSA???

Você prometeu que se eu conseguisse fotos de Jane publicaria um artigo sobre mim. Você chama as minúsculas menções aos rituais de beleza da "amiga e confidente de Jane Roberts" um artigo sobre mim??? NÓS TÍNHAMOS UM ACORDO.

Madison? Jane tapou a boca com a mão para não gritar. Não podia ser. Tinha de ser uma brincadeira. D. estava inventando aquilo. *Alguém* estava inventando aquilo. Madison era uma de suas melhores amigas e jamais faria algo assim com Jane. Na verdade, fora Madison quem a ajudara a passar por tudo depois que a matéria saiu.

D. apertou a mão dela.

— Eu sei. Você não consegue acreditar, não é? Eu também não, no começo. Continue lendo.

Ela continuou.

PARA: MADISON PARKER
DE: VERONICA BLISS
ASSUNTO: RES: QUE PORRA É ESSA???

Aquele foi seu artigo. Se quiser outro, precisa me dar mais informações urgentemente. O que Jane está aprontando? Está saindo com alguém novo?

PARA: VERONICA BLISS
DE: MADISON PARKER
ASSUNTO: RES: RES: QUE PORRA É ESSA?

Nada novo em relação à Jane no momento. Ela voltou ao trabalho e não está saindo com ninguém, que eu saiba.

PARA: MADISON PARKER
DE: VERONICA BLISS
ASSUNTO: RES: RES: RES: QUE PORRA É ESSA?

Para sua informação, "nada novo", "voltou ao trabalho" e "não está saindo com ninguém" não é notícia. Você não vai conseguir nada com isso.

Havia mais um e-mail, também, datado de dezembro, em que Madison enviara o endereço de Cabo para Veronica, acrescentando: "Seu fotógrafo vai conseguir nos encontrar na praia ou então na varanda do nosso apartamento". Os pensamentos de Jane voltaram até o fotógrafo que tinha emboscado as duas no último dia. Então foi assim que ele as encontrou. Agora tudo fazia sentido.

Havia outros e-mails mais recentes sobre ela e Jesse — e Braden, também. E havia um datado de somente quatro dias antes, no qual Madison informava a Veronica que não havia conseguido os detalhes de que ela precisava, no fim das contas. Os detalhes sobre o quê? Mas não importa.

Jane tinha lido o bastante.

38

BFPE

Madison apertou o botão da cobertura ao entrar no elevador e tirou, cansada, os *stilettos* Manolo. Estava de mau humor, em grande parte porque era Dia dos Namorados e ela estava voltando sozinha para casa. O problema, claro, eram as esposas. Derek havia levado a dele para Palm Springs para passar o fim de semana. E a de Jared Walsh havia aparecido segundos depois de Madison tê-lo convencido a escapar junto com ela para tomarem um drinque íntimo. Isso sim era uma oportunidade perdida: uma foto de Madison saindo de fininho com ele pelos fundos do Tropicana teria feito maravilhas para a carreira dela. Mas tudo bem, as pessoas nem sempre gostavam muito da "outra". Havia jeitos melhores de conseguir publicidade.

Madison dissera a si mesma que tinha dúzias de pessoas para quem ligar naquela noite, se o que ela quisesse fosse um corpo quente. Mas não era verdade. Pela primeira vez em muito tempo, ela queria mais. Não um Derek ou um Jared Walsh, mas um cara que lhe tivesse mandado rosas no Dia dos Namorados, a levado para jantar no Koi e lhe dito o quanto a adorava.

Meu Deus, o que estava acontecendo com ela? Algo definitivamente estava errado. Dias antes, havia colocado tudo a perder com Veronica e não conseguira entregar a ela a sujeira que a editora desejava sobre o rompimento de Jane e Jesse. E agora estava fantasiando com... o quê, abrir mão da vida extremamente lucrativa para poder ter um namorado de verdade, como as outras garotas? Romantismo era algo superestimado.

Madison não era como as outras garotas. Costumava ser, antes das cirurgias e antes de Hollywood — porém não mais. Tivera de dar duro para chegar onde estava e agora não poderia parar. Precisava superar essa depressão antes de cometer mais erros caros, tipo desapontar Veronica. E tudo por quê? Para proteger Jane? Jane era sua BFPE ou, mais precisamente, sua BFPC (best friend para as câmeras), não sua BFF de verdade. Madison sabia que a única pessoa com quem realmente podia contar era consigo mesma. Já passara por muitas decepções na vida e aprendeu que as pessoas sempre a desapontavam.

O elevador parou. As portas se abriram, e Jane entrou — com a mala azul de rodinhas numa das mãos, o aquário com o peixe dourado na outra e o cachorro aos pés, a coleira arrastando no chão.

— Aimeudeus! Para onde você está indo assim tão tarde? — disse Madison, surpresa. Tucker cheirou os Manolos pendurados na mão dela.

— O pessoal da mudança vai chegar amanhã de manhã — informou Jane com a voz gélida. — Eles vêm buscar o resto das minhas coisas e os meus móveis também.

— *Mudança?* Do que você está falando?

Jane apertou o 1.

— Eu vi os e-mails, Madison.

— E-mails? Que e-mails?

— Os e-mails entre você e Veronica Bliss. Sobre as fotos e tudo o mais.

Foi necessário cada grama de força de vontade para que Madison mantivesse a compostura naquele momento. Por dentro, ela só queria gritar, se desesperar e matar alguém. Como diabos Jane conseguira pôr as mãos naqueles e-mails? "Merda. Que merda!" Por fora, entretanto, ela conseguiu se forçar a inclinar a cabeça e sorrir de leve, como se estivesse espantada e quem sabe até mesmo um pouquinho entretida.

— Veronica Bliss? Você está falando daquela mulher supermegera que trabalha para a *Life and Style*?

Jane revirou os olhos.

— Por favor, me poupe. Estou com as cópias aqui.

— Jane, não sei do que você está falando. Cópias de *quê*?

Jane enfiou a mão na bolsa e puxou um punhado de papéis amassados. Ela os atirou em Madison, com o rosto rígido de raiva.

Madison correu os olhos pelos papéis. O coração perdeu o ritmo.

Jane *realmente* estava com os e-mails.

Alguém havia entregado Madison.

— Isso é muuuuuito estranho — disse Madison, tentando manter a voz calma. — Sabe de uma coisa, alguém roubou meu BlackBerry, tipo, logo antes do Natal. Acho que essa pessoa, seja lá quem foi, deve ter enviado um monte de e-mails em meu nome. Recebi reclamações de alguns dos meus outros amigos sobre a mesma coisa. Como tem gente doente neste mundo.

— Madison, por favor.

— Estou falando sério! Até contei a Trevor, porque foi ele quem nos deu os BlackBerrys, lembra? Ele disse que ia cuidar do assunto, e...

— Me avise o quanto eu te devo pelo aluguel e pelas despesas.

O elevador parou no térreo e as portas se abriram. Jane saiu, conseguindo de algum jeito fazer um malabarismo com a mala, o peixe e o cachorro.

— Jane! — gritou Madison. — *Jane!*

As portas se fecharam, deixando Madison sozinha. Ela ficou ali, tentando respirar, tentando entender como o plano perfeito havia saído tão horrivelmente de controle.

Como ela conseguiria consertar aquilo?

39

MUDANÇA CÓSMICA

Scarlett ouviu o celular tocar na bolsa enquanto estacionava na garagem. Franziu a testa, irritada: provavelmente era Dana, querendo sabe Deus o quê. Aquela mulher era impossível. Mais cedo naquela noite, na festa de Dia dos Namorados da Crazy Girl, ela não parava de mandar mensagens de texto para Scarlett, pedindo que fosse cumprimentar Jane. Por que Dana se deu o trabalho? Por que Scarlett iria querer se constranger na frente de todo mundo indo falar com Jane quando sabia perfeitamente bem que Jane não queria falar com ela?

Dana também havia enchido Scarlett em relação à Gaby, pois percebera (corretamente) que Scarlett estava dando um gelo nela. A verdade é que Scarlett concluíra que devia ter sido Gaby quem expusera para a *Gossip* o namoro dela e de Liam. Era a única explicação. A questão era: por quê? Madison era uma vaca cruel que gostava de tramar, mas Gaby era... *Gaby*. Qual poderia ter sido o motivo? Scarlett precisava admitir que perceber isso fora um pouco doloroso — na verdade, *bastante* doloroso, pois havia começado a considerar Gaby como amiga.

Felizmente, Scarlett havia levado Chelsea, da faculdade; a treinadora, Deb; e umas amigas de Deb para a festa; assim pelo menos teria com quem conversar. As convidadas até mesmo concordaram em assinar permissões de uso de imagem e usar microfones, embora tenham reclamado (com razão).

Scarlett se perguntou quanto mais desse programa conseguiria suportar. Trevor ainda não tinha falado com ela sobre o contrato para a segunda temporada. Talvez estivesse planejando despedi-la, no fim das contas, ou por causa de Liam ou por causa da incapacidade generalizada de Scarlett de "interagir bem com as outras". Era assim que ela era. E se Trevor e Dana e o resto deles não conseguia lidar bem com isso... bom, problema deles. Scarlett não tinha escondido quem realmente era quando os conheceu. Talvez ser despedida fosse uma bênção disfarçada.

O celular dela continuava tocando. Por que a chamada não tinha ido ainda para a caixa postal? Irritada, Scarlett olhou para a tela.

Era Liam.

Scarlett rapidamente apertou a tecla para atender.

— Alô?

— Oi, sou eu.

— Oi!

Eles não se falavam havia mais de uma semana, desde o dia em que a matéria da *Gossip* saíra. Liam não tinha ligado nem mandado mensagem, e Scarlett decidira lhe dar um pouco de espaço. Após alguns dias, porém, aquele espaço mais parecia um vácuo. Sem saber como lidar com aquilo, ela se afundara nos trabalhos de faculdade, passando a maior parte das noites na biblioteca. Escreveu uma dissertação fascinante de vinte páginas (eram necessárias apenas dez) sobre os sonetos de Petrarca, pesquisou a história completa da monarquia britânica e aprendeu a conjugar tempos verbais compostos em francês.

Também terminou de ler *O morro dos ventos uivantes*, que infelizmente só a fez pensar ainda mais em Liam. No romance, a heroína, Catherine, e o nada convencional Heathcliff estavam loucamente apaixonados, mas Catherine teve medo da paixão e acabou escolhendo um cara mais convencional. Era o pior pesadelo de Scarlett.

— Peguei você num mau momento? — perguntou Liam.

— De jeito nenhum. Acabo de chegar em casa da festa do Dia dos Namorados no Roosevelt.

— Ah, é, a festa ao lado da piscina. Como foi?

— O de sempre. Aliás, não, melhor que o de sempre. Jane fez um ótimo trabalho. Hã, e Gaby também. — Scarlett ainda não tinha contado a Liam das suspeitas em relação à Gaby.

— Desculpe por não ter ido.

— Você teria gostado. Então, e aí? — Scarlett saiu do carro e começou a andar na direção dos elevadores. Imaginou por que ele estaria ligando naquele momento, depois de um silêncio tão longo.

— Pois é, estou de cama com uma gripe ou algo assim.

— Ah! Que pena. — A voz dele realmente parecia *mesmo* um pouco rouca.

— Não, está tudo bem. Eu só estou contando para explicar.

— Explicar o quê?

— Explicar por que não fui conversar com você pessoalmente.

— Conversar comigo... sobre o quê?

— Andei pensando muito. — Liam hesitou. — Sobre a gente.

"Ah."

— Sei que nosso relacionamento é complicado — continuou ele.

— É, um pouco.

— Sou uma pessoa bastante reservada. E apesar de você estar num reality show, acho que também é. Mas agora não temos mais privacidade.

— Sinto muito por isso. E pelo seu emprego. — Scarlett imaginou que pedir desculpas àquela altura era inútil; estava prestes a levar um pé na bunda. Mas de fato sentia muito e queria que ele soubesse disso.

— Eu também. Mas sabe de uma coisa? Não me importo. Não me importo com o quanto é complicado. Não me importo se temos de lidar com fotógrafos. Não me importo se nossas fotos forem parar em todas as revistas. Eu gosto de você de verdade e quero estar ao seu lado. Tipo, o tempo todo.

Scarlett praticamente deixou cair o telefone.

Alguns meses antes, se ouvisse essas palavras de algum cara, teria mudado abruptamente de assunto... ou saído correndo... ou ambos. Agora, ouvindo-as de Liam, só tinha vontade de voltar para o carro, dirigir até o apartamento dele e atirar-se nos braços do garoto.

Mas, em vez disso, escolheu a segunda melhor opção.

— Eu também gosto de você de verdade — confessou ela. — Muito.

— Você... gosta?

— Sim.

— Fico tão feliz de ouvir isso.

— Fica?

— Aham.

Scarlett começou a rir, porque os dois estavam parecendo tão fofos e bobos ao mesmo tempo, tipo uma cena de amor produzida por Trevor Lord. A diferença é que aquela cena de amor não tinha sido produzida. Era real, estava acontecendo ali mesmo no ambiente menos *L.A. Candy* possível — ela numa garagem, Liam doente em casa — e não havia nem sequer uma câmera ou microfone documentando aquele momento.

Liam começou a rir também. E então a risada se transformou em um gigantesco ataque de tosse.

— Ai, meu Deus! Você parece péssimo. Quer que eu vá até aí com uma canja ou algo assim? — ofereceu Scarlett.

Liam pigarreou.

— É muito fofo da sua parte, mas não quero que você pegue o que eu tenho, seja lá o que for. Quem sabe amanhã, se eu estiver me sentindo um pouco melhor?

— Tudo bem.

— Uau, então você sabe fazer canja?

— É, com o abridor e tudo o mais.

Liam riu.

— Eu ligo amanhã então, tá?

— Tudo bem. Melhoras.

Scarlett sorriu e se recostou contra a porta do elevador, escutando as batidas do coração e apenas deixando assentar a inacreditável mudança cósmica que havia acabado de acontecer no universo dela.

"Gostar", nada. Tinha plena certeza de que estava apaixonada.

Scarlett não sabia o que pensar dos latidos que vinham de dentro do seu apartamento. Simplesmente ficou parada diante da porta, confusa. Com certeza estava ouvindo coisas. Não tinha cachorro, então por que haveria um no apartamento? Liam também não tinha cachorro — nem a chave do apartamento dela, e além disso, cinco minutos antes ele estava em casa, doente na cama com gripe. Talvez fosse o cachorro do vizinho, quem sabe?

Ela segurou com força o celular enquanto destravava a porta com a outra mão, pronta para ligar para 911, só por precaução. Abriu uma fresta de porta e cuidadosamente espiou lá dentro.

Aham. Definitivamente um cachorro. Tinha porte mediano, um focinho comprido, orelhas grandes e pelo bege e marrom com aparência macia. Era fofo. Ele empurrou o focinho pela fresta da porta e começou a cheirá-la.

Como havia entrado no apartamento?

— Hã... cachorrinho bonzinho? — Scarlett deu dois passos pequenos até o corredor e estendeu a mão, hesitante.

— Você voltou!

Scarlett soltou um grito. Tinha uma *pessoa* no apartamento dela, também.

Viu um rosto familiar espiar para a sala.

Jane? O que *ela* estava fazendo aqui? Scarlett ficou ainda mais surpresa ao vê-la do que ao cachorro, que agora lambia a mão dela.

Jane estava vestida com o pijama azul e segurava uma caneca fumegante com algo que cheirava a folhas podres e velhas.

— Oi! Desculpe ter assustado você — desculpou-se ela.

— Tudo bem. Hã... Como você entrou?

— Ainda tenho a chave. Desculpe. Quis devolver, mas acabei não fazendo isso.

— Tudo bem. — O cachorro agora estava cheirando os sapatos de Scarlett. — Quem é esse?

— Ele se chama Tucker. Eu o adotei do abrigo. Fofinho, né?

— É, ele é lindo.

Scarlett se abaixou para acariciar Tucker, que ofegou e agitou a cauda em resposta. Tinha mais ou menos um milhão de perguntas para fazer a Jane, mas ao mesmo tempo não tinha a menor ideia do que dizer. Estava sentindo tantas emoções misturadas: felicidade, surpresa, confusão, curiosidade. Jane era a última pessoa que Scarlett esperava ver naquela noite, nas atuais circunstâncias.

— Então. — Jane se sentou no tapete cor de creme, de pernas cruzadas, e acariciou o pelo de Tucker. Tomou um gole do chá fedorento. — Vim aqui para pedir desculpas.

— Desculpas?

— É. Porque você estava certa a respeito de Madison.

Scarlett a encarou sem acreditar. Estivera esperando séculos para ouvir aquelas palavras.

— Como você... o que fez você mudar de ideia?

— D. me contou hoje à noite que era ela a pessoa por trás das fotos. Ele encontrou um monte de e-mails trocados entre ela e Veronica, no computador da chefe.

— Sério?

— É. Eram bem horríveis.

— Aimeudeus. Sinto tanto, Jane.

— *Você* sente? Eu é que deveria estar arrependida. Deveria ter acreditado em você desde o início. — Jane sorriu com amargura. — Ela foi tãããão legal comigo, sabe? No México e depois que nós voltamos. Agia como se fosse minha irmã mais velha ou algo assim. Era pura encenação, o tempo todo. Só para descobrir coisas pessoais sobre mim para contar a Veronica.

— Por quê?

— Para Veronica publicar matérias na revista sobre ela.

— Que *vaca!*

— Pois é.

— Você está bem?

— Estou. Vou superar. Mas me sinto tão burra. Eu devia ter escutado você.

— Não se sinta burra! — disse Scarlett.

Jane respirou fundo.

— Havia e-mails sobre você, também. E Liam.

— Ah. — "Acho que devo desculpas a Gaby, também", pensou Scarlett. Obviamente estivera errada ao suspeitar dela. — Eu peguei pesado com você e Madison, e com Jesse também. Nem eu mesma teria me escutado. Eu deveria ter simplesmente deixado você descobrir essas coisas sozinha.

— Bom... acho que descobri.

— É, acho que sim.

Scarlett se sentou no chão ao lado de Jane. As duas ficaram ali um tempo, apenas afagando Tucker sem dizer nada, como se estivessem deixando baixar toda a poeira emocional do drama. E como houvera drama naqueles últimos meses: Madison... o programa... repórteres... Jesse... Braden... Liam. E, acima de tudo, o quase término da amizade de 14 anos entre as duas.

Scarlett teve vontade de contar a Jane tudo sobre Liam. Também queria perguntar à amiga se o boato de que ela e Jesse haviam terminado era verdade. Mas haveria bastante tempo para as duas se atualizarem com relação à vida uma da outra.

— Então, pelo visto você está procurando uma nova casa? — disse Scarlett. — Porque estive procurando alguém com quem morar, e, se me lembro bem, você é uma pessoa ótima para dividir uma casa. A não ser quando deixa a cafeteira ligada todo dia de manhã... ou come todo o resto da minha comida chinesa... ou encolhe minha blusa azul-marinho de decote V preferida na secadora.

Jane gargalhou.

— Ha-ha. Entendi: sou péssima para dividir uma casa. Mas, Scar, acho que sou sua melhor opção.

Scarlett riu e deu de ombros ligeiramente.

— Provavelmente você tem razão.

— E Tucker? Ele pode morar com a gente, também?

— Lógico. Nós dois agora somos unha e carne. Está vendo só? — Scarlett se inclinou na direção do cachorro, que começou a lamber-lhe o rosto.

Jane deu uma risadinha.

— É, bem, só esconda muito bem seus sapatos, porque ele adora lanchá-los.

— Vou me lembrar disso.

— Ei, Scar? Fico feliz por você ter me convidado para morar aqui de novo, porque eu meio que já me mudei.

— O quê?

— Bom, Penny está de volta onde ela costumava morar. E Tucker já tirou uma soneca na sua cama. Pelo jeito, parece que vai ser o lugar preferido dele para dormir. Você não se importa, né?

Scarlett sorriu. Ela não apenas não se importava... como estava mais feliz do que nunca. Tinha Liam de volta. Tinha Jane de volta. E alguma hora acabaria decidindo o que fazer quanto à segunda temporada. Os problemas com Trevor e o resto da equipe pareciam insignificantes naquele momento. Tudo estava voltando ao devido lugar.

Aquela noite definitivamente era uma noite de mudanças cósmicas.

40

SEGUNDA TEMPORADA

Trevor se recostou na cadeira, olhando o céu noturno de Los Angeles pela janela do escritório. Adorava observar o temeroso centro de Los Angeles, com o céu fumacento e as ruas sujas, se transformar em algo tão lindo.

Engraçado que aquela mesma vista pudesse parecer tão diferente em dois momentos distintos. Mas era algo que Trevor conseguia entender. Era o que ele fazia. Captava os momentos. E, como aquela vista, sabia que valia a pena esperar pelos melhores.

Estivera olhando para a mesma vista no momento exato em que tivera a ideia do programa *L.A. Candy*, no mês de junho anterior. Havia algo ali — o glamour, a energia, a sensação de possibilidades infinitas — que chamara a atenção dele e o inspirara a criar todo o programa acompanhando as vidas de garotas comuns contra o cenário daquela cidade extraordinária.

Trevor pensou naquele momento e em tudo o que havia acontecido desde então. Desde a primeira tomada em setembro, ele havia desejado manter uma abordagem "invisível" na produção. Afinal de contas, *era* um reality show e ele quisera manter a coisa real. Nem sempre isso dera certo com os outros programas que produziu, mas Trevor queria que esse fosse diferente.

Porém, não havia imaginado todas as maneiras em que as coisas poderiam sair do controle — do controle *dele*. Jane e Braden. Scarlett e Liam. E o mergulho de cabeça de Jesse numa garrafa de vodca. Lógico, Jesse sempre fora um bêbado, mas a derrocada dessa vez tinha sido sem precedentes.

E agora... Jane havia arrumado uma "equipe" e tinha muito mais exigências e, a saber, nada de cenas futuras com Jesse ou Madison. Na verdade, ele ainda estava negociando o maldito contrato dela para a segunda temporada com aquele maldito agente. Trevor esfregou os olhos, cansado. "Meu Deus." Por que aquilo estava acontecendo? Uma cena de rompimento entre Jane e Jesse seria ótima para os índices de audiência. Infelizmente, ela havia acontecido longe das câmeras. E o encontro subsequente dos dois na festa do Tropicana tinha sido inútil, porque Jesse estava incrivelmente bêbado e sem microfone. Trevor lembrou a si mesmo de olhar a filmagem mais uma vez. Quem sabe não conseguiria salvar alguma coisa com a ajuda de algumas gravações de vozes em *off* no estúdio. Ele sabia que poderia fazer Jesse concordar com isso: aquele cara adorava aparecer na televisão quase tanto quanto adorava ficar doidão. O fato de Jesse estar se tornando alguém cada vez mais difícil de editar como o namorado encantador que as jovens espectadoras poderiam desejar não podia mais ser ignorado. Trevor sabia que ele não poderia lutar contra essa realidade por muito mais tempo.

Ou então poderia tentar convencer Jane a filmar uma cena de rompimento com Jesse, apesar do que ela (ou melhor, do que a "equipe" irritante) lhe havia comunicado. Talvez ela concordasse com aquilo, depois de uns dias esfriando a cabeça. A trama Jane-Jesse merecia um encerramento. Os milhões de fãs mereciam ver esse encerramento. Era disso que tentaria convecê-la, pelo menos — a sós, num almoço no Polo Lounge, longe dos irritantes cães de guarda contratados de Jane.

A briga entre Jane e Madison também teria sido um sucesso de audiência, a não ser pelo incidente da *Gossip*, pois no mundo de *L.A. Candy* não existiam tabloides. Ele já tivera algumas ótimas ideias para a segunda temporada. Quem sabe não conseguiria trabalhar esse incidente de alguma forma? Uma rixa entre Jane e a ex-BFF e colega de quarto, Madison. *Humm.* Ele podia dar a entender que Jane descobrira que tinha sido Madison quem contou a Jesse que Jane o traía. Podia não ser a realidade, mas de certa maneira era verdade. Claro, Jane se recusaria a estar no mesmo lugar que Madison por algum tempo, por isso aquele encontro deveria ser arranjado. Ou pelo menos um telefonema.

Ao menos Scarlett e Jane haviam feito as pazes. Apesar da frustração de Trevor com Scarlett, ela poderia funcionar bem como a restaurada BFF de Jane, além de colega de quarto. E essas cenas seriam bem mais fáceis de editar do que aquelas entre Gaby e Scarlett. Além disso, Jane agora tinha com quem conversar sobre a briga com Madison. Scarlett não tinha nada de bom a dizer sobre Madison, e isso atiçaria as brasas perfeitamente.

Quanto a Gaby e Hannah... Bem, Gaby poderia continuar sendo o alívio cômico da história, como sempre.

E Hannah havia se mostrado surpreendentemente popular nos *focus groups* de pesquisa de mercado. Entretanto, não se mostrara tão maleável quanto ele esperava. Quem sabe Trevor não lhe daria uma história de amor própria? Isso poderia ser uma jogada inteligente. Ele sorriu para si mesmo. De repente, teve uma sensação boa quanto a tudo. Na verdade, se fizesse as coisas direito, a segunda temporada poderia ser ainda maior e melhor do que a primeira.

Trevor ligou o laptop e começou a digitar algumas anotações.

SEGUNDA TEMPORADA. EPISÓDIO 1.

41

CARTA DE UM FÃ

Madison andava pela sala, esfregando aquele aparelho branco de limpeza esquisito pelo chão. Como funcionava aquela coisa idiota, afinal? Estava louca da vida. A faxineira tinha ligado dizendo que estava doente. Ela teria de conversar com Derek a respeito de substituir aquela ajuda nada confiável — de novo. Nesse meio-tempo, o lugar estava uma bagunça, e Derek faria uma visita mais tarde, portanto cabia a Madison limpar tudo.

Algo guinchou, assustando-a. Ela se abaixou e pegou um coelhinho de borracha do chão. Deus, como aquilo era irritante! Madison não parava de encontrar brinquedos daquele vira-lata por todo o apartamento, embaixo dos móveis e atrás das plantas. Jane deveria ter sido mais cuidadosa quando se mudou.

Madison atirou o coelhinho de borracha numa cesta de lixo ali perto, esbravejando. Não sabia por que estava naquele péssimo humor. E daí que o apartamento estava uma zona? Grande coisa. E daí que Jane não estava mais falando com ela? Uma hora falaria. No geral, a vida de Madison era boa. Não, mais que boa. Era ótima. As coisas pareciam realmente promissoras depois do pesadelo que fora a noite do Dia dos Namorados, duas semanas atrás (logo em seguida Veronica despedira aquela piada de assistente, Diego, por xeretar o computador dela — bem feito para ele). Madison andava vendo Derek com frequência, porque a esposa e o pirralho tinham ido a Nova Jersey visitar os pais dela. Melhor ainda, Madison estava recebendo muita atenção da imprensa, com matérias na *Life & Style* e na *Star*, além de na *Gossip*. A da *Life & Style* tinha sido uma página inteira sobre "As Regras de Madison para Sair com Caras", com fotos dela com vários homens bonitões, bem-vestidos e bem-comportados que Madison usava como estepe para acompanhá-la a festas sempre que necessário (e com especulações bobas de que alguns deles talvez fossem mais do que "apenas amigos").

O melhor de tudo: Trevor a convidara para almoçar no dia anterior, só os dois, no Ivo (Anna Payne estava na mesa ao lado beliscando umas folhas de alface, sem dúvida para reverter o estrago feito por aquela matéria de capa horrível da *Gossip*), para conversar sobre como ele desejava dar mais tempo no ar para ela na segunda temporada e compartilhar algumas ideias. Era um sonho transformado em realidade. Madison se esforçara tanto e sacrificara tantas coisas justamente para ser a estrela do programa. Sim, Trevor não tinha usado a palavra "estrela", mas ela estava certa de que era isso o que ele queria dizer. E mesmo que ele não estivesse pensando desse modo no momento... bem, pensaria depois que visse o que Madison tinha a oferecer. Na tela, claro.

Madison pisou em outro objeto guinchante. Um osso de cachorro. Ela o apanhou do chão e o atirou na cesta de lixo — e errou. Suspirando, abaixou-se para pegá-lo novamente e viu uma pilha de correspondência no tapete oriental. "Ah, é." Ela havia levado a pilha para casa no dia anterior e a colocado no chão para poder cair no sofá e assistir televisão, e acabara se esquecendo.

Madison pegou as cartas e analisou o conteúdo. Conta. Alguma coisa para Jane (ela atirou essa na cesta de lixo, dessa vez sem errar). Conta. Duas revistas. Conta. Um envelope pardo.

Curiosa, Madison virou o envelope. Estava endereçado a ela, mas não tinha endereço de remetente. Fora postado na cidade de Nova York, estado de Nova York, e trazia quatro selos de corações.

"Provavelmente é uma carta de um fã", pensou Madison, olhando os corações. Ela a abriu, tomando cuidado para não estragar as novas unhas de acrílico.

Havia uma foto ali dentro, junto a uma carta dobrada. Era a foto escolar de uma adolescente. Tinha cabelos castanho-escuros longos e uma franja que pendia torta sobre os óculos com aro de tartaruga, a pele branca cheia de marcas de acne. O vestido azul-marinho barato com colarinho branco de poliéster pouco fazia para esconder um ligeiro problema de peso.

A mão de Madison tremeu violentamente ao colocar a foto na mesa de centro, e então ela pegou a carta.

Era simples e ia direto ao ponto, impressa em papel branco com uma fonte indefinida:

ANDO ASSISTINDO VOCÊ NA TELEVISÃO E SEI QUEM VOCÊ REALMENTE É. SE QUER QUE AS PESSOAS CONTINUEM ACHANDO QUE SEU NOME É MADISON PARKER, ISSO VAI LHE CUSTAR. HÁ MUITO MAIS FOTOS DE ONDE ESSA VEIO, E SERÃO VENDIDAS A QUEM PAGAR MAIS. ESTOU LHE DANDO A CHANCE DE FAZER O PRIMEIRO LANCE.

PS: VOCÊ NÃO ERA TÃO BONITA QUANDO TINHA 15 ANOS, NÃO É?

42

UM TEMPO DE GAROTOS

Jane se espreguiçou na *chaise longue* e olhou o céu azul sem nuvens. Era um dia incomumente quente para março, e a piscina do complexo de apartamentos era toda sua. Scarlett deveria ir encontrá-la dali a pouco para que as duas pudessem curtir uma tarde sozinhas sem fazer nada, longe das câmeras. Seria perfeito.

Jane puxou as tiras do biquíni preto para baixo e aplicou filtro solar nos ombros. Tinha começado a frequentar a academia com Scar fazia duas semanas e já podia sentir novos músculos — e *bastante* doloridos, também, porque a personal trainer das duas, uma tirana alegre chamada Deb, tinha obrigado as duas a fazerem umas cem flexões de braço no dia anterior. Isso era fácil para Scarlett, mas Jane tivera dificuldades.

Mesmo assim, sentia orgulho de si mesma por tentar retomar a forma. Era tudo parte da nova filosofia. Agora que Jesse estava riscado da vida dela e (em grande parte) da sua mente, ela iria se concentrar em si mesma e apenas nisso. Queria ficar saudável do ponto de vista emocional e físico; também queria se esforçar muito mais no emprego para poder avançar na carreira. Planejava ter uma reunião com Fiona no dia seguinte para pedir conselhos sobre o que fazer para se tornar melhor. Aulas noturnas? Tarefas extras? Jane estava aberta a toda e qualquer coisa. Estava se tornando uma Jane Roberts nova e melhorada.

Para o futuro imediato, Jane planejava uma rotina diária de trabalho, academia, cuidar de Tucker e Penny e curtir os amigos — principalmente Scar. A amizade das duas estava mais forte do que nunca, depois do que tinham passado nos últimos meses. E Scar parecia mais feliz agora que tinha um namorado. Jane nunca pensou que veria o dia em que sua BFF fosse se apaixonar. Mas aquilo combinava muito com ela, especialmente sendo um cara tão legal quanto Liam.

Trevor não dissera uma palavra a Scarlett por estar namorando Liam. Na verdade, ele a elogiara pelo trabalho duro na primeira temporada e lhe oferecera um aumento para a segunda. Scarlett pensou muito a respeito e decidiu continuar no programa, apesar de algumas reservas. O dinheiro tinha pesado muito na decisão. Ela havia decidido usá-lo para pagar por conta própria a mensalidade da faculdade, para ser mais independente dos pais. Pedira a Trevor que ele parasse de editá-la tanto, e o diretor lhe dera uma espécie de garantia. O que, com sorte, talvez significasse alguma coisa... Então, por enquanto, Scarlett continuaria no *L.A. Candy*.

Jane decidira ficar no programa também. R.J. havia negociado um contrato bastante lucrativo para ela (Jane não teve coragem de dizer a Scarlett que seu aumento tinha sido ainda maior que o dela. *Nota mental: Convencer Scar-*

lett a arrumar um agente). E a imagem de Jane na imprensa dera uma reviravolta, também, graças à milagreira RP, Sam (*nota mental: Convencer Scarlett a arrumar um RP*). Tanto R.J. quanto Sam convenceram Jane de que ser a estrela de um reality show de primeira importância era uma oportunidade gigantesca e só poderia ajudá-la na carreira de produtora de eventos. Então... Jane aceitara participar da segunda temporada. Na verdade, estava empolgada a respeito, e mal podia esperar para ver o episódio sobre a festa do Dia dos Namorados — o primeiro grande evento organizado por ela.

As filmagens iriam recomeçar a qualquer dia. Jane dissera a Trevor que não queria fazer nenhuma cena com Madison e ele disse que entendia, embora tenha relembrado que Jane assinara um contrato concordando em deixar que eles acompanhassem a vida dela, e isso — a rixa com Madison — estava acontecendo de verdade. Porém, Jane o relembrara que Madison já não estava mais na vida dela — na vida real. Não importava: Jane abandonaria o set se Madison aparecesse. As duas não se viam desde o Dia dos Namorados, e, da parte dela, não veria Madison nunca mais. Nunca.

O único ponto de interrogação na vida de Jane era Braden. Não tinha certeza do que fazer quanto a ele. Sentia muitas saudades — eles haviam conversado umas duas vezes desde que ela terminara com Jesse, mas não o vira — e pensava nele com mais frequência do que provavelmente deveria. Porém, não queria ser o tipo de garota que pula de um cara para o outro: Caleb, depois Jesse, depois Braden, depois Jesse de novo. A verdade é que ela precisava dar um tempo de garotos. Um *bom* tempo. Não tinha certeza se conseguiria ser "apenas amiga" de Braden — as coisas eram complicadas demais com ele.

Viu Scar passando por uma fileira de cabanas, na direção da piscina. Estava usando uma canga verde-limão por cima do biquíni e carregava uma sacola de praia enorme.

— Ei! Por que demorou tanto? — gritou Jane, acenando.

Então hesitou, porque viu que Scar não estava sozinha. Liam estava logo atrás dela. Jane franziu a testa. Por que ele estava ali? Aquele deveria ser um dia só de garotas, só as duas. Como quando eram menores e construíam fortes no quintal dos Roberts com lençóis velhos e pregadores de roupa e colocavam uma placa que dizia PROIBIDA A ENTRADA DE GAROTOS. Por que Scar o levara? Ele era um garoto e isso era claramente proibido, segundo as regras.

Quando Scar e Liam se aproximaram de Jane, ele retirou o boné de beisebol... e Jane percebeu, com espanto, que não era Liam, no fim das contas.

— *Caleb?* — engasgou Jane. Praticamente caiu da cadeira.

Caleb sorriu e acenou. Scarlett se sentou na *chaise longue* ao lado da de Jane.

— Eu o encontrei no saguão — explicou ela, apontando para Caleb com o dedão. — Ele deu uma passada para dar um oi para a gente. Quer dizer, para você.

— Ei! Dei uma passada para ver vocês duas — protestou Caleb. Ele se sentou do outro lado de Jane. — Oi, Janie. — Ele se inclinou e a beijou na bochecha.

— Oi, Caleb. — Jane tirou os óculos escuros e o encarou, estupefata. — Por que... quer dizer... o que você está fazendo aqui?

— É meu dia de folga — respondeu Caleb.

— Seu dia de folga... do quê?

— Do meu emprego voluntário. Estou trabalhando com construção para o Habitat Builders de Los Angeles. Trabalhei para eles em Nova Orleans no verão passado.

Jane ficou tão confusa. Ela sabia tudo sobre o Habitat Builders — era um grupo muito legal que construía casas para pessoas que não tinham como pagar — e sobre o tempo que Caleb passara com eles em Nova Orleans. Mas agora estavam no meio do ano escolar.

— Espere um pouco... Você não deveria estar em Yale?

— Ele saiu da faculdade. — Scar esticou a mão para apanhar o filtro solar de Jane, depois começou a passá-lo nas pernas. — Dá para acreditar? Meus pais me matariam se eu saísse de Yale.

— Não saí, sua nerd. Só tranquei a matrícula — corrigiu Caleb. — Foi em janeiro, quando o semestre começou. Meu irmão e eu fizemos um mochilão pela América do Sul por um tempo. Eu me mudei para cá e comecei a trabalhar com o Habitat Builders há mais ou menos uma semana.

— Você trancou a matrícula? Por quê? — perguntou Jane.

— Vai ser só por um ou dois semestres. Yale é demais, mas o tempo que passei em Nova Orleans no verão passado realmente me fez mudar o modo como vejo as coisas, sabe? A faculdade sempre vai estar lá, mas sinto que agora é hora de experimentar as coisas.

— Que demais — disse Jane. A mente dela continuava rodando ante a visão do ex, ali, sentado a meio metro de distância; depois de ter ficado sem vê-lo por quase um ano. Caleb não havia mudado nada: continuava com os mesmos cabelos castanhos cacheados, os olhos cor de chocolate, as covinhas e o corpo de nadador. (Ele era do time de natação na escola e Jane ia a todas as competições quando estavam namorando; e até mesmo antes de namorarem, porque tinha uma queda enorme por ele.) — Entããão. Quanto tempo você vai ficar por aqui? — perguntou Jane.

— Pelo menos alguns meses, talvez mais. Estou ficando na casa do meu amigo Naveen... Lembra dele?

Jane lançou um olhar para Scar, que se virou e começou a remexer a bolsa de praia como se estivesse procurando algo muito, muito importante. Scar e Naveen tinham ficado na escola, e, embora Scar nunca fosse admitir, Jane sempre desconfiara que ela gostara dele mais do que apenas como um ficante qualquer.

— Que legal. Diga que a gente mandou um oi — disse Jane a Caleb. — Vocês dois deveriam vir jantar aqui conosco um dia. Scar é ótima cozinheira.

— É, sou um gênio com o micro-ondas — brincou Scar. Caleb riu.

— Obrigado, seria legal. Não conheço muita gente em Los Angeles ainda. E quero muito voltar a ver você.

Jane piscou, surpresa. Esse último comentário tinha sido dirigido para ela. Não para ela e para Scar, mas apenas para ela.

— Aimeudeus, Liam está me ligando — disse Scar de repente. — Com licença, preciso atender. — Ela saltou da espreguiçadeira e se afastou, pressionando o celular contra o ouvido.

Jane sabia que Scar não estava atendendo uma ligação de Liam; ela só queria uma desculpa para deixar Jane e Caleb sozinhos (muito embora Jane soubesse que Scar não o havia perdoado por terminar o namoro com Jane). O que era loucura, porque Jane não queria ficar sozinha com Caleb. Especialmente quando ele estava tirando a camiseta e estendendo a mão para pegar o filtro solar de Jane (ela tentou não pensar em todas as vezes que se aninhou contra o peito nu dele na praia). Especialmente quando havia acabado de prometer a si mesma dar um longo tempo de garotos.

Jane olhou para o outro lado e disse a si mesma que seria capaz de manter essa promessa, sem problemas.

Não seria?

Agradecimentos

Para minha família e meus amigos: mamãe, papai, Breanna, Brandon, Lo, Maura, Jillian, Britton, Natania e Kyle, por todo o apoio. Tenho muita sorte de ter todos vocês na minha vida.

Para Max Stubblefield, que ficou comigo desde o começo e me ajudou a conquistar tanto.

Para Nicole Perez, por sempre me fazer brilhar.

Para Kristin Puttkamer, por tudo o que você faz. Minha vida desmoronaria sem você.

Para PJ Shapiro, por sempre defender meus interesses.

Para Dave Del Sesto por me ajudar a manter a vida de pé.

Para Adam Divello, Tony DiSanto, Liz Gateley e todos da MTV, sem os quais este livro não teria sido possível.

Para a HarperCollins, por me dar esta oportunidade, e especificamente a Zareen Jaffery e Farrin Jacobs, por me orientarem no mundo editorial.

Para Matthew Elblonk, que ajudou a conseguir esta oportunidade e me ajudou a transformar meu sonho em realidade.

Para Nacy Ohlin, minha colaboradora, por me ajudar em cada passo do caminho enquanto eu navegava pelo processo de escrita, e por tornar esta viagem tão legal.

Este livro foi composto na tipologia Minion Pro,
em corpo 11,5/15,8, impresso em papel off-white,
no Sistema Cameron da Divisão Gráfica
da Distribuidora Record.